卡库

2]

Bulldog Drummond

名媛双胞案

(英)赫尔曼·西里尔·迈克尔●著　　李冬雪●译　　何亮●丛书主编

首都师范大学出版社
CAPITAL NORMAL UNIVERSITY PRESS

图书在版编目(CIP)数据

名媛双胞案/(英)迈克尔著;李冬雪译. —北京:首都师范大学出版社,2014.8 (2019.7重印)
(奥斯卡经典文库)
ISBN 978-7-5656-2075-1

Ⅰ.①名… Ⅱ.①迈… ②李… Ⅲ.①长篇小说-英国-现代 Ⅳ.①I561.45

中国版本图书馆 CIP 数据核字(2014)第 207927 号

MINGYUAN SHUANGBAOAN

名媛双胞案

(英)赫尔曼·西里尔·迈克尔 著 李冬雪 译

责任编辑 刘志勇
首都师范大学出版社出版发行
地 址 北京西三环北路 105 号
邮 编 100048
电 话 68418523(总编室) 68982468(发行部)
网 址 www.cnupn.com.cn
印 刷 龙口市新华林文化发展有限公司
经 销 全国新华书店发行
版 次 2015 年 1 月第 1 版
印 次 2019 年 7 月第 2 次印刷
开 本 880mm×1230mm 1/32
印 张 8.625
字 数 190 千
定 价 29.00 元

总序： 电影的文学性决定其艺术性

不是每个人都拥有将文字转换成影像的能力，曾有人将剧作者分成两类：一种是"通过他的文字，读剧本的人看到戏在演。"还有一种是"自己写时头脑里不演，别人读时也看不到戏——那样的剧本实是字冢。"为什么会这样，有一类人在忙于经营文字的表面，而另一类人深谙禅宗里的一句偈"指月亮的手不是月亮"。他们尽量在通过文字（指月亮的手），让你看到戏（月亮）。

小说对文字的经营，更多的是让你在阅读时，内视里不断地上演着你想象中的那故事的场景和人物，并不断地唤起你对故事情节进程的判断，这种想象着的判断被印证或被否定是小说吸引你的一个重要原因，也是作者能够邀你进入到他的文字中与你博弈的门径。当读者的判断踩空了时，他会期待着你有什么高明的华彩乐段来说服他，打动他，让他兴奋，赞美。现实主义的小说是这样，先锋的小说也是这样，准确的新鲜感，什么时候都是迷人的。

有一种说法是天下的故事已经讲完了，现代人要做的是改变讲故事的方式，而方式是常换常新的。我曾经在北欧的某个剧场看过一版把国家变成公司，穿着现代西服演的《哈姆莱特》，也看过骑摩托车版的电影《罗密欧与朱丽叶》，当然还有变成《狮子王》的动画片。总之，除了不断地改变方式外，文学经典的另一个特征，是它像一个肥沃的营养基地一样，永远在滋养着戏剧，影视，舞蹈，甚至是音乐。

我没有做过统计，是不是 20 世纪以传世的文学作品改编成电影的比例比当下要多，如果这样的比较不好得出有意义的结论的话，我想换一种说法——是不是更具文学性的影片会穿越时间，走得更远，占领的时间更长。你可能会反问，真是电影的文学性决定了它的经典性吗？我认为是这样。当商业片越来越与这个炫彩的时代相契合时，"剧场效果"这个词对电影来说，变得至关重要。曾有一段时期认为所谓的剧场效果就是"声光电"的科技组合，其实你看看更多的卖座影片，就会发现没那么简单。我们发现了如果两百个人在剧场同时大笑时，也是剧场效果（他一个人在家看时可能不会那么被感染）；精彩的表演和台词也是剧场效果；最终"剧场效果"一定会归到"文学性"上来，因为最终你会发现最大的剧场效果是人心，是那种心心相印，然而这却是那些失去"文学性"的电影无法达到的境界。

《奥斯卡经典文库》将改编成电影的原著，如此大量地集中展示给读者，同时请一些业内人士做有效的解读，这不仅是一个大工程，也是一件有意义的事。从文字到影像；从借助个人想象的阅读，到具体化的明确的立体呈现；从繁复的枝蔓的叙说，到"滴水映太阳"的以小见大；各种各样的改编方式，在进行一些细致的分析后，不仅会得到改编写作的收益，对剧本原创也是极有帮助的，是件好事。

——资深编剧　邹静之

主编的话：跟随文学人物走进各种各样的命运险境

能参与《奥斯卡经典文库》丛书的编辑工作，我感到特别的荣幸和高兴。说实话，这套丛书的编辑过程不仅给我，也给我们整个编辑团队带来了莫大的兴奋感。

兴奋之一：这是国内首次以大型丛书的形式出版经典电影的文学原著，这无疑是奉献给广大读者的一场阅读盛宴，我们相信无论何种口味的读者，都会从这套丛书里找到自己的最爱，甚至找到陪伴自己一生的精神伴侣。

兴奋之二：我们选择的书目全部是奥斯卡奖得奖或者提名的电影原著。奥斯卡本身就是全球最值得大众信赖的品牌之一，在奥斯卡异常严格的选拔标准下，这一批电影原著小说的艺术质量，还有部分原著是第一次出中文版本，我们之前也并未读过，但读过之后，深为震撼——世界一流的小说确实能带给人直击心灵而又妙不可言的独特感受。

兴奋之三：这套丛书让我们重新认识了文学原著和电影作品之间的互动关系。有的作品我们只看过小说，没有看过电影；而有的作品我们只看过电影，没有看过小说（后一种情况更多一些）。于是在编辑的过程中，我们重新补课，将同一故事的两种艺术形式尽量都补看完整。补完课才发现，文学与电影之间的关系真是太有趣了——电影或者因为时长所限、或者因为视听特性的发扬、或者因为求新求变，通常都要对原来的文学作品做出取舍和改动，电影编剧和导演如何取舍如何改动，背后其实都隐藏着电影创作者的深入思考。而很多文学名著又被不同的电影创作者多次改编，这些不同的电影版本所体现出来的电影创作者的不同趣味、不同表达以及独特个性，每每让我们生发出一种"又发现了一片新大陆"的感觉。我们作为读者和观众，往往会为哪一个电影版本改得更好而争论得面红耳赤——而对于那些两种艺术形式都没看过的朋友来说，我个人的建议，最好先读小说，充分展开自己的想象世界之后，再去看电影，收获绝对不一样。

兴奋之四：比起编剧和导演对文学作品的改编，演员、明星们对文学人物的演绎无疑更能引起大家的好奇和关注，在看完小说之后，带着悠闲而挑剔的眼光，再去评论、比较电影里的明星的表现，甚至去评论、比较不同版本的明星的表现，这给我们带来了数不清的快乐时光。

因为部分原著小说和电影也是我们第一次接触，以上所呈现的，都是我们在编辑过程中非常真实的感受。我们也非常期望我们的工作能带给广大读者同样的兴奋和快乐。《奥斯卡经典文库》为您精心挑选的这些非常优秀的原著小说，完全值得您腾出一点业余时间，全身心投入其中，跟随着那些精彩的文学人物走进各种各样的命运险境，去迎接那些意想不到的感动和震撼。

——北影老师　何亮

导读：他的热血和人气穿越了百年

休·德拉蒙德其貌不扬，"有喜感的丑甚至让他横生出一种自信来"，他身材高大魁梧，看起来就是个不折不扣的壮汉。但他却并不是个简单的大块头，他亲历一战，是上尉军衔，获金十字英勇勋章和军功十字勋章。他有头脑、有勇气、感官敏锐、身手矫捷，是个不折不扣的铁血汉子。与此同时他又乐观幽默、同情弱者，是作者理想中的绅士。满腔热血的他无法忍受和平的乏味生活，于是登出广告寻求冒险与刺激。美丽的菲利斯·本顿小姐回复了他的广告，并委托他将自己的父亲从"全英国格兰第二危险"的亨利·拉金顿以及"全英格兰最危险的"卡尔·彼得森手中拯救出来。休接下了委托，由此展开了与这两人斗智斗勇的惊险历程。

作者赫尔曼·西里尔·迈克尔（Herman Cyril McNeile，1888～1937）被认为是两次大战之间英国最成功的通俗文学作者之一。他出生于苏格兰康沃尔郡的博德明市，其父亲为掌管博德明海军监狱的英国皇家海军上校。他于 1907 年 7 月以少尉的身份入伍，于 1910 年 6 月升为中尉，于 1914 年升为上尉，同年一战爆发，10 月，他被派往法国战场。

1915 年 1 月，迈克尔的处女作《迈克尔·卡西迪中士回忆录》（*Reminiscences of Sergeant Michael Cassidy*）刊登于英国最早的现代报纸《每日邮报》（*Daily Mail*），此后短篇故事相继发表。由于英国军队的现役军官除在半薪休假期之外不允许以自己的本名发表文章，当时大多数人都会选择使用笔名。迈克尔当时服役于英国皇家工兵部队，《每日邮报》的创始人北岩勋爵便给他取了"工兵萨珀"这个笔名。北岩勋爵被迈克尔的作品打动，一度想要让他退伍转型成为战地记者，却没能如愿。

此后迈克尔坚持创作并相继出版了多部畅销作品，曾一度成为世界上手稿酬最高的短篇故事作家。与此同时，还因英勇奋战而被授予军功十字勋章。

战后迈克尔退伍并继续他的写作事业，但内容已由战争故事变成了惊险小说。1920 年，他的长篇小说《名媛双胞胎案》（*Bulldog Drummond*）问世，其男主角休·德拉蒙德成为他笔下最经典最成功的人物。

由作者的生平不难发现，休·德拉蒙德身上有很多作者的影子。事实上，该角色就是以作者本人及其好友格拉德·法尔利（Gerard Fairlie）为原型，加上作者对英国绅士的整体印象塑造出来的。迈克尔将本小说改编成了舞台剧并在 1921～1922 年于伦敦和纽约同时上映。在 1932 年 11 月 8 日，在国王乔治六世出席的一场慈善演出中，该舞台剧还被重新搬上了舞台。1929 年本小说又被改编成电影，出演德拉蒙德的罗纳德·考尔曼（Ronald Colman）凭借此电影获第三届奥斯卡最佳男主角奖提名。有趣的是，虽然第一部小说结局时，休便与委托人菲利斯·本顿喜结连理，但一系列的电影却倾向于将他刻画成单身汉的形象。

直到 1937 年迈克尔喉癌病世，他写的"德拉蒙德"系列包括十部小说、四个短篇故事、四部舞台剧本以及一部电影剧本。而他的好友于 1938 年至 1954 年之间又继续了他的创作，相继出版了七本同系列小说，之后亨利·雷蒙德（Henry Reymond）又续写了两部。该系列共有23部电影上映，它还曾被改编成为广播剧、电视剧，1973 年 BBC 的精选集《英国的英雄》中也出现了休·德拉蒙德的身影，该系列的受欢迎程度可见一斑。

《名媛双胞胎案》是"德拉蒙德"系列小说的第一部，在1920 至 1939 年间，销量 396302 册，远远超过了当时畅销书的标准 100000 册。

休·德拉蒙德，作为迈克尔的文学遗产，成为 20 世纪四五十年代文学男主角的一个模板，为诸如 W. E. 约翰斯①（W. E. Johns），伊恩·弗莱明②（Ian Fleming）等作家的角色创作提供了很大的参考。此次作为第一版的中译本，译文生动流畅，人物形象跃然纸上，是爱好电影和小说的读者们不可错过的佳作！

---

① 《消失的战线》编剧。——编者注
② "007"系列小说的作者。——编者注

目　录

楔 子

1918 年十二月，一支英国骑兵师进军德国科隆（Cologne），英军旌旗飘扬，乐队演奏着征服他国的胜利之声。与此同时，伯尔尼①（Berne）国立酒店的经理收到了一封来信。信的内容似乎让人有些摸不着头脑，所以他在读了两遍之后，按响了桌上的铃，叫秘书进来。门立刻就开了，一个年轻的法国女子走了进来。

"先生，您找我？"她站在经理的桌前，听候差遣。

"我们酒店有住过一个叫盖伊伯爵（le Comte de Guy）的人么？"他仰靠在椅子上，透过夹鼻眼镜看着她。

秘书思索了片刻，摇摇头："至少我是没印象了。"

"我们知道他些什么吗？比如，他曾在这里用过餐，或是定过单间之类的？"

---

① 瑞士首都。——译者注

秘书再次摇了摇头："至少我是不知道。"

经理把信递给了她，沉默着等她读完。

"乍一看，一个陌生人提出这样的要求不是很奇怪吗？"看她放下信，经理如此说道，"四人份的晚餐，无须顾虑花费。不管酒店有无库存，一定要用指定的红酒。一个单间，准时七点半。客人们会过来找 X 号房。"

秘书赞同地点点头。

"这应该不是个恶作剧。"沉默片刻之后，她说道。

"我也觉得。"经理若有所思地用钢笔轻叩着自己的牙齿，"但如果它真是恶作剧的话，我们可就损失惨重了。真希望我能想起来这个盖伊伯爵到底是谁。"

"听起来像是个法国人。"她回答道。顿了一下，她又问道："我想，您必须得认真对待，是吧？"

"是的。"他将夹鼻眼镜摘下，放在了面前的桌上，"你马上把领班叫来。"

尽管满心疑惑，经理并没有让领班知道自己的许多顾虑，只给了他些指示就让他离开了自己的办公室。战争和短缺的配给没有给他们这行的生意带来任何好处，但这次预定的晚宴却让他看到了相当大的利润。再者，他是个热爱自己工作的人，同时又觉得全权负责一顿晚餐本身就是件乐事。毫无疑问，他将能亲自会见那三位客人以及神秘的盖伊伯爵；他也能亲眼看到他们对晚餐所提供的服务无可挑剔的样子。

如此，在七点二十左右，就有了领班在勤杂工身边转来转去，经理在领班身边转来转去，秘书在他俩身边转来转去的画面。

七点二十五，第一位客人来了……

他是个相貌怪异的男人，穿着皮大衣，不禁让人想到鳕鱼。

"我要去 X 号房间。"一闻此声，那个法国女秘书不由得全身一紧，领班谄媚上前。尽管酒店是如此的国际化，女秘书到现在还是无法控制住自己，听到德国腔时内心仍旧会厌恶得发抖。

"德国佬。"等第一位来客的背影消失在大堂尽头的弹簧门之后，她反感地对经理抱怨道。可惜的是，那个体面的男人更专注于自己跟自己握手玩儿。既然已经证明信上的内容是真的了，他倒不是那么的在意客人的国籍。

紧接着，第二个和第三个客人也到了。他们倒没有一起来，而且他们明显并不认识对方，这让经理有些诧异。

先来的那个是位高高的、瘦骨嶙峋的男人，有着粗糙的胡须和锐利的眼神。他带着鼻音以绝不含糊的口吻要求去 X 号房。他正说着话，站在他身后的矮胖男人也开口了，还默默瞥了他一眼。

他操着糟糕的法语，问的也是 X 号房。

"他不是法国人。"看着那对极不协调的客人被领班带着走出了大堂，秘书激动地对经理说道，"最后那个也是个德国佬。"

经理沉思着，夹鼻眼镜在指尖转动。

"两个德国人，一个美国人。"他看起来有些许忧虑，"只有祈祷我们的晚餐能让他们平静下来了，不然的话——"

虽然他有些担心 X 号房里的家具，但毕竟不便说出来。而他话音未落，旋门又被推开，一个围着白色厚围巾的男人走了进来。围巾几乎把脸全遮住了，软帽下拉至耳朵，以至于经理所能看到的只有来者那双深陷的、铁灰色的眼睛，此刻正将他看穿似的。

"今早你收到我的信了么?"

"阁下是盖伊伯爵么?"经理搓着手,鞠了一躬以示敬意。"一切都准备好了,您的三位客人也已经到了。"

"很好。我现在就过去。"

领班上前一步想为他除去外套,但伯爵挥手示意让他走开。

"待会儿我自己脱。"他简短地说道,"带我去房间。"

他边跟着领班,边将大堂扫视了一番。这里颇为萧条,就只剩下两三个国籍不明的老妪以及一个美国红十字会的男人。穿过弹簧门,他转向领班。

"生意好吗?"他问道。

不——很明显的生意不好。侍者很健谈。生意有史以来从未如此坏过。但希望晚宴能够合伯爵的口味。他亲自监督了晚宴的准备······以及那红酒。

"如果一切都能让我满意的话,少不了你们的好处。"伯爵不客气地说道,"但谨记一点。上过咖啡之后,我不希望任何人打扰,不管发生什么事情。"已至门前,领班停下了脚步,伯爵重复申明了最后一句话。"不管发生什么事情。"

"当然,伯爵阁下······我,会亲自守着的。"

他边说边拉开了门,伯爵进去了。房间内的气氛绝说不上友好。在充满敌意的沉默之中,三个客人正相互对视,伯爵进来,他们不约而同地将怀疑的目光转向了他。

他先在原地静立了片刻,将屋内的客人们环视了一番,然后举步向前······

"晚上好,先生们"——他仍说着法语——"我很荣幸你们都来了。"他转向领班,"五分钟之后准时上菜。"

领班鞠了一躬离开了房间,关上了门。"先生们,我提议趁着这五分钟，容我先自我介绍一番，再介绍你们相互认识。"他边说边脱去了自己的外套和帽子。"至于我想要谈的交易，如果你们允许的话，我希望能再等等，等到咖啡过后，就没有人来打扰了。"

他解开那条白色厚围巾时，三位客人默不作声地等着，并怀着毫不掩饰的好奇心，研究起他们的东道主来。

就长相来说，他很出众。短短的深色胡须，鹰钩的侧脸棱角分明。曾给经理留下深刻印象的那双眼睛现在看来成了冷色调的灰蓝色，浓密的夹杂着少许灰白的深棕色头发被梳了上去，露出宽大的额头。他的手又大又白，却并不阴柔，反而坚实有力：这双手属于一个知道自己要什么、知道要怎样去得到以及已经得到过很多的男人。即使是最肤浅的人也能觉察到，举办这场晚宴的人一定是个有权势的男人：他决策果断并勇于付诸行动。

既然这对最肤浅的人都如此显而易见，那么对站在火炉旁正看着他的那三位客人来说就更明显了。他们能有现在的身份，也不过是因为他们并不是肤浅的为他人服务的人。看着东道主时，他们都意识到了，站在自己面前的是个卓越的人。这就足够了：卓越的人决不会向举世闻名的人发出愚昧的晚餐邀请。他以何种形式卓越并不重要——卓越就一定有钱，大笔的钱。而钱就是他们的命……

伯爵首先来到了那个美国人的面前。

"荷金先生（Mr. Hocking），如果我没记错的话，"他用英语如此说道，并伸出了手来，"我很高兴你还是赶了过来。"

美国人握住了那只伸向他的手，而另外两个德国人则突然颇感兴趣地看着他。作为美国棉业界的龙头老大，到底身价几百万连他自己都算不过来，他理应得到他们的尊重。

"我是荷金，伯爵。"大富翁带着鼻音回答道，"承蒙邀请，我想知道所为何事。"

"请别急，荷金先生，"东道主笑道，"在那之前希望晚餐能合您的意。"

他转向那个高一点儿的德国人，脱了外套的他看起来更像鳕鱼了。

"您是斯丹内门（Herr Steinemann）先生吧？"这次他说的是德语。这个男人生硬地鞠了个躬，他在德国煤矿业的名头不比荷金在棉业的小。

"以及冯·格拉茨先生（Herr von Gratz）？"伯爵转向客人中的最后一个，并跟他握了手。虽然在国际金融领域冯·格拉茨并没有另两位中的任何一位出名，但他在中欧钢铁贸易界声名显赫。

"好了，先生们，"伯爵说道，"在我们坐下来用餐之前，请容我稍作介绍。最近，世界各国参与到了前所未有的蠢行之中。显而易见，这场闹剧现在已经结束了。我最不想做的事情便是谈论这场战争——除了此时此地在我们的会面上。荷金先生是美国人，您两位是德国人。而我"——伯爵轻笑道——"没有国籍。更确切地说，我有任一国籍。完全的世界主义……先生们，这场战争是由一群傻子所引发的，当傻子们大规模地活动起来，聪明人就该介入了……那便是这次小晚餐的 raison d'être①……我敢断言，我们四个是足够有国际影响力的，我们能够摈弃任何愚蠢狭隘的对于这个国家或是那个国家的感情，在此刻仅仅从一个角度关注这个世界的前景——从我们自己的角度。"

---

① 法语，存在的理由。——译者注

瘦骨嶙峋的美国人发出了沙哑的轻笑声。

"我的目标便是晚餐后,"伯爵继续道,"尝试着向你们证明我们的确有着共同的观点。在那之前——我们只能集中精力虔诚祈祷国立酒店的食物不会毒死我们了吧?"

"我猜,"美国人说道,"您精通很多语言啊,伯爵。"

"我能流利讲的有四种——法语,德语,英语和西班牙语,"他回答道,"此外,如果身处俄罗斯、日本、中国、巴尔干半岛各国,当然还有美国,我也能将自己的意思表达清楚。"

他说话时露出的笑容,劫去了所有可能的冒犯之辞。下一刻,领班打开了门,于是四人入座开始进餐。

必须承认的是,想要做一顿成功晚餐的普通女主人在感受到屋内的整体气氛之后内心一定会被莫名的气馁所填满。那个美国人,在积累了数百万财富的同时,也积累出出奇娇弱的消化能力,干的甜面包片和维希矿泉水已经是他所能承受的极限。

斯丹内门先生则是正统的德国人,食物对于他来说很神圣。他大口吃大口地喝,明显一副其他事情与他无关的样子。

冯·格拉茨想尽力尽好本分,但他显然处于一种持续的恐惧之中,他担心那个瘦骨嶙峋的美国人会用暴力袭击他。他也说不上对营造一次气氛欢愉的晚餐作了多大贡献。

因此,晚宴的成功必须归功于东道主。他不停地说着话,说得头头是道,却又并不显得独占了整个对话。更重要的是——他谈话技艺高超。对他来说,这世上任意角落都会有个亲近程度至少是点头之交的人,而在大多数地方,他就像伦敦人知道皮卡迪利广场①（Piccadilly Circus）那样被人熟知。

但即便是最杰出的健谈者，若谈话对象是一个患有疑病症的美国人和两个德国人——一个贪吃而另一个被吓坏了——其压力也是不容小觑的。等到咖啡上来以及侍者身后的门被关上之后，伯爵在心内舒了一口气。从现在起，话题就变得简单了——简单到他不用费任何力气就能抓住听众的注意。那是有关于钱的话题——三个客人共同的纽带。然而，当他仔细地剪掉雪茄尾部扔掉时，另三个人正满怀期待目不转睛地盯着他，他知道，接下来是今夜最困难的部分了。大资本家，跟其他人一样，比起从口袋里取出钱来更乐意将钱放进去。而那也正是伯爵提议他们所应该做的事情——并且是大把大把的钱……

"先生们，"他说道，雪茄此刻正合他的意，"我们都是生意人。所以，对于必须向你们提起的事情，我并不想绕圈子，咱们还是直入主题吧。在晚餐前我就说过，我认为我们足够强大，能够去除掉自己心中任何狭隘武断的民族界限。作为利在全球的人，这些界限都配不上我们。现在我想要对之前的言论稍作论述。"他转向了自己右方的美国人，他半闭着眼，正若有所思地剔着牙。"眼下，先生，这些话尤其是对您说的。"

"请便。"荷金先生拖长声调说道。

"我并不希望谈及战争——或是它的结果，但虽然轴心国已被美法英打败，但我认为我能为您两位先生辩护"——他对那两个德国人鞠了一躬——"我要说的是，他们绝不是想

① 伦敦戏院及娱乐中心。——译者注

跟法国或是美国再来一回合。英格兰才是德国的主要敌人，她一直都是，以后也将一直是。"

两个德国人嘟哝着表示赞同，而美国人的眼皮则又沉了一些下去。

"我有理由相信，荷金先生，您本人也不喜欢英国人吧？"

"我想说我看不出来我的个人感受跟这些有什么关系，但若就公司利益来说，您所相信的是对的。"

"很好。"伯爵点了点头，像是满意的样子。"那么，我猜想，您就不会反对看着英格兰衰败出局吧。"

"唔，"美国人说道，"随您怎么假设。我们就直接摊牌吧。"

伯爵又一次点了点头，然后转向两个德国人。

"现在您两位先生必须承认，你们的计划在某种程度上已经失败了。英国军队占领科隆不在你们的原计划之内吧……"

"这场战争就是傻子们的行径。"斯丹内门先生咆哮道，"再和平地过个几年，我们就会打败这群猪猡……"

"而现在，他们战胜了你们。"伯爵轻笑道，"您要喜欢，就让我们都承认战争是傻子的行径，但作为生意人，我们能做的也只有应付战后的结果……结果，先生们，它与我们息息相关。我毫不怀疑，您两位先生都足够地爱国，会憎恨出现在科隆的那支军队。还有您，荷金先生，就个人来说对英国人也没有好感……当然我不会用这种理由来让像您这样显赫的资本家支持我的计划……只要您的个人偏好顺应而不是违背我将要向您做出的提议就够了——英国应当被打败……那该是比输掉这场战争更完全更彻底的失败。"

他略压低了声音，他的三位听众本能地靠近了一些。

"别觉得我只是单单为了报复才这样提议的。我们都是生意人，只有有利可图的报复才是值得的。这个便是有利可图的。我给不了你们数字，但我们都不是那种会做几千甚至几十万数额的小买卖的人。在英国有一股力量，如果能掌控并合理地带领它，它将会为你们带来数百万的利益。它现在存在于各个国家——被束缚着、言语不能、缺乏合作。这也是战争所致——就是这场由傻子所引发的战争……掌控那股力量，先生们，协调那股力量，然后让它为你们所用。这便是我的提议。你们不仅能够轻易将那个该死的国家打倒在地，还能够品尝到少有人拥有过的强大的权力……"伯爵站了起来，他的眼中闪耀着光芒，"并且我——我会为你们做到的。"

他重新坐回座位，左手滑下桌面，不断轻拍着自己的膝盖。

"这是我们的机会——给聪明人的机会。我还没有足够的钱；但是你们有……"他坐在椅子里，身体前倾，扫视着他专注的听众们。然后，他开始说话……

十分钟之后，他推开椅子，说道："先生们，简言之，这就是我的计划。是会有事态发展出乎意料的时候，而我此生一直都在战胜着意料之外的事情。你们的答案呢？"

他起身，站在火炉前，背对着他们，在接下来的几分钟里，没有人说话。每个人都陷入了自己的思考之中，并以自己特定的方式表现了出来。那个美国人，闭着眼睛，慢慢地、有条不紊地用牙签在嘴里来回碾动着；斯丹内门凝视着炉火，在饱餐一顿之后喘着粗气；冯·格拉茨则背着手小声吹着口哨来回走动着。只有盖伊伯爵在漫不经心地看着炉火，像是对他们的结论毫不在意似的。刚才他的态度真正展现出了他的人生态度。习惯于下大注的他，已经为自己人生之中最大一次的赌博发了牌。而现在正审视着他所伸出的手的那三个人所在意的是，（不通）只有犯罪专家才会设计出如此的把戏吧？此刻占据他们心中唯一的问题是，他是否有能力完成那个计划呢。在这一点上，他们所能依赖的却只有自己对他个人魅力的判断。

突然，美国人将牙签从嘴里拿了出来，伸直了双腿。

"伯爵，在拿定主意之前，我还有一个问题。我猜您已经差不多就要说服我们了，您知道我们的身份，我们的价值，您知道我们的一切。您介意再多说一点儿关于自己的事么？如果我们同意加入的话，可是要投入大笔资金的。而负责运转那些资金的人则是您。那么——您到底是谁呢？"

冯·格拉茨暂时停下了他那焦躁不安的脚步，点头表示同意。就连斯丹内门也费了很大的劲儿抬眼看着伯爵的脸，此时伯爵已经转身面向他们了。

"是个合理的问题，先生们，但很遗憾，这也是我无法回答的问题。我是不会用虚构伯爵的虚构地址来侮辱你们智商的。我能说的就只有我是个仰仗别人口袋生活的人。正如您所说的，荷金先生，那确实是笔数目庞大的资金，但是比起成效来说，那成本只是九牛一毛。我看起来像——你们都是识人好手——我看起来像是那种开开保险箱就能得到珍珠却要偷放在壁炉台上盒子里的小婴儿的钱的那种人么？……你们必须信任我，正如我必须信任你们一样……你们必须信任我，相信我不会私吞你们给我的当作经营费用的钱……我还得信任你们在工作结束之后会付给我报酬……"

"那你的报酬该是多少？"斯丹内门粗糙的喉音打破了沉默。

"一百万英镑，随你们怎么分配，在我工作结束一个月之内支付。在那之后局面便会转由你们掌控……你们大可以任那个该死的国家在肮脏中苟延残喘……"

他的眼中燃起了熊熊的复仇之火。之后，就像是重新戴上了滑落片刻的面具一般，伯爵又一次变回了那个彬彬有礼的东道主。他已经诚恳并不由分说地陈述了自己的条款：他把他们都归为一类人，对优柔寡断与绕圈子深恶痛绝的人。

"做还是不做？"他已经说了这么多，而他所说的也都奏效。他的听众们没有一个不是极其习惯于与人和事打交道的，他们也并不会幻想着要提出什么折中的建议来。要么全有要么全无：没有什么信条能比这句更合重权在握的这三个男人的意了。

"也许，伯爵，可能的话您让我们单独待上几分钟。"冯·格拉茨说道，"这个决定事关重大，并且……"

"啊，当然，先生们。"伯爵移向了门边，"我十分钟后回来。到那时你们就该做出决定了——到底是做还是不做。"

他来到休息室，坐了下来，点了支烟。酒店空旷寂寥，只有对面椅子上睡着个胖女人，伯爵沉湎于沉思之中。像他那种能看穿人心思的天才，他觉得自己已经知道了那十分钟时间商议的结果……然后……下一步怎么办呢？……在脑海里，他看到自己设的局不断地扩展开来，他的触角慢慢触及一个伟大民族的每一个角落——直到最后，一切都准备完成。他能看见那个拥有无上无边权利的自己——一个国王，一个独裁者，他只要动一动手指就能让自己的国家陷入破坏湮灭的深渊……等他做成之后，等他所憎恨的国家化为废墟之后，他便可以索要到他的那一百万英镑，然后像伟人享受伟大奖励那样享这笔财产。就这样，在那十分钟之中，伯爵看到了梦想的幻境。而他所提议要左右的那股力量是一股危险的力量，但与他井水不犯河水：他是个危险的男人。他的阴谋将会给成千上万无辜的人带来损害甚至是死亡，但他一点儿也不会良心不安：他是个究极利己主义者。他之所以要这样做，不过是由于看到了存在的机会，而他正有着能借着那个机会为自己带来好处的胆量和头脑。只是缺钱而已……并且……他快速地抽出了自己的表。他们要的十分钟已经到了……问题已经解决，一切已成定局。

他起身穿过休息室。站在弹簧门的领班对他谄媚地鞠了一躬。

他希望这次晚餐能够合伯爵阁下的意……红酒正是他所想要的……他吃得很舒服下次还会再来……

"那不大可能。"伯爵拿出了他的小记事本。"但谁也说不准，说不定我会再来的。"他给了这个侍者一张纸币。"把我的账单准备好，在我穿过大厅时给我。"

伯爵一副无忧无虑的样子穿过走廊，进了他的私人房间，而领班则沾沾自喜地望着那张外表不俗的五英镑纸币。

可以察觉到，伯爵在门边停了一瞬，嘴角带着一丝微笑。而后，他打开了门，进入了房间。

美国人仍嚼着他的牙签，斯丹内门依旧喘着粗气。只有冯·格拉茨改变了自己的消遣方式，他正坐在桌边抽着一根细长的雪茄。伯爵关上了门，走到了火炉旁……

"好了，先生们，"他轻声说道，"你们决定怎么做呢？"

回答他的是那个美国人。

"我们同意。但有一个条件。对于我们三个来说，这笔钱太大了：一定要有第四个人。那便是每人二十五万了。"伯爵鞠了一躬。

"对，"美国人简短地说道，"这两位先生也同意了，第四个人应该是我的同胞——这样我们的人数就相等了。我们所选定的那个人在几周之后将会来到英格兰——希拉姆·C.波茨。如果您让他加入，那我们也算加入了。否则，协议就不作数。"

伯爵点点头，即使会为这出乎意料的进展感到气恼，他也不会表现在脸上。

"我知道波茨先生，"他轻声答道，"你们的船运大亨是吧？我同意您保留的席位。"

"好！"美国人说道，"我们来讨论一下细节吧。"伯爵把椅子拉过桌边，脸上没有丝毫情绪。而入座之后，他开始用左手有节奏地敲击膝盖。

半个小时之后，他回到了自己在马格尼菲酒店（Hotel Magnificent）的豪华套间。

一个女子正躺在炉火边读着法国小说，她闻声抬头，并没有说话，因为他的脸色已经把她想知道的告诉她了。

他走到沙发旁，低头向她笑着。

"成功了……按我们说的做。明天，厄玛，盖伊伯爵就死了，卡尔·彼得森（Carl Peterson）和他的女儿离开这里，前往英国。我想，卡尔·彼得森是个乡绅。他也许会养母鸡，还有可能养猪。"

女子从沙发上站起来，打着哈欠。

"我的上帝！真有前途！猪和母鸡——还是在英国！会待多久？"

伯爵若有所思地看着炉火。

"也许一年，也许半年……由天定。"

第一节　卡尔顿的惊喜下午茶

（一）

休·德拉蒙德上尉，金十字英勇勋章①和军功十字勋章②
得主，前国王皇家罗姆团③（His Majesty's Royal Loam-
shires）军官，正在晨浴中吹着口哨。天生性情开朗的他，做
出如此种种行为并没有让他的仆人感到惊讶。仆人是同一军
队的退伍士兵，现在正在隔壁房间安排早餐。

过了一会儿，口哨声停了下来，放水的汩汩乐声为音乐
会落下了帷幕。那是给詹姆斯·丹尼（James Denny）——那

---

　　① 英国的一种军功勋章，颁赠给战时立功或表现优异的军官。
1886 年由维多利亚女王设立，获得者在名字后面加上"DSO"。——译
者注

　　② 英国授予军官的第三等勋章。——译者注

　　③ 小说常用虚构军队名。——译者注

个方下巴前勤务兵的信号——他得退回后台并从他老婆那儿端出那个最出色的女人烤得恰到好处的腰子和培根了。但是在这个特别的早晨，始终如一的日常惯例被打破了。詹姆斯·丹尼一副心事重重，心不在焉的样子。

他挠了一两次头，疑惑地皱着眉头凝视着窗外。而每次，在对半月街（Half Moon Street）对面进行了快速的检视之后，他都会咧嘴笑着转回早餐桌。

"詹姆斯·丹尼，你到底在看什么？"妻子充满怒气的声音从门那边传来，他愧疚地转过身来。"腰子差不多可以了，再等五分钟吧。"

她视线落在了桌上，一边在围裙上擦着手，一边走进了房间。

"哪里来的这么多信？"她说道。

"四十五封，"她丈夫严肃地回答道，"并且还会收到更多。"他拿起放在椅子边的报纸打开来。

"都是因为那个。"他神秘兮兮地继续说道，用宽大结实的手指指着其中一段，把它凑到了妻子的鼻子下面。

她慢慢读道："本人为发现和平无聊透顶的复员军官，接受各种委托以供消遣。不管是合理合法还是违法犯罪，只要描述得相当有趣，定当效劳，最最重要的是刺激。若被恰到好处地打动，愿意终身服务。马上回复给X10号信箱吧。"

她顺手将报纸放在了一张椅子上，先盯着自己老公看了看，转而又盯着桌上排列整齐的几摞信看了看。

"我说这也忒缺德了。"最后她开口道，"简直就是公然藐视上帝。违法犯罪，丹尼——违法犯罪。你要不离这疯狂的恶作剧远远儿的，老倌，你就等着和我吵架吧！"她警告性地向他晃了晃手指，慢慢回到了厨房。詹姆斯·丹尼也曾年少不羁，而今早他的眼神——透着一丝光亮——唤起了旧时的记忆。

片刻之后，休·德拉蒙德进了来。不足六英尺的他就比例来说有些宽大。他最好的朋友们绝不会说他帅气，但幸运的是，他是那种有喜感的丑，反而会让他油然而生出一种自信。他的鼻子自公立学校重量级拳赛的最后一年之后就再未恢复过，他的嘴也不小。事实上，严格说来，只有眼睛能为他的脸扳回一局，使他不至于沦为俗话说的"忍耐极限"。

那双眼睛深陷而坚定，有着许多女人都嫉妒的眼睫毛，它们正展现出了他的身份——一个运动员、一个绅士。这二者的结合正是无双的杰作。

走到桌边，他停了下来，扫了那排信一眼。他的仆人则正在房间的另一头装作忙碌的样子，偷偷观察着他，此刻他能看到德拉蒙德正拣起其中两三封，聚精会神地审视着信封，脸上慢慢绽放出笑容。

"詹姆斯，谁能想到呢？"他最后问道，"我的老天！我必须得找个伙伴。"

丹尼太太则带着满脸的不以为然端着腰子走进了房间，德拉蒙德微笑着瞄了她一眼。

"早上好，丹尼太太。"他说道，"何故一脸忧虑啊？是混蛋詹姆斯胡闹了？"

这个得体的女人哼着鼻子说道："他没有，先生——至少现在还没有。如果他真敢的话。"——她的视线在倒霉的丹尼的背影上上下下扫动，而此时丹尼正多此一举地将书架上的书拿下来又放回去——"如果他真敢的话，"她严肃地继续道，"那就等着和我吵架吧——我今早才跟他说过。"她刻意地盯着德拉蒙德手中的信看了几眼，高视阔步地走出了房间，只留下两个男人四目相对。

"先生，那不是提到犯罪了吗？撕了它吧。"丹尼哑声悄悄说。

"她是觉得我要把你带上歧途吧，詹姆斯？"

休自顾自地吃着培根。

"哦，我亲爱的伙计，只要她能一直烤出这样的培根，随她爱怎么想就怎么想吧。你老婆是个宝啊，詹姆斯——女人中的珍品，你就这样连同着我的爱把话转告给她吧。"他正开着第一个信封，突然抬眼，眼中闪烁着光芒。"为了让她放心，"他正色道，"你可以告诉她，就目前来看，除非情况特殊，我是不会杀人的。"

他把信立在了烤面包架旁，开始吃早餐。"先别走，詹姆斯。"他微皱着眉头研究着打字机打出来的纸，"不久我就会需要你的建议的。虽然这个不用……这一点儿也不吸引我——一点儿也不。协助琼斯（Jones）先生，他们的业务就只是预付期票和发展新客户，这可不是我感兴趣的消遣方式。请把废纸篓拉过来吧，詹姆斯。把这玩意儿撕掉，然后我们继续下一封。"

他疑惑地看了看淡紫色的信封，审视了一下邮戳。"贝德灵顿（Pudlington）是哪儿啊，詹姆斯？让人都想问为什么是贝德灵顿？怎么有镇子敢起这么唐突的名字。"他粗略地把信看完，摇了摇头，"呸！呸！这次又是个银行经理的老婆——贝德灵顿的银行经理，詹姆斯！你能想到比这还糟糕的事情么？但恐怕这个银行经理夫人是个淘气的小女生——明显的淘气小女生。她们一提到灵魂伴侣之类的鬼东西的时候，家具都开始飞起来了①。"

---

① 此处形容天马行空的想法。——译者注

德拉蒙德把信给撕了，将碎片扔进了他身旁的篓子里。然后，他转向仆人，把剩下的信封都递给了他。

"我要与腰子做斗争了，你把这些粗略看一下吧，挑那么两三封出来给我。我看你都得变成我的秘书了。可没人能独自把那一小堆都解决掉。"

"先生，您是要我打开它们么？"丹尼疑惑地问道。

"你猜对了，詹姆斯——猜一次就对了。帮我分个类吧。刑事类；运动类；恋爱类——或者说是关于爱情的；愚蠢且无聊类；还有实在没地儿放的五花八门类。"他若有所思地搅动着自己的咖啡，"我觉得我们开张大吉——詹姆斯，我说的，我们——'爱'对我有着无法抗拒的吸引力。帮我找个落难少女吧，一个落入恶棍魔掌中的、无助的美丽女子。让我有一种能够穿着我崭新的灰色西装飞过去英雄救美的感觉。"

他吃完了最后一块培根，将盘子推开。"在那堆纸之中一定会有一封来自一位可爱的小姐，詹姆斯，而我会挥舞着我生锈的剑任她支配。顺道问一句，见鬼的，那是在干什么？"

"在杂物室里，先生——在把您不喜欢的旧雨伞和铁头球杆绑起来。"

"老天！这样啊。"德拉蒙德又帮自己弄了点果酱。"我还记得我曾幻想着要用它来刺穿德国鬼子。你觉得会有谁笨到会买它么，詹姆斯？"

但那个得体的男人正沉浸在他刚开的一封信中，明显没听到那个问题。困惑在他脸上蔓延开来，他突然大声地吮了吮牙齿。那是詹姆斯兴奋时的明显标志，虽然德拉蒙德差不多已经把他这个令人烦躁的坏习惯改过来了，但在关键时刻他还是时不时地忘记。

他的主人快速抬头扫了一眼，从他手中拿过了信。

"你让我很吃惊啊，詹姆斯，"德拉蒙德严肃地说道，"秘书应该能够自我克制。别忘了完美的秘书该是个物件：一个自动化的机器——没有感情的物件。"

他快速将信浏览了一遍，然后又回过头来慢慢地读了一遍。

我亲爱的 X10 号信箱——我不确定你的广告是不是恶作剧。我曾认为它一定是。但是我今早读了一下，觉得可能，X10，只是可能，你是认真的。如果你真是认真的，那么你就是我想要的人。我能够给你刺激，很可能牵扯到违法犯罪。

我正面临着极大困境，X10。作为一个女孩，我已承担了不能承受之重。我需要帮助——急切地需要帮助。明天下午你能去卡尔顿一起喝杯茶么？我想看看你，再判断我是否该认为你是真的。在纽扣孔上配一朵白色的花。

德拉蒙德将信放下，抽出了他的香烟盒。"明天，詹姆斯，"他低声道，"那就是今天——就在这个下午。实话说，我相信我们已经撞上合意的人了。"他起身，若有所思地望向窗外。"出去吧，我可靠的朋友，然后给我买一枝雏菊或者菜花，或者其他什么白色的玩意儿。"

"您觉得那是真的么，先生？"詹姆斯思索着说道。

他的主人吐出一朵烟云。"我知道它是真的，"他恍惚地答道，"看看那个笔迹，其间的果断——那些字母。她应该是个中等身高，肤色微黑，有着最甜美的小鼻子和小嘴的女孩。她的外貌，詹姆斯，应该是——"

但是詹姆斯已经悄悄走掉了。

（二）

四点整，在卡尔顿（Carlton）的秣市街（Haymarket）入口，休·德拉蒙德走出了他的双座汽车。他纽扣孔上佩着的是一朵白色的栀子花，灰色的西装剪裁极其精致。进入酒店后，他在餐厅外的楼梯顶层站了好一会儿，视线在下面大堂的桌子上来回游走。

一个战友，明显正带着两位乡下亲戚游伦敦，无奈地点点头；一个女人对他微笑招呼，他曾在她家跳过好几次舞。但他也就礼节性地鞠了一躬就没再在意她了。他慢慢地、全方位地继续着他的搜索。时间还很早，自然，她应该还没来，但他要以防万一。

突然，他漫游着的视线停了下来，定在了大堂尽头的一张桌子上。一个女子正独自坐着，被一盆植物半掩着，她与他对视了片刻。然后，带着一抹微不可察的微笑，她转过脸去，开始用手指在桌上连续轻敲起来。

她旁边的桌子是空着的，于是德拉蒙德走到那边坐了下来。毫不犹疑是他的特点之一，只要决定将某事完成，他就会单刀直入地去探索。顺带一提，他的金十字英勇勋章就是这么得来的，但是，就像是吉卜林①（Kipling）会说的，那又是另一个故事了。

他一点儿也不怀疑眼前这个女子就是写信给他的人，在吩咐完服务生之后，他开始尽量不惹人察觉地研究起她的脸来。所能看到的只有她的侧脸，但已经足够让他庆幸当时怀

---

① 吉卜林（1865～1936），英国作家，1907 年获诺贝尔文学奖。——译者注

着恶作剧的心将广告送去报社了。

他能看见，她的眼睛非常蓝，在黑色的小帽子下能看到一大片金棕色的头发盘于耳际。作为一个老行家，他扫了她的脚一眼；鞋子也穿得完美。视线移至她的手，他赞许地发现她没戴任何戒指。之后他又把视线移回了她的脸部，发现她正盯着他看。

这次她并没有再将头转走。看起来她是觉得轮到她来审视他了，于是德拉蒙德转头喝茶任她检视。他为自己倒了杯茶，然后在马甲口袋里摸索起来。过了一小会儿，他找到了他想要的东西。他拿出了一张卡片并把它靠在了茶壶边，让那女子能读到上面的字。上面用很大的大写字母写着"BOX X10①"。他又往茶里加了牛奶和糖，然后静候着。

她几乎马上就开口了。"你会做的，X10。"她说道，他转向她，报以微笑。

"很高兴你这么说。"他低声道，"可以的话，我想要回赠同样的赞扬。你也一样。"

她微蹙眉。"这可不是什么滑稽的事情，你知道的。我在信上说的全都是真的。"

"那我就更得回报那番赞扬了。"他回答道，"如果我要走上违法犯罪的道路，比起——我看看——那边那个西红柿都掉帽子里了的吃货，我可更愿意跟你合作。"

他朝被谈及的那位女士招招手，然后抽出了香烟盒子给这个女子。"这边是土耳其的——那便是弗吉尼亚的。"他说道，"既然我现在践诺出现了，你该告诉我要去杀谁了吧?"

手中夹着未被点燃的香烟，她严肃地望着他。"我希望你

---

① X10 号信箱。——译者注

能告诉我，"她最后说道，语气中不带一丝玩笑，"告诉我，以你的荣誉担保，那个广告到底是真的还是恶作剧。"

他以同样的语气回答道："一开始多少是个恶作剧。但现在可是比珍珠还真了。"

她仿佛满意于这个答案，点了点头。"你有牺牲性命的觉悟么？"

德拉蒙德扬起眉毛，露出了微笑。"如果诱惑足够大的话，"他缓慢地回答道，"我想说我有这个觉悟。"

她再次点了点头。"当然不会让你为了半便士的小面包去死的。"她说道，"如果你有火柴的话，我想点点烟。"

德拉蒙德忙致以歉意，"刚才太沉浸于我们谈论的那些琐事了。"他嘟囔道，拿着点燃的火柴给她，却见她正穿过他肩膀看着他身后的什么人。

"别回头，"她命令道，"快点告诉我你的名字。"

"德拉蒙德——德拉蒙德上尉，退役于罗姆团。"他向后靠在了椅子上，给自己点了支烟。

"你今年要去亨利镇（Henley）吗？"她的声音比刚才大了一些。

"我不知道。"他随意地答道，"我可能会去一天，但——"

"我亲爱的菲利斯（Phyllis），"一个声音从他身后响起，"这可是个惊喜。我可不知道你在伦敦啊。"

一个高高的，没有胡须的男人在桌边停了下来，以犀利的目光看了德拉蒙德一眼。

"这世上到处都是这种惊喜，不是么？"女子轻声答道，"我想你不认识德拉蒙德上尉，是吧？这位是拉金顿先生（Mr. Lakington）——美术鉴赏家以及——呃——收藏家。"

两个男人相互一欠身，拉金顿脸上露出了微笑。"可还从未有人如此精准到位地描述过我那无害的小乐子。"他温文尔雅地说道,"你对这感兴趣么?"

"我恐怕不是很感兴趣。"德拉蒙德回答道,"正好最近太忙了,所以也没时间过多地关注艺术。"

另一个男人再一次微笑,而休被震住了,他很少见到,如果真的有见到过的话,如此冷酷无情的脸。

"当然,你在法国①待过(指的是一战战场)。"拉金顿低声道,"不幸的是,我心脏不好,只能待在海的这边儿。我可是各种各样地惋惜——强烈地惋惜。有时候我都情不自禁地在想,能够不畏后果地杀人的滋味一定特别棒。杀戮中也包含着艺术,德拉蒙德上尉——并且,正如你所知,菲利斯。"他转向那个女子,"我一直都被一切需要艺术素养的事情所深深吸引着。"他看了看表,叹道,"唉!我必须得走了。你今晚回家么?"

那个女子正在环视着饭店,她耸耸肩。"也许吧。"她答道,"我还没决定呢!我可能会住在凯特阿姨(Aunt Kate)家。"

"幸运的凯特阿姨。"拉金顿鞠了一躬转身走掉了。通过玻璃,德拉蒙德看着他从寄存处取回了帽子和手杖。然后他看向那个女子,发现她脸色有些发白。

"怎么啦,老兄?"德拉蒙德忙问道,"你头晕么?"

她摇头,脸上慢慢恢复了血色。"我很好。"她回答道,"我很震惊,那个男人居然在这儿找到了我们。"

"表面上看,那是个无害的职业。"休说道。

"表面上看,大概是。"她说道,"但那个人可不是与表面

---

① 法国是一战主战场。——译者注

价值打交道的人。"她短促一笑，转向休，"你可是完完全全被卷入事件中心了，我的朋友，比我预料的快了许多。那就是你可能要杀的人中的一个……"

她的同伴再次点燃了一支烟。"再没有什么能比得上这样直截了当了。"他咧嘴笑道，"虽然我不喜欢他的长相和举止，但我得承认我可看不出来为什么要在他身上费这么多劲儿。他有什么特别让人担忧的?"

"首先，那畜生想娶我。"女子回答道。

"我讨厌说得太明显，"休说道，"但我并不惊讶。"

"但重要的不是那个，"她继续道，"我死也不会嫁给他的。"她静静地看着德拉蒙德。

"亨利·拉金顿（Henry Lakington）是全英格兰第二危险的男人。"

"就只是第二嘛，"休嘟囔道，"那我开张大吉的是不是得从第一开始比较好?"

她沉默地看着他。"我猜你觉得我歇斯底里，"片刻之后，她说道，"你可能甚至怀疑我头脑不清醒。"

德拉蒙德弹去烟上的灰，平心静气地转向她。"你得承认，"他说道，"直到现在为止，我们的谈话进程就没正常过。对你来说，我完全是个陌生人，而另一个对我来说完全是陌生人的男人在我们俩喝茶的时候过来跟你说话。你还通知我可能必须在不久之后杀掉他。这番话，我想你也同意，是有些让人为难吧。"

女子仰头大笑。"你个坏小子，"她嚷道，"被你那么一说听起来确实有些瘆人。"然后，她又变回了严肃的表情。"现在你想退出还来得及。只要把服务生叫过来，让他把我的账单拿来。我们说声再见，事情就完了。"

说话时，她满脸严肃地看着他，而在她的同伴看来，她大大的蓝眼睛有着某种吸引力。那双眼睛很大：安放它们的脸庞非常迷人——尤其是处于那样的倾斜角度，在房间里昏暗的灯光下。综上，德拉蒙德眼中映出了一个最惹人怜爱的女子。而惹人怜爱的女子一直都是他的嗜好。也许拉金顿手中有一封她的信或是什么其他的东西，而她想要他替她要回来。当然他会的，就算是不得不把那猪猡揍个半死。

"好了！"女子的声音打断了他的思绪，他忙定了定神。

"我最不想看到的就是这件事结束了，"他热忱地说道，"为什么——明明才刚开始。"

"那么你会帮我？"

"那不就是我来这儿的原因嘛。"带着微笑，德拉蒙德又点了一支烟。"跟我说说。"

"这是个难题，"片刻后她开口道，"就是没什么可说的。目前大部分都还只是推测，并且是无凭无据的推测。但是，作为开始，我最好先告诉你你要对付的是些什么样的人。首先，亨利·拉金顿——那个跟我说话的男人。我相信，他曾是牛津活跃过的最杰出的科学家中的一个。用他自己的话说，他从未坚持不懈地专注于一件他本分之外的事情。就是这样。他有意要把自己的头脑转化为犯罪。不是粗俗的、一般的那种犯罪，而是大事，需要犯罪专家才能完成的大事。他永远有足够的钱，让他能够从容不迫地实施各种阴谋，完善他的各种细节。那便是他所热爱的。他眼中的犯罪就像是普通人眼中错综的生意——那是一件需要被审视、被从各个角度来研究的事业，需要像对待数学问题那样对待的事业。他十分不择手段，他所想的，就是让自己与世界对立并获胜。"

"真是个迷人的家伙。"休说道，"那他最喜欢哪种形式的犯罪?"

"一切需要灵光头脑、坚强神经以及极致细节的东西。"她回答道,"到目前为止,主要是大型盗窃以及谋杀。"

"我的天!"休难以置信地说道,"你怎么确定?还有你为什么不告诉警察?"

她消沉一笑,"因为我还没有证据,并且,就算我有……"她轻轻耸了耸肩,并没有把话说完。"但是有一天,我跟父亲在他家,然后,无意间,我进到了一间从未进去过的房间。那是个特别奇怪的房间,墙上嵌着两个大保险箱,天花板的天窗上也嵌着钢筋条。没有窗户,地板也像是由混凝土砌成的。窗帘覆盖着门,要拉动的话很费劲——就像是钢制或是铁制的一样。在屋子中部的桌上放着一些微型画,于是我不假思索地将它们拿起来看了看。我恰巧对微型画有些了解,而让我恐惧的是,我认出了它们。"一个服务生走过他们桌旁,她顿了片刻。

"你还记得那有名的本属于墨尔本公爵(Duke of Melbourne)的梵蒂冈微型画的失窃事件么?"

德拉蒙德点点头,他开始有了兴致。

"我当时拿在手中的就是那个。"她轻声说道,"回想起报纸上的描述,我马上就察觉到了。就在我纠结着究竟该怎么做时,那个男人自己走了进来。"

"棘手——真棘手。"德拉蒙德挤出香烟,满怀期待地前倾着。"他做了什么?"

"毫无疑问,什么都没做,"她说道,"所以才会让事情变得很糟糕"。

"'羡慕我的财宝么'他说道,'美丽物件,不是么?'我张口结舌：我只是把它们放回了桌上。

'精美的复制品，'他继续道，'墨尔本公爵丢失的微型画的精美复制品。我想它们能够欺骗大多数人。'

'我就被骗了。'我竭尽全力地吐出了几个字。

'是吗？'他说道，'画它们的人该受宠若惊了。'

他一直都在盯着我，冷酷无情的眼神像是要把我的脑子都给冻住似的。然后，他走到其中一个保险箱前并打开了它。'过来，本顿小姐（Miss Benton），'他说道，'这里还有很多——复制品。'

我只往里望了一小会儿，那是我从未见到甚至是想象过的景象。成串成串的珍珠、绚丽夺目的钻石冕状头冠，还有一堆零散的未经雕琢的宝石，全都漂漂亮亮地躺在黑色天鹅绒架子上。在一个角落，我还瞥见了世间最精妙的镂金杯——像是那个犹太放贷者收钱塞（Samuel Levy）正为之重金悬赏的那个。然后，他关上了门并上了锁，继而又沉默地盯着我看起来。

'都是些仿制品，'他轻声说，'精妙的仿制品。如果你情不自禁地产生其他想法——就问问你的父亲，本顿小姐。我警告你，别做傻事。先问问你的父亲。'"

"那你问了么？"德拉蒙德问道。

她发着抖。"就在那个晚上，"她回答道，"爸爸激动得吓人，还告诉我想都不要想再插手跟我无关的事情。之后，随着时间流逝，我渐渐发现拉金顿抓住了爸爸的什么把柄——所以他能掌控着我的爸爸。爸爸是个连苍蝇都不会伤害的人，他是世界上最好最亲切的人。"她双手紧握，胸腔激烈地起伏着。

德拉蒙德等着她镇定下来，才又开口说话。"你也提到了谋杀。"他说道。

她点点头。"我还没有证据，"她说道，"甚至比盗窃案更空口无凭。但是有个叫乔治·德林格（George Dringer）的人。有天晚上，拉金顿跟我们吃晚餐时我听到他跟父亲讨论过这个人。

'他必须离开，'拉金顿说道。'他很危险！'

然后我父亲起身把门关了，但是我听到他们争论了半个小时。三周之后，验尸陪审团发现乔治·德林格一时神志不清自杀了。那天晚上，爸爸此生头一次喝得醉醺醺的，然后就上床睡觉了。"

女子陷入了沉默，德拉蒙德则不安地凝视着管弦乐团。事情似乎比他预料中的要重大许多。

"然后还有一件事。"她又开始说话，"你还记得在奥克西（Oxhey）站，有一个男人被发现死在火车客车车厢里么？他是个意大利人——名叫吉塞佩（Giuseppe），陪审团裁定那是自然死亡。一个月之前，他跟拉金顿会过面，就在我们家：因为那个意大利人人生地不熟地走错了地方，而拉金顿恰好那时跟我们在一起。他们的会面以吓人的争吵收场。"她转向德拉蒙德，带着笑容。"这也不算什么证据，是吧？只有我知道是拉金顿谋杀了他。我，知，道。也许你觉得我在异想天开——在臆想着这些事情，也许你觉得我在夸大事实。我不介意你是否真这么想——因为不久之后你就不会了。"

德拉蒙德并没有立即回答。虽然理智更为靠谱，但他事实上已经开始被深深折服了，并且，在那一刻，他也不知道到底该说些什么。那个女子自己是坚信着她所描述的事情的，他确信。而重点是，其中有多少是——正如她自己所说的——虚构的想象呢。

"那另一个男人呢?"他最终还是问道。

"我能告诉你的很少。"她回答道,"他去了埃尔姆斯(The Elms)——这是拉金顿住所的名字——三个月前。他大概中等身高,颇为魁梧,没有胡子,浓密的棕色头发夹杂着一星半点的白色。他有着宽额头和冷灰蓝色调的眼睛。但吓人的是他的手。那双手又大又白,从骨子里透出冷酷无情。"她楚楚可怜地转向他。"哦! 不要觉得我是在说胡话。"她乞求道,"他要把我吓死了——那个男人:比拉金顿坏多了……在达到目的之前什么都无法阻止他,甚至连拉金顿自己都知道彼得森先生(Mr. Peterson)是大师。"

"彼得森!"德拉蒙德低声道,"看起来真是个沉稳老旧的英文名。"

女子嗤笑起来:"哦! 这名字是够沉稳的,如果是他的真名的话。事实上,它的真实性就跟他的女儿一样。"

"那么,这事件里有个女士咯?"

"叫厄玛(Irma),"女子简短说道,"她躺在花园的沙发上打哈欠。她不比那个服务生更英范儿。"

他同伴的脸上闪过一丝微笑,他已经在脑海中颇为生动地勾勒出了厄玛的样子。然后,他又变回了严肃的表情。

"那到底是什么让你觉得会有祸事发生呢?"他突然问道。

女子耸耸肩。"我看,是小说家们口中的女性的直觉。"她回答道,"那个——以及我的父亲。"她用很低的语调说出了最后一个词。"现在他晚上几乎不睡觉了,我能听到他在房间里来回走动——一个小时接着一个小时,一个小时接着一个小时……哦! 都要把我弄疯了……你能理解么? 我必须找到问题所在。在他彻底崩溃之前,我必须把这些魔鬼从他身边赶走。"

德拉蒙德点点头，转头看向了别处。她的眼中闪烁着泪光，而就像所有英国男人一样，他讨厌看到那一幕。她说话时他就已经打定主意了要走哪条路，而现在，坐在这儿的时间已经超过了所有人，他决定是时候结束这次会面了。晚饭吃得早的早就开始喝鸡尾酒了，而拉金顿也有可能随时回来。在他看来，如果如她所述真有什么的话，也就不该让那位先生发现他们直到现在还在一起。

"我认为，"他说道，"我们还是快走吧。我的地址是半月街 60A，电话号码是梅费尔（Mayfair）1234。如果发生了什么，如果你需要我——不论日夜不论何时——给我电话或写信给我。如果我不在，就留言给我的仆人丹尼。他绝对可靠。最后就是你自己的地址了。"

"拉杰斯（Larches），在戈德尔明（Godalming）附近。"女子答道，他们一起朝门走去。"哦！你不知道找到人求助之后我有多安心……"她看着他，眼中闪着光芒，德拉蒙德感觉自己心跳骤然加速。不管那是否是她的幻想，带着那份恐惧的那个女子是他见过的最可爱的女子之一。

"要我送你么？"走到人行道，他如此问道，但她摇了摇头。

"不用了，谢谢。我搭那辆的士。"她告诉司机地址，上了车，而休则光着头站在门边。"别忘了，"他恳切地说道，"不论何时，不论昼夜。并且我想了想——我们是老朋友。这样行吧？说不定我要拜访或是暂住的，你懂的。"

她思索了片刻，点了点头。"好。"她回答道，"在战争时期，我们有过很多接触。"

伴着齿轮转动的声音，的士开走了，留下休在原地，脑海中栩栩如生的是那明眸皓齿，以及那像是被太阳亲吻过的桃花般的肌肤。

他待在原地凝视着出租车离去的方向半晌，然后走向了自己的车。他沿着皮卡迪利街（Piccadilly）缓慢行驶，充斥脑海的依旧是之前的会面，他还时不时自顾自地露出邪笑。这所有的一切都是设计巧妙的恶作剧么？那个女子甚至此刻正在为他的轻信而暗自发笑？如果是这样的话，那么游戏才刚刚开始，要与这样的对手再来几个回合，他并无异议。这个恶作剧绝不仅仅是在卡尔顿一起喝个茶……然而不知为何，在他的内心深处，他又好奇这是否真是一个笑话——是否，命运开了个玩笑，他卷入了某个奇异的秘密之中，到现在，他还认为只存在廉价惊悚小说国度里的那种秘密。

他进入了自己的房间，站在壁炉台前脱下手套。就在他要把手套放在桌上时，一封信引起了他的注意，是写给他的，陌生的笔迹。他机械地将它拿起打开。里面是半张便条纸，上面是由一双小而灵巧的手写下的几行字。

天地之大，年轻人，绝非只能容下吃牛排洋葱的能力以及对冒险的渴望①。我想你同时拥有二者：在人间，它们是有用资产。然而到了天堂，就只有天知道了——想想天堂会有洋葱吗？小心。

德拉蒙德眯着眼一动不动地站了片刻。然后他探身向前

---

① 化用自莎士比亚悲剧《哈姆莱特》里哈姆莱特对好友霍雷肖说的话，原文为：here are more things in heaven and earth, Horatio, than are dreamt of in your philosophy. 天地之大，霍雷肖，绝非只有以你们的哲学所梦想到的事情。——译者注

摁了铃……

"詹姆斯，这张便条是谁给的?"他的仆人进到房间，他轻声如此说道。

"一个小男孩，先生。还特别说一定要我看着你拿到它。"他打开了窗户旁的壁橱，拿出了一个玻璃酒柜。"先生，威士忌还是鸡尾酒?"

"就威士忌吧，詹姆斯。"休仔细地将那张信笺折了起来，放进口袋里。他从仆人那里接过酒，脸上的表情让旁人毫不怀疑他为什么会在过去收获了"斗牛犬德拉蒙德"这个外号。

第二节　戈德尔明之行，游戏开始

（一）

"我几乎在想，詹姆斯，我还能干掉另一只腰子。"德拉蒙德的视线穿过桌子投向他的仆人，他正在认真地将两三打信件分类。"你觉得这会让饮食安排全乱套么？我今天的行程需要一份足量的早餐。"

詹姆斯·丹尼将放在电热器上的盘子里的腰子补了上去。

"您要去很久么，先生？"他大胆问道。

"我不知道，詹姆斯。全看情况。你要想想的话，这句可真无疑是英语中一等一的傻话。世上哪有事情不是看情况的？"

"先生，您是驾车还是坐火车呢？"詹姆斯淡淡地问道。辩证的论点对他来说毫无吸引力。

"开车，"德拉蒙德回答道，"睡衣和牙刷。"

"先生，您不带晚礼服吗？"

"不。我希望我的拜访看起来不像刻意安排的，詹姆斯，如果有人带着整套的行李穿着浆过的衬衣出门，还假装只是出去一个下午，正常人都会有所怀疑的。"

詹姆斯沉默着消化这个极其了不起的想法。

"先生，您去得远么？"他终于开口道，开始倒着第二杯咖啡。

"去戈德尔明。我相信，是个迷人的地方，虽然我从未去过。还有迷人的居民们，詹姆斯。昨天我去卡尔顿见的那位淑女就住在戈德尔明。"

"先生，确实。"詹姆斯不置可否地低声道。

"见鬼的，别装了，"德拉蒙德大笑道，"你知道你心痒痒地想知道事情的全部。我跟她谈了很久，很有趣，并且从我们的对话中明显涌现了两种可能性。詹姆斯，要么，我就是个天生的笨蛋，连进屋避雨都不会的那种；要么，就是我们撞上了对的人了。这就是我计划着通过这次短途小旅行弄清楚的。我的朋友，要么就是我们被耍得团团转，要么就是我们的广告取得了难以想象的成功。"

"先生，今早还来了更多其他的答案。"丹尼移向他一直在分类的那些信件。"一封来自于一个带着俩孩子的可爱寡妇。"

"可爱。"德拉蒙德嚷道，"她还真敢说！"他扫了那封信一眼微笑道，"詹姆斯，谨慎和准确是秘书的必备要素。这个跑偏的女人该称自己缺爱而不是可爱。在我看来，她将保持如此，直到另一事件解决。"

"先生，你觉得那会要很久吗？"

"解决它吗？"德拉蒙德点了一支香烟，靠在了椅背上。

"听着，詹姆斯，我要将这事概述一番。那个少女住在一幢名叫拉杰斯的房子里，就在戈德尔明附近，她跟爸爸住在一起。不远处是另一幢叫作埃尔姆斯的房子，它的主人是一位名叫亨利·拉金顿的先生——一个令人不爽的男人，詹姆斯，他长得也让人不爽——他昨天下午也在卡尔顿待了一小会儿。接下来是重点了。本顿小姐——这是那位淑女的名字——她指控拉金顿先生是个犯罪界里彻头彻尾不是人的东西。她甚至还说他是全英格兰第二危险的男人。"

"确实，先生。还要咖啡吗，先生？"

"你就不为所动么，詹姆斯？"他的主人幽幽道，"这个男人会杀人之类的事情，你懂的。"

"就个人而言，先生，我更喜欢电影院。但我觉得这不算爱好。我可以收拾餐桌了吗，先生？"

"不，詹姆斯，不是现在。我继续说的时候你别乱动，不然我就要误会了。三个月前，那个全英格兰最危险的男人来到了埃尔姆斯。他是禽兽中的禽兽。这位先生叫作彼得森，他还有个女儿。根据本顿小姐所说的，我对那个女儿有几分怀疑，詹姆斯，应该是严重怀疑。"他站起来漫步到窗边，"但是，回过头来，貌似那位禽兽中的禽兽和它可疑的女儿，正在酝酿着什么令人不爽的阴谋，而本顿爸爸也无可奈何地被牵扯其中。据我理解，上策就是我要把错综复杂的犯罪之线拆解开来并救出老爸。"

在突如其来不可控制的兴奋中，詹姆斯吮了吮他的牙齿。"哎呀，这在电影里还没出现过，是吧？"他说道，"比红印第安人什么的更有趣呢。"

"我很忧虑，詹姆斯，你都没有像我希望的那样养成把空闲时间花费在大英博物馆（the British Museum）里的习惯。"

德拉蒙德说道，"并且你脑袋瓜子转得还慢。重点不在于这骇人听闻的事件是否比红印第安人什么的更有趣——而在于它的真实性。我是要去跟杀人犯们对抗还是会发现自己其实去了一个家庭聚会并要接受来自草坪上的嘲笑。"

"先生，只要您也像他们一样大笑，那就不奇怪了。"詹姆斯颇有哲理地说道。

"这是你今早说的第一句有智慧的话，"他的主人满怀希望地说道，"我就准备着去笑吧。"

他拾起壁炉台上的一支烟斗开始填充起来，而詹姆斯·丹尼仍沉默地等着。

"一个女士今天可能会打电话过来，"德拉蒙德继续道，"精确一点儿的话，是本顿小姐。如果她真来电话的话别说我去了哪，但记下所有留言，然后用电报发到戈德尔明邮局（Godalming Post Office）给我。如果我失联超过三天，就联系伦敦警察厅（Scotland Yard），并告诉他们我的去向。那就算是真的，这也能一劳永逸了。如果，它是一场恶作剧，而家庭聚会又挺有意思的话，我也许会让你把我的晚装和一些其他的衣物配件送过来的。"

"很好，先生。我马上去把您的小型柯尔特自动手枪给擦干净。"

休·德拉蒙德点烟斗的动作一顿，慢慢咧嘴笑了。"好极了。"他说道，"再看看能不能找到那把我曾用过的水枪——它可有着'枪之子'的名头。如果我用它来逮捕那杀人犯，应该还挺有效果的。"

（二）

三十马力的双座汽车不一会儿就到戈德尔明了。后座下方放着一个小包，里面装着勉强够过夜的必需品。而想到被小心裹在睡衣里的两支枪——一把无害的玩具枪和一把邪恶的小型自动手枪——德拉蒙德暗自轻笑。那个女子上午并没有打电话给他，而在俱乐部享用过一顿舒适的午餐之后，他3点左右便出发了。春光之下清新的树篱飞速倒退，乡间清甜芬芳的气息扑面而来。和煦的天气，白日的清爽让人不由得感叹活着真好。有那么一两次他还带着纯粹的心旷神怡轻声吟唱了起来。置身于田园的宁静之美中，偶尔见到被大片树木半掩着的村庄，树下小房子若隐若现，似乎犯罪不可能存在——真可笑。当然这件事是个恶作剧，一个精心编排的笑话，但是，问心无愧，休·德拉蒙德承认就算事实如此他也无所谓。菲利斯·本顿可以随她所愿继续这场闹剧，无论何时何地，只要她喜欢。菲利斯·本顿是个好女孩，好女孩理应得到许多宽容。

身后持续的喇叭声将他从白日梦中惊醒，他把车开到了路的一边。在通常情况下，他会把车开到路中央，由于她能轻易飚到九十，他很少被超越。但这个下午，他并无心赛车，他想静静地向前，他想思索。蓝眼睛和那闪耀的外貌是个危险的组合——极其危险。简直就要把一个健康的单身汉迷得神魂颠倒了。

一辆奶油色的劳斯莱斯开了上来，车上有五个人，他们经过时他抬眼看着。后座上有三个人——两男一女，他的视线与离他最近的那个男人的视线交汇了片刻。之后他们便开到了前面，而为了避开厚重的尘土，德拉蒙德将车停了下来。

他微皱着眉头看着远去的车的背影，他能看到那个男人倾身跟另一个男人说了些什么，他还看见另一个男人掉头看了看。一个道路转弯，他们消失在了视线之外，德拉蒙德依旧皱着眉,抽出他的香烟盒点了一支烟。因为在劳斯莱斯经过时与他对视的那个男人正是亨利·拉金顿。那冷酷的双唇,无情的面容,不会有错的。休想着,大概另两个乘客就是彼得森先生和他那可疑的女儿——厄玛吧,大概他们正要回到埃尔姆斯。并且,顺道一提,也说不出来他们为什么不该回去。但是,不知为何,拉金顿的突然出现使他心烦意乱,他感到焦躁气恼。即使只看了他那么一小眼,他也一样不爽,他不愿意想起那个男人来,特别是在想着菲利斯的时候。

那辆车已经到达尽头了,他看着白色的烟尘在前方的山冈上升起,又看着它下沉消散在微风中。接着他踩了离合,颇为缓慢地尾随那辆大车向前。

刚才前座有两个人——司机和另一个人,他凭空猜想着后者会不会是本顿先生。细想来也许不是,因为菲利斯从未说过她父亲身在伦敦。他加速上坡摇荡到了小山顶上,下一刻他猛踩刹车,车停得正是时候。劳斯莱斯的司机正窥视着引擎盖里,它停的位置让他无法通过。

女子仍坐在后座,前座的乘客也是,但两个男人则站在路上,明显在看着司机。过了一阵,被德拉蒙德认出是拉金顿的那个男人朝他走了过来。

"非常抱歉。"他开口道——然后,他惊讶地停顿了一下,"怎么,我敢确定,你就是德拉蒙德上尉?"

德拉蒙德和气地点点头。"同一辆车的乘客在一英里之内没什么可能会变的,不是么?"他说道,"恐怕你经过时我忘了挥手,但是我顺利地收到了你的微笑。"他靠在方向盘上,点了第二支烟。"你们可能要很久么?"他问道,"因为如果是的话我就把发动机关了。"

另一个男人也故作随意地走了过来,德拉蒙德好奇地注视着他。"我们小菲利斯的朋友，彼得森。"他过来时，拉金顿说道，"昨天我看见他们在卡尔顿一起喝茶。"

"只要是本顿小姐的朋友，我希望，就是我们的朋友。"彼得森笑着说道，"我猜，你认识她很长时间了？"

"长了去了，"休答道，"我们在很多场合下都一起跳过爵士。"

"那我们这么耽误你就更不好意思了，"彼得森说道，"我禁不住想，拉金顿，我们的新司机是不是有点蠢。"

"我希望他很好地躲过了撞车。"德拉蒙德礼貌地低声说道。

两个男人都望着他。"撞车！"拉金顿说道，"倒不存在撞车的问题，我们只是停了下来而已。"

"是吗，"德拉蒙德说道，"先生，我觉得你对你们司机心智的诊断是正确的。他恭敬地转向彼得森，"当出差错时，一个伙计为了让车停下来把车刹得猛到两个后轮都抱死了可是no bon（不好的），我们在法国时习惯这么说。我想，根据尘土中的车辙可以断定，你们一定是遇见了要撞上牵引车的紧急危险了。或者也许，"他考虑周到地补了一句，"一个突然要求停车的命令也会产生同样的效果。"就算看到了两人之间交换的闪烁眼光，德拉蒙德也仍然装作一无所知。"你们要烟么？这边是土耳其的——那边是弗吉尼亚的。我想知道是否能帮到你们，"他继续道，之前他们一直都是在自己解决，"我对劳斯莱斯还是略有了解的。"

"你真太好心了，"彼得森说道，"去看看吧。"他走到司机那边跟他说了几句。

"不是很神奇么，"休说道，"老板的眼神怎么能够将人的行动力激励到如此地步！也许，就在彼得森先生过来说话的这段时间里，他本该继续鼓捣引擎的。而现在——看，立刻马上——全好了。而我敢说彼得森先生对此还真全然不知。就只是监督的眼神，拉金顿先生。神奇的东西——人类的眼睛。"

他带着真诚的笑容，颇有兴趣地望着面前的车继续说道："坐在司机旁边的怪家伙是谁呢？我对他挺感兴趣的。老天怎么没在法国的时候多赐几个这样的人给我，狙击手的好苗子啊。"

"敢问为何觉得他能胜任此工作呢？"拉金顿的声音显得漠不关心，但冷酷似铁的眼睛却死死地盯着德拉蒙德。

"他一动不动的，"休回答道，"这个讨厌鬼从我到这儿之后连一小块肌肉都不曾动一下。我相信他都能坐在马蜂窝上，让马蜂们自己猜猜发生了什么。惊人的天赋，拉金顿先生。这展现了世间少有的意志力——完全凌驾于简单粗俗好奇心之上的专注。"

"有这样的意志力确实是惊人的天赋，德拉蒙德上尉，"拉金顿说道，"若非他已经是个大男人了，定会好好尝试培养它的。"他把香烟扔掉，将大衣扣上，"今晚我们会见到你么?"

德拉蒙德耸耸肩，"我可是这世上最含糊的人了，"他轻声说道，"我或许会在乡间聆听夜莺鸣唱，或者是享用完牛排洋葱之后去夜总会。再会……哪天晚上我一定得带你们去赫克托坐坐。希望你们不会又如此突然地出故障。"

他看着劳斯莱斯发动，但似乎并不急于照做。休·德拉蒙德凝视着飞扬着白色沙土的道路，他很多朋友都习惯于把他看作是四肢发达头脑简单的壮汉，而若他们看到此刻那一脸的聚精会神，一定会非常困惑。他也说不准为什么，但就是猛然间非常确信，这一切并不是恶作剧或是玩笑——而是残酷清醒的事实。在他的想象中，他听到了山顶上那极为突然的停车命令，那样彼得森就能够有机会审视他。凭借一闪而过的直觉，他知道那两个男人绝非等闲之辈，并且他们已经对他起了疑心。他平稳地在那辆大车之后滑行着，现在那车已经完全看不见了，他的头脑被两个想法占据着。其一是那个坐在司机身边一动不动、很不自然的男人背后一定隐藏着什么，其二，自动手枪填满了子弹让他倍感庆幸。

（三）

五点半，他在戈德尔明的邮局门口停了下来。令他惊讶的是，女职员给了他一封电报，休迅速将那黄色信封拆了开来。是丹尼发过来的，简明扼要：

> 收到了电话留言。AAA。后天必须在卡尔顿茶室见到您。现在要去戈德尔明。AAA。留言结束。

注意到那军队式的措辞，他脸上掠过轻笑，丹尼在他的职业生涯里曾经做过通信兵——之后他又皱起了眉头。"必须见到您。"她会的——马上。

他转向那个女职员并问了去拉杰斯的路。大概是两英里的路程，他推断，在吉尔福德路（Guildford），不可能会错过的——一幢不小的房子就坐落在自己宅地的后方。

"它是在一幢叫埃尔姆斯的房子附近么？"他问道。

"就在隔壁，先生，"女子说道，"花园都是邻接的。"

他道了谢，将电报撕成小碎片，上了车。他认定，除了大胆地驶去那所房子并说他是来拜访本顿小姐的，别无他法。他不是个绕圈子的男人，简单的方法更合他的意——这是他性格中的一个特质，而很多在赛场上沉迷于繁复花招的拳击手有足够理由来铭记这一点。他细想，有什么比开车造访旧友更自然的呢？

他很轻易地找到了那所房子，几分钟之后他已经开始摁前门的门铃了。应门的是一个女仆，她看着他，稍带些吃惊。开着汽车来的年轻男子们并不是拉杰斯的常客。

"本顿小姐在家么？"休问道，笑容瞬间俘获了女子的芳心。

"她刚从伦敦回来，先生，"她疑惑地答道，"我不知道是否……"

"能告诉她德拉蒙德上尉前来拜访么？"见女仆犹豫，休说道，"我恰好经过这里，想碰碰运气看能不能见到她。"

笑容又一次发挥了作用，女仆不再犹豫。"您要进来么，先生？"她说道，"我进去告诉菲利斯小姐。"

她把他带到了休息室并关上了门。那是间迷人的房间，正如他所期待的菲利斯那般迷人。大大的落地窗，通往外面五彩缤纷的草坪。几棵大橡树在花园的另一端投下令人愉悦的影子，而穿过它们，他能看到另一幢房子的一部分，他肯定地推测那就是埃尔姆斯。事实上，甚至就在他听见门打开并在身后关上之时，他就已经看见彼得森从一个小凉亭里出来，开始吸着烟来回游荡。然后，他转身面向那个女子。

在伦敦时就已然迷人的她，此刻正散发着加倍的魅力，亚麻长袍将她的身材展现得完美。但如果他有打着小算盘，想要不被打扰，悠悠闲闲地欣赏这画面，那他马上就幻灭了。

"你怎么来了，德拉蒙德上尉？"她问道，呼吸有些急促。"我说在卡尔顿——后天。"

"不幸的是，"休说道，"在收到留言之前我就已经离开了伦敦。我的仆人把它用电报发到了这边的邮局。不过那也不能改变什么。我总该过来的。"

微笑在她唇间不由自主地徘徊了片刻，之后她又变得严肃起来。"你来这里很危险。"她轻声道，"如果那些人有了任何疑心，天知道会发生什么。"

告诉她现在担心那些已经太晚了的话都已经到了嘴边，他却改变了主意。"这有什么可疑的，"他问道，"一个老朋友恰好来到了这附近然后过来看看又有什么好大惊小怪的？你介意我吸烟么？"

女子双手一拍："亲爱的，"她叫道，"你不明白。你是在用自己的标准评判那些恶魔。他们怀疑所有事物——以及所有人。"

"多令人痛心的习惯，"他嘟囔道，"它是慢性的，还是只是肝脏的问题？我得送他们一瓶好盐才行。神奇的东西——好盐。在法国就没有。"

女子无奈地看着他。"你没救了，"她说道，"完全没救了。"

"完全。"休同意，吐出一朵烟来。"你的电话留言是怎么回事？在担心什么？"

她咬咬嘴唇，用手指在椅子扶手上轻敲起来。"如果我告诉你，"她终于开口道，"你能用荣誉担保，不会鲁莽地闯入埃尔姆斯，或者做什么诸如此类的傻事么？"

"目前我待在这儿就很舒服，谢谢。"休说道。

"我知道，"她说道，"但我非常害怕，你是那种……那种……"她停顿下来，不知如何用语言形容。

"像公牛一样咆哮着，埋头往前冲的人。"休咧嘴打断道。她跟着他笑了起来，他们的目光有瞬间交汇，她从中读到了些与问题无关的东西。事实上，如果德拉蒙德没有专注于拉金顿及其同伙的问题的话，那会是件很可怕的事情。他早就该对此事心无旁骛的。

"他们无所不用其极，"她匆忙继续说道，"他们残酷又狡猾，就算是你在他们手中也只是个小孩子。"

休尽力掩饰着自己听到"就算"这个小词时的喜悦之情，于是只挤出个可怕的皱眉来。

"我就是谨慎的化身，"他坚定地保证道，"我承诺。"

"我想我必须得信任你，"她说道，"你看过今晚的晚报了么？"

"吃午餐前我看了几张上午出来的印着下午六点的报纸。"他回答道，"有什么有趣的事情么？"

她给了他一份《普拉尼特报》（*The Planet*）。"读读第二栏的那一小段。"他接过报纸时，她指了指，休了读了出来。

"希拉姆·C. 波茨先生——著名的美籍百万富翁——正顺利恢复。他在乡村待了几日，但恢复得不错，已经能照常经营生意。"他放下报纸，看了看坐在对面的女子。"本人很高兴，"他疑惑着说道，"为波茨先生而高兴。生着病还有一个那样的名字真不是平常人能够忍受的……但我不知道……"

"那个人曾住在卡尔顿，拉金顿在那儿跟他会了面，"女子说道，"他拥有数百万资产，在这边跟一些大型钢铁企业有往来，而当这种大富翁与拉金顿交好时，他们的身体状况的确会恶化。"

"但这报纸说他正在恢复啊。"德拉蒙德反驳道。

"恢复得不错，已经能照常经营生意。"

"这怎么了？"

"如果他真的恢复到已经能照常经营生意，为什么还要在昨早派遣他的机要秘书出急差去往贝尔法斯特（Belfast）？"

"天知道，"休说道，"你怎么知道他派了的？"

"我早上去卡尔顿问过了，"她回答道，"我说我来应征波茨先生的打字员。在问讯处他们告诉我说他卧病在床无法见任何人。所以我就找他秘书，他们就告诉我，我刚才跟你说的——那天早上他启程去了贝尔法斯特，几天之后才能回来。是有可能什么问题都没有，但也有可能，里面大有文章。而只有抓紧一切可能线索，"她狠狠地继续道，"我才有希望打败那些恶魔，将爸爸从他们的魔爪中拯救出来。"

德拉蒙德严肃地点点头，沉默无语。他脑海中突然闪现出了那个坐在司机旁边满是煞气、一动不动的身影。确实是最大胆的猜想——一星半点儿的证据也没有——然而，这想法感觉已经直击要害。他反复思索着这种可能，几乎都要嘲笑自己异想天开——百万富翁可不会被人随意转移，还是在光天化日之下，从伦敦最大的酒店到一动不动地沉默着坐在一辆敞篷车里，门开了，一个年老的男人走了进来。

休起身，女子为他们相互介绍。"一个老朋友，爸爸。"她说道，"你一定听我提起过德拉蒙德上尉。"

"一时之间我想不起来这个名字了，我亲爱的，"他客气地答道——事实上这也没什么可惊讶的——"但我这记性恐怕是越来越不好了。很高兴见到你，德拉蒙德上尉。你一定会留下来吃晚饭的吧。"

休鞠了一躬。"我会的，本顿先生。非常感谢。恐怕这个点儿拜访是有些不正式，但都已经来到这附近了，我感觉还是一定得过来一趟：看看本顿小姐。"

主人漫不经心地一笑，走向窗边，透过渐沉的暮色凝视着对面半掩在树下的房子。而休正低眼看着他，发现他突然紧握双手做出绝望的姿势。

晚餐说不上是活泼欢快。本顿先生明显局促不安，除了一些零碎的话语他几乎都没怎么说话；而坐在休对面的女子，虽然有那么一两次英勇地尝试着要打破沉默，但一顿饭的大部分时间还是被她用来偷看自己的父亲了。如果德拉蒙德还需要更多的证据来使自己确信与她前一天那次会面的真实性，那今晚这个紧张沉默的聚会就提供了那样的证据。

就像是没注意到任何奇怪的事情一样，他继续如往常一样毫无条理地喋喋不休着，并不在意是否有人搭腔，但他的头脑一直忙碌地工作着。他早已决定，市面上可不只有劳斯莱斯会离奇故障，而这里离镇上那么远，主人几乎不可能不让他在这里过夜。然后——虽然还没决定好要如何——他计划着要仔细看一看埃尔姆斯。

晚餐终于结束了，女仆把酒瓶放在本顿先生面前之后退出了房间。

"来一杯波特酒吧，德拉蒙德上尉。"主人说道，他拔出瓶塞将酒瓶推向了他。"我能担保一定好喝，是战前老酒。"

休微笑。而就在举起那个又沉又古老的雕花玻璃杯时，坐在椅子上的他突然全身一僵。一声喊叫——一半大喊，一半尖叫，并且马上被遏制住了——透过打开的窗户回响着。瓶塞哗啦一声从本顿先生无力的指尖跌落，将他面前的洗指碗打碎了，而他脸上已无一丝血色。

"现今都能说一些像……"休说道，给自己倒了一杯。"红酒，本顿小姐?"女子惊恐地凝视着窗外，他望着女子，并强行使她看着自己的眼睛。"这对你有好处。"

他的语气不容抗拒，经过片刻犹豫，她将玻璃杯推至他面前。"能帮我倒上么?"她说道。他看到她全身都在颤抖。

"你——你听到了——什么了吗?"主人望着休说道,他试着让自己语气平静,却是徒劳。

"夜莺么?"他从容答道,"它们可真会发出怪声,是吧?有时在法国,万籁俱寂,只有幽灵般绿色的火焰摇曳着发出嘶嘶声响,这时,就常常能听见它们。把紧张的哨兵们吓个半死。"他继续说着,主人脸上的血色慢慢恢复了。但是休注意到他把波特酒给一口闷了,于是又马上帮他满了一杯……

外面什么动静都没有,再没有那短促、被遏制的喊叫声打破沉寂。经历过在无人地带多个小时的训练,德拉蒙德甚至在自己说话时也能听到任何细小的声音——但此刻他什么也没听到。透过窗户,夜晚的温和低语轻轻传来,但那个曾经尖叫过一次的人却没有再哼哼一声。他记得曾经在吉恩奇(Guinchy)的砖堆附近听到过相似的惨叫声,两个晚上过后,他发现了声音的发出者,在一个矿坑的壁架上,呆滞的双眼中依旧保留着最后一秒的恐惧。比任何时候都执着,他的思绪集中到了劳斯莱斯的第五个乘客身上……

当本顿先生听到休所说的汽车故障的悲惨消息之后,脸上浮现出的几乎是安心的表情。

"当然,今晚你必须得留在这里。"他嚷道,"菲利斯,我亲爱的,你能让他们准备个房间么?"

女子用难以捉摸的眼神看了休一眼,其中似乎混杂着感谢与忧虑。她离开了房间。她的父亲眼中闪烁着不自然的光——他双颊泛红,绝非由夜晚的温暖所致。休猛然意识到,就在他装作去查看自己的汽车时,本顿先生在忙着为自己设防。很明显,即使是他这个士兵非专业的眼睛也能看出来,这个男人的神经已经支离破碎,如果不立刻采取一些行动的话,他女儿最坏的预言就有可能应验。他语无伦次且语速很快，还双手不稳，并且他似乎一直在等待着什么事情的发生。

休来到房间还不到十分钟，主人便带来了威士忌，而在他睡前小酌几杯之际，本顿先生已经成功喝下了三大杯度数极高的烈酒。而更为悲哀的是，显然这个男人不是自己愿意成为一个大酒鬼的。

十一点，休起身道了晚安。

"如果需要什么东西按铃就可以了。"主人说道，"来这儿的客人不多，但我希望你能找到所有需要的东西。早餐在九点。"

德拉蒙德关上了身后的门，沉默地站了片刻，环顾走廊。空无一人，但他是想要将这房子的构造深深地记入脑中。尔后，从他刚离开的那个房间传来的一阵声响让他眉头紧锁——主人仍在构筑他的防御工事——于是他朝着休息室走去。在里面，如他所愿，他发现了那个女子。

他一进来她立马就站了起来，双手环抱着站在壁炉边。

"那是什么？"她半耳语道——"晚餐时那可怕的噪音。"

他严肃地望了她片刻，然后摇了摇头，"目前就把它当作是夜莺吧？"他轻声说道，然后凑过去，将她的手放在自己手里，"睡觉去吧，小女孩，"他命令道，"这是我的秀场。而且，我想说，我觉得你很美妙。感谢上帝让你看到了我的广告！"

他轻轻放开了她的双手，走向门，为她打开来。"如果万一你又在晚上听到了什么——转个身继续睡。"

"但你要做什么？"她叫道。

休咧嘴笑了。"我毫无头绪。"他回答道，"毫无疑问，上帝会指引我的。"

女子一离开房间，休就把灯关了走向挡住了长窗的窗帘。

他把它们拉向一边聚在了身后，然后，他仔细地拉开了中央大窗户其中一端的栓。夜很黑，月亮在接下来的两三个小时之内也不会升起来，但他身为一个老练的军人，决不会掉以轻心。他想更多地看到埃尔姆斯与它的居住者们，但他不想被他们更多地看到。

他无声地潜过草丛，向着一端的大树而去，并靠在了其中一棵上，他正着手对目标进行一番更细致的调查。这座房子与他刚离开的那座是同一类型的，占地面积也几乎一样。一道铁丝栅栏将两处分隔开来。黑暗之中，休恰好能辨认出一扇挡住连接两座房子小径的小门。他试了一下，满意地发现它安静地开了。

穿过那里，他藏身于灌木丛之后，在那里他能更好地看到拉金顿先生的陋室。除了一楼的一个房间，房子整个都暗着，于是休决定去看看那个房间。窗帘上有道裂缝，光线从那里漏出一些来，带给他行动的可能性。

保持着被遮掩着的状态，他朝着它慢慢侧身移动，最终，他来到了一个可以看到里面的位置。而他所看见的让他决定再冒险一试，于是走得更近了。

坐在桌边的是一个男人，他没认出来是谁，而坐在他左右两边的分别是拉金顿和彼得森。沙发上躺着一个高高的、肤色偏黑的女子，她吸着香烟，看着小说，看起来似乎对另外三人在做什么漠不关心。休马上断定她就是那个可疑的女儿厄玛，于是又开始继续观察桌上的那组人。

有张纸摆在那个男人面前，而正吸着大雪茄的彼得森明显是在建议用拉金顿正殷勤拿着准备就绪的那只钢笔。各种意义上来说，都是无害的场景，除了那男人的表情这件小事

之外。休曾经经常看到那种表情——那时候它被叫作"弹震
症①"。那男人正处于失魂落魄的半昏迷状态。他不时环顾房
间四周，像是不知所措，然后又摇摇头，疲倦地将手扫过前
额。这场面持续了十五分钟，之后拉金顿从口袋里掏出了个
工具。休看到那个男人害怕地回缩，伸手去拿笔。他看到女
子像是失望一般躺回了沙发，继续拿起了她的小说，而拉金
顿脸上绽出了冷笑。但在那一瞬的行动中最让他印象深刻的
是彼得森。在他完全的冷漠之中透露出一种非人的残酷。他
吸烟的速度没有一丝一毫的改变——那种鉴赏家式的、缓慢
的、从容的速度，他连眼皮都没动一下。就算是在看着那男
人签字的时候，他脸上也没有丝毫的感情——而拉金顿脸上
则显露出了恶魔般的满足感。

当休掏出他的手枪时，文件依旧躺在桌上。他知道那是
肮脏的把戏，而他完全意识不到自己突然之间决定要做的事
情有多么疯狂愚蠢：他生来就是那种类型的傻瓜。但他轻声
虔诚祈祷着能射准——然后他屏住了呼吸。枪响的"啪"声
和房间内唯一电灯泡的碎裂声几乎同时响起，下一秒，随着
一声"放马过来吧，小伙子们!"他破窗而入。其他人都还目
不能视，此刻占着绝对优势的他在屋内横冲直撞。他将揍拉
金顿的时机把握得极为精准，一拳直打在了他的下巴上。休
感觉到那男人像木头一样沉了下去。然后他突然抢去了原本
放在桌上而后撕裂在了他手中的纸，之后又大胆地将昏昏沉
沉的签字人扶了起来，冲出窗户到了草坪。分秒必争，只是
凭借突然的黑暗让其他人目不能视才让他得以把这家伙拖这
么远。在那有利条件消失之前，他必须带着他的累赘回到拉

---

① 一种因曾置身战火而引起的精神紧张或错乱。——译者注

杰斯，那重量对他这样有力的人来说都不轻。

但似乎并没有追兵，也没有叫喊声。到达那扇小门时他停下来向后看了看，他认为自己看到了窗户外面的一抹白色，像是衬衫前襟。他徘徊了片刻，凝视着黑暗并恢复着呼吸，而随着一声剧烈的"砰"声，什么东西陷入了他身边的树里。德拉蒙德不再徘徊，长年的经验让他并不怀疑那"什么东西"是什么。

"压缩——气枪——或者电气枪。"他低声自语道。半拖半提着眩晕的同伴，他继续蹒跚前行。

他自己也并不很清楚下一步该做什么，但问题出乎意料地解决了。他俩勉强进了休息室，门被打开，女子冲了进来。

"快带他走，"她叫道，"放你车里……不要浪费一秒，我已经发动好了汽车。"

"好女孩！"他激动地叫道，"那你怎么办？"

她不安地踏着脚："我没事——绝对没事。带他走——那是最重要的。"

德拉蒙德笑开了。"搞笑的是到现在我都还没搞明白那家伙是谁——除了——"他顿了一下，眼睛盯着那男人的左手拇指。顶端关节被压坏成了红色、无形的浆状，瞬时间，拉金顿从口袋里掏出那工具的意义变得很清晰，以及晚餐那可怕叫声的原因……

"天啊！"德拉蒙德像是自言自语般低声说道，他下巴像铁制的虎钳般紧绷着。"拇指夹①。这些恶魔……这些该死的猪猡……"

"哦！快，快！"女孩挣扎着催促道，"他们随时都有可能

---

① 旧时的一种刑具。——译者注

过来。"她把他拉到了门边,两人又一起把那男人塞入了车里。

"拉金顿不会的,"休咧嘴笑着说道,"如果你明天见到他——千万别问候他的下巴……晚安,菲利斯。"

他迅速地将她的手举至自己唇前,之后踩了离合器,车便从车道上消失了……

赢得第一回合,他感到兴高采烈、心满意足。在清冷的夜晚的空气中,疾驰在回伦敦的路上,他的心在吟唱着行动的欢欣。而没亲眼看见此刻埃尔姆斯屋子里的场景大概也让他心境平静吧。

拉金顿依旧一动不动地躺在地板上,彼得森的雪茄依旧在黑暗中稳定地闪耀着。这让人很难相信他甚至从桌边移动过,只有嵌入树里的那颗子弹证明了确实有人行动过。自然,那也有可能是那个正用残烟点燃新烟的女子。

最后,彼得森开口了,"勇猛冲动的年轻人,"他和蔼地说道,"失去他真可惜。"

"为什么不留下他而失去那个女孩?"厄玛打了个哈欠,"我想他也许能逗我开心——"

"我们总得为我们亲爱的亨利想想吧,"彼得森回答道,"明显他很中意那女孩。恐怕,厄玛,他必须得离开了……并且,马上……"

说话者用手轻敲着自己的左膝,除了那个小动作,他坐着就像什么事都没发生过一样。虽然就在十分钟之前一场精心设计的阴谋就在成功的一刹那失败了。即使是他最无所畏惧的同伙们也承认,彼得森异于常人的冷静让他们后脊发凉。

第三节　半月街的骚动

（一）

医生进房间时，休·德拉蒙德将自己正在研究的那张纸折叠起来并站起身来。然后他将一银盒子的香烟从桌面上推过并等待着。

"你的朋友，"医生说道，"正处于非常奇怪的状况下，德拉蒙德上尉——非常奇怪。"他坐下来，指尖合在一起，用他最专业的方式注视着德拉蒙德。他顿了片刻，像是在期待着对他深远话语充满敬畏的赞同，但那军人只是平静地点上了一支烟。"你能，"医生重新开口道，"你究竟能否告诉我他最近的这些日子都在干什么呢？"

德拉蒙德摇摇头。"完全不知道，医生。"

"比如，他的拇指上那道讨厌的伤。"医生追问道，"顶端关节已经血肉模糊了。"

"昨晚我也发现了。"休不置可否地答道,"看起来就像被搅在了锤子和铁砧之间一样,不是吗?"

"但你对这是如何发生的毫无头绪,对吧?"

"我有很多头绪。"军人说道,"事实上,如果这能帮助你诊断的话,那伤口是由一种叫作'拇指夹'的煞风景的中世纪刑具所致。"

体面的医生惊讶地看着他。"拇指夹!你在开玩笑吧,德拉蒙德上尉。"

"我很认真。"休简短答道,"如果你想知道,真是千钧一发的紧急救援,另一个拇指才逃过一劫。"他吐出一朵烟云,看到他同伴一脸惊恐,他内心一笑。"让我在意的倒不是他的拇指,"他继续说道,"而是他的整体状况。他怎么了?"

医生撅着嘴一副看起来充满智慧的样子,德拉蒙德都想知道为什么没人立法让人能够一看到这种人就抹杀之。

"他心律平稳,"经过有分量的停顿,他回答道,"而且我并没有发现他身体上有任何问题。事实上,我想说,德拉蒙德上尉,他在各方面都是个十分健康的人。除了——额——除了他奇怪的状况。"

德拉蒙德发飙了:"我吃饱了撑的叫你过来啊?他肝功能良好关我屁事啊。"然后,他克制住了自己,"原谅我失态,医生:昨晚我劳累过度了。到底是什么导致了他现在的奇怪状况,您有什么想法么?"

他的同伴扭捏欠身表示接受道歉。"有一种药。"他回答道。

德拉蒙德松了口气。"现在我们走到正道上了,"他嚷道,"你知道是什么药么?"

"现在还很难说。"医生回答道,"看起来它会导致心理错

乱，但并不会影响到他的身体。在一两天之内，我也许
能——呃——得出一些结论来……"

"而现在，你毫无头绪。好吧！现在我们知道处境了。"
医生脸上闪过被戳中痛点的表情：这个年轻人可真直接。

"继续，"休继续道，"既然你不知道这药是什么，那大概
也不会知道药效会持续多久。"

"那——呃——是，从某种程度上来说，是这样没错。"
医生承认道。

"好！现在我们又一次知道自己的处境了。饮食方面呢？"

"哦，清淡……不要太多肉食……不要饮酒……"见休打
开门，他站起身来，看来战争可真是把人的礼貌都销毁干净
了。饮食明明是这样一个可以让他口若悬河的问题……

"不要太多肉类——不要饮酒。好吧！再见，医生。下楼
直走。再见。"他身后的门被关上了，他带着冷冷的不以为然
下楼走向他停着的车。这整个事件在他看来极度可疑——拇
指夹，奇怪的药……也许他有义务与警方联系……

"打扰一下，先生。"医生停了下来，发现是一个穿着考
究的男人用坚定的语气向他搭了话。

"有什么我能帮忙的么，先生？"他说道。

"我猜想您是个医生，对么？"

"先生，您的猜想完全正确。"

那男人微笑着：一看就是个绅士，医生心想。他的手已
经放在了车门上。

"是关于我一个好兄弟，德拉蒙德上尉的，他就住在这
里。"对方继续道，"我希望您不要认为这违反职业道德，但
我想私下问问您，为什么找他？"

医生看起来有些惊讶。"我没觉得他病了。"他回答道。

"但我听说他遇到了一场严重的意外。"男人带着惊讶说道。

医生笑了笑:"你自己去确认吧,我亲爱的先生。"他用最专业的方式低声道,"德拉蒙德上尉,据我所知,可好得不得了。呃——他的朋友就不能用同样的话来描述了。"他上了车,"为什么不上去自己看看?"

汽车平缓驶上皮卡迪利街,但那男人却毫无要听取那医生建议的迹象。他转身,迅速离开了。半晌之后——在一个高级的伦敦西区(West End)会所里——一通长途电话被接到戈德尔明——而且是一通让接电话者满意点头并安排了劳斯莱斯的电话。

同时,对自己突然被人关心起了健康问题毫无所知的休又专心地研究起了医生进门时他就在看的那张纸来。他不时将手指穿过自己的棕色卷发然后困惑地摇摇头。除了确认那个正处于奇怪状态下的男人正是希拉姆·C.波茨,那个美籍百万富翁,其他的他什么也猜不出来。

"如果我能拿到一整张。"他低声自语道,已经是第十二遍了。"那个混账彼得森真他妈太快了。"他所撕掉的碎片是由打字机打出来的,除了那个美国人的潦草签名之外,而上面的词休都已经能背出来了。

全瘫痪
英国的
月我的确
持有者
五百万的
的确渴望

珠项链和

现在

兰普

不过问

得到。

姆·C.波茨。

最后他把小纸片夹回了自己的小笔记簿，按响了铃。

"詹姆斯，"仆人进来时他说道，"为了隔壁那家伙，能跟你太太耳语说'很少的肉，不要酒'么？花钱让医生过来告诉我这些，可真棒！"

"他有说别的么，先生？"

"哦！很多。但那是唯一稍微有点用处的了，我早就知道了。"他若有所思地凝视着窗外。"你最好知道，"他终于继续说道，"依我看来，我们所面临的是极其艰巨的任务。"

"先生，确实。"他的仆人低声道，"然后，也许我最好不要再刊登那则广告了。它一次六先令就圆满成功了。"

德拉蒙德爆发出一阵大笑。"没有你我该怎么办，哦！我的詹姆斯。"他叫道，"但你也可以让它停下来了。接下来的一段时间我们可有的忙了，并且我讨厌让满怀希望的客户失望。"

"那位先生在找您，先生。"丹尼太太从门那边传来的声音让他们回过头来，休起身。

"他神志清醒地在说话么，丹尼太太？"他急切地问道，但她摇了摇头。

"老样子，先生。"她说道，"迷迷糊糊的样儿盯着屋子四周看。还不断地说着'危险'。"

休快速地沿着走廊走向那个百万富翁躺着的房间。

"感觉怎么样?"德拉蒙德欣喜地问。

那男人不解地盯着他,摇了摇头。"你还记得昨晚发生的事情么?"休继续道,缓慢而清晰。然后,突然想到了什么,他将盒子里的那张碎纸片抽了出来。"你还记得在这上面签字么?"德拉蒙德将纸片拿出来凑到他面前问道。

那男人看了它好一会儿,然后,突然一声惊恐的惨叫,他缩了回去。

"不,不,"他低声道,"不会再那样了。"休迅忙把纸条放了回去。"我的错,老兄,你明显记得太清楚了。已经没事了,"他宽慰着继续道,"没有人会伤害你的。"顿了一下,他又问道:"你的名字是希拉姆·C. 波茨吗?"

那男人疑惑地点点头,低声重复了"希拉姆·波茨"一两次,像是这两个词听起来很熟悉似的。

"你还记得昨晚坐在小汽车里么?"休坚持道。

但是所有刺入被药物影响着的大脑的记忆之光似乎早已消散,所以男人只是恍惚地凝视着说话人。德拉蒙德尝试了一些其他的问题,但都没用。过了一会儿,他起身走向了门边。

"别担心,老伙计。"他笑着说道,"再过几天,我们会让你像个两岁小孩一样活蹦乱跳的。"然后,他停了下来:那男人明显在尝试着说些什么。"你想要什么?"他俯身凑到床边。

"危险,危险。"他微弱地说出了这个词,然后,叹了口气,精疲力竭地躺了回去。

带着嘲笑,德拉蒙德望着那一动不动的身体,"我想,"他半喊着,"你还真像你的医生。你们好不容易对纯粹的知识领域做出那么一星半点的贡献,说的还都是些我早知道的东西。"

他走了出去，轻轻地关上了门。再次回到起居室，他发现他的仆人正一动不动地站在一片窗帘后面看着下面的大街。

"有个男人，先生，"他没有转身，"在看着这房子。"

休皱着眉头静立片刻。然后，他短促地笑了笑。"恶魔来了!"他说道，"游戏正式开始了，我优秀的武士，我们已经先赢了九分。根据规则，占有是值九分的，即使只是占有一个半晕的疯子，不是么，詹姆斯?"

仆人谨慎地从窗帘里退了出来，回到了房间。"根据规则——是的，先生。"他令人费解地重复道，"先生，上午喝啤酒的时间到了。"

(二)

十二点整，铃响了，通报着有访客。仆人进入房间时，正在看运动员专栏的德拉蒙德抬眼看着他。

"是，詹姆斯。"他说道，"我认为我们在家。我要你别走远，不管什么情况都不要让我们生病的客人离开你的视线超过一分钟。事实上，我认为你最好坐在他的房间里。"

他重新研究起报纸来，而詹姆斯，道了一句简短的"很好，先生"，离开了房间。几乎是马上，他就回来了，将门打开宣告彼得森先生的到来。

德拉蒙德迅速抬眼，微笑着起身。

"早上好，"他叫道，"真是个惊喜啊，彼得森先生。"他招呼着客人坐在一张椅子上。"希望你的车没再出什么状况。"

彼得森先生脱下了手套，亲切地微笑着。"完全没有，谢谢你，德拉蒙德上尉。司机似乎已经能熟练应对那毛病了。"

"是你看他的眼神起了作用才是。奇妙的事情——人类的

眼睛，就像我对你朋友，拉——拉金先生说的那样。我希望
他还好，有好好吃东西。"

"只能吃软食。"对方和蔼地说道，"拉金顿先生昨晚经历
了一场很不愉快的事故——十分不愉快。"

休的脸上露出了同情。"真不幸！"他低声道，"我相信并
不严重吧。"

"我担心他的下颌有两处骨折了。"彼得森从他身边的盒
子里拿了一支烟。"打他的人一定是个拳击手。"

"他被卷入了斗殴之中么？"德拉蒙德摇摇头说道，"凭着
对拉金顿先生那一星半点的了解，我从未想过，他会如此胡
闹。我都把他归为最有节制的人了——但是谁也说不准，是
吧？我曾经认识个伙计，他老是喝三杯威士忌就会变得烂醉
还好斗，而如果只是看着他，你会把他归为卫理公会牧师那
类人的。那家伙从生活中得到的小乐子可真够多的。"

彼得森将香烟灰弹进了炉栅。"我们能切入重点了么，德
拉蒙德上尉？"他友善地说道。

休看起来一脸茫然。"重点，彼得森先生？呃——当然
可以。"

彼得森甚至笑得更友善了。"我确信你是个有洞察力的年
轻人，"他说道，"而我也不想要多占用一分你读报纸的时间。"

"完全不会，"休嚷道，"我的时间由你安排——虽然我
非常想知道你对切斯特杯①狂战士（The Juggernaut）的真
实看法。在我看来，以他们现在的状态，他连给苏门答腊
（Sumatra）七英镑都给不起。"

"你对赌博很感兴趣么？"彼得森有礼貌地问道。

_____

① 英国赛马比赛。——译者注

"稍微地小赌一下，彼得森先生，时不时会。"德拉蒙德回答道，"严格控制好的赌注。"

"如果你能够那样克制自己，那就会平安无事的，"彼得森说道，"当赌注超出控制，那么破产的危险也会超出控制。"

"那也是我母亲经常跟我说的。"休说道，"她甚至说得更绝，她真是个可爱的女人。'要赌就只赌必然事件，我的儿子。'这是她不变的建议，'然后押上全部赌注！'我现在都能听到她的声音，彼得森先生，夕阳的金色光芒正把她甜美的脸给照亮。"

突然，坐在椅子里的彼得森身体前倾。"年轻人，"他说道，"我们得彼此谅解。昨晚你插手我的计划，我不喜那样做的人。我得承认，我很欣赏的行动，你带走了我需要的东西，以及我想要拥有的东西。用手枪打破电灯泡展现了智谋和决断。而击碎了亨利·拉金顿下颌两处的那一击则展现了力量。这都是我所钦佩的品质，德拉蒙德上尉——十分钦佩。要将这些品质从这世上夺去，我是不情愿的。"

德拉蒙德目瞪口呆地望着说话者。"我亲爱的先生，"他无力地反驳道，"我服了你。你真的是在控诉我参演了某个西部片？"他一只手指对着彼得森来回摆动着。"我知道你电影院去太多了，像我的伙计，詹姆斯一样。他也是满脑子的手枪之类的东西。"

彼得森的面部表情绝对冷淡，除了带着一丝疲惫的微笑，他面无表情。"最后，德拉蒙德上尉，一张我所需要的纸被你撕去了一半——你还把我们家一个非常亲近的老朋友给带走了，而他现在就在这座房子里。我请求，要回这两样，并且如果你愿意，我现在就要带走他们。"

德拉蒙德无可奈何地耸耸肩，"彼得森先生，你身上有些东西，"他低声道，"是我喜欢的。我觉得你是那种年轻女子乐于求助并向你倾吐少女秘密的那种男人。那样威严气派，那样令人信服，那样从容不迫。我很确定——如果你最终能从这种荒谬的错觉中醒悟过来的话——我们会成为真正的朋友的。"

彼得森除了不停地用手轻拍着自己的膝盖之外，仍旧一动不动地坐着。

"告诉我，"休继续道，"为什么要允许这个恶棍如此无礼地对待你呢？在我看来这是完全不该发生的啊。我建议你马上报警。"

"不幸的是，为他准备的子弹恰巧错过了。"彼得森随意地答道，"真可惜——因为现在他就没有留下任何痕迹了。"

"也许对你来说很尴尬，"休低声道，"这种方式，彼得森先生，是非法的，你知道。不通过法律擅自行动是很危险的。你要喝点什么吗？"

彼得森礼貌谢绝了："谢谢你，这个时候还是算了。"然后，他起身。"那么，我就当作你不会在此时此地将我的财产归还了。"

"仍旧是那个幻觉，我明白！"休微笑着说道。

"仍旧是那个幻觉。"彼得森重复道，"直到今晚六点之前我都会在伯纳斯街（Berners Street），32A 号准备着收纸和人，并且有可能，我甚至该说很可能，如果他们能在那之前被归还的话，我会觉得没有必要杀掉你。"

休咧嘴笑了。"你宽容得让我惊讶，"他嚷道，"你真的不改变主意喝上一杯？"

"如果在那之前他们没有到的话，我就被置于要取走他们的不便之中了，而如果是那样的话——我十分遗憾——也许就不得不杀你了。你是一个有闯劲的年轻人，德拉蒙德上尉。

并且，恐怕——不大识趣。"他边遗憾地说着边戴上自己的手套，行至门边，他停住了，"恐怕我的话没什么效果，"他说道，"但昨晚的插曲确实很合我胃口。我想要放过你——我非常想。那是软弱的标志，我年轻的朋友，在我自己看来也很惊讶——但尽管如此，它存在着。所以，及时接受警告。把我的财产归还至伯纳斯街，离开英国几个月。"他的眼神像是要烧进那军人的脑子里一样。"你在多管闲事，"他温和地继续道，"其中的危险你没有概念。如果要保命，苍蝇待在汽车齿轮箱里的主意都比你现在的要合理——如果你继续走现在的道路的话。"

在那轻柔的声音中，透着令人难以置信的恶意，以至于德拉蒙德愣愣地看着说话者。他突然有种自己一定是在做梦的感觉，不一会儿他就会醒过来发现他们其实一直都是在谈论着天气。彼得森的眼中闪现出胜利的嘲讽，像冷水淋浴洒在他身上，显然那位先生误解了他的沉默。

"你的直白让人耳目一新，"他快活地答道，"正如你的比喻是那样的直白。一想到那个可怜的小苍蝇我就寒毛直竖，彼得森先生，尤其是你那司机还把齿轮都碾得四分五裂的了。"他为客人打开了门，并跟着他行至走廊。在另一端站着丹尼，正夸张地给书架掸灰尘，彼得森随意地看了他一眼。这便是这个男人的特质，他的脸上从不会露出一丝恼怒的痕迹。他可以是任何正要离开的普通客人。

然后，从丹尼正在其外面掸灰尘的房间里，突然传来了一阵低沉的呻吟声以及语无伦次、含糊不清的说话声。德拉蒙德瞬间皱了下眉，彼得森若有所思地看着他。

"里面有病人么？"他说道，"得多不方便啊！"他将手在军人的手臂上搭了一会儿。"我很难过，恐怕你要坑到自己了。那将是多么遗憾的事情。"他转向了楼梯。"请别担心，我能找到出路的。"

（三）

休回到了他自己的房间，点燃了烟斗，动静很大，坐在自己的专用椅上，双手深深插入口袋，跷着二郎腿，凝视着窗外。五分钟之后詹姆斯·丹尼进来找他。他问了两次关于午餐的问题都没得到回应，最后被要求"见鬼去吧"，于是委屈地回到了厨房。德拉蒙德清楚地知道他所冒的风险。他从未犯过低估对手的错误，不管是在竞技场上还是在法国，而现在他也不想起这个头。要对付一个能够绑架美籍百万富翁、下药将他弄得比小婴儿好上那么一点儿、还用拇指夹强制实现自己愿望的人，怎么谨慎都不为过。事实上，那颗子弹的"啪"声仍令人不快地在耳边回响着。

过了一会儿，他开始半无意识地大声自言自语起来。这是他用了很久的一个秘诀，当他想要在某种情形下下定决心时，这种方式会帮助他集中精力。

"两个选择，老伙计，"他说道，将烟斗戳入空气中。"其一，把叫波茨的家伙交到伯纳斯街，其二，不交。第一种，立刻出局。可笑，荒唐。所以，第二种坚守阵地。"他再次跷起二郎腿，从烟斗干向着地毯上喷出一大杯的尼古丁汁。然后又精疲力竭地陷了回去，按响了铃。

"詹姆斯，"门开了，他说道，"拿一张纸和一支铅笔过来，如果有笔尖的话，然后坐在桌边。我要思考，并且我可不想漏了任何东西。"

他的仆人照做了，继而又是一阵沉默。

"其一，"德拉蒙德说道，"写下'他们知道波茨在哪儿。'"

"单数的'是'还是复数的'是'?"丹尼吮着铅笔低声道。

"单数的，笨蛋。他是个人，不是个集合。还有，别打岔，看在老天的面子上。其二——'他们会设法得到波茨。'"

"是的，先生。"丹尼一边忙碌地记着一边回答道。

"其三，'他们不会得到波茨。'这就是现在我能想到的了，詹姆斯——但是字字表达立场。对十五分钟来说算是不错了，我可靠的伙计，是吧？"

"这正是值得用兵的东西，先生。"他的听众吮着牙齿同意道。

休不悦地看着他。"那个噪声可不值得，詹姆斯。"他严肃地说道，"现在你得去做些其他的事情了。起身，然后用你久负盛名的偷偷摸摸靠近窗户，看看那个看守的是否还在外面偷窥。"

仆人搜寻了很久，最后宣布未能看见那人。

"那就决定性地证明了他在那儿。"休说道，"写下来，詹姆斯：其四，'由于外面有个偷窥狂，波茨离开这房子不可能不被发现。'"

"有两个'不'字了，先生，"詹姆斯试探性地大胆指出，而休正凝视着壁炉，眼中突然闪过一道光芒。

"我知道了，詹姆斯，"他叫道，"我知道了……其五——'波茨必须离开这座房子，且不被发现。'我想要他，詹姆斯，我想要他只属于我。我想要好好疼爱①他并听他孩子般的咿咿呀呀，他要去我河边的小屋里，你负责照看他。"

---

① 原文用的"make much of"有"疼爱"和"充分利用"的意思。——译者注

"是的，先生。"詹姆斯尽职地回答道。

"而为了将他弄到那儿，我们必须把外面的偷窥狂给处理掉。我们要怎么处理那家伙呢——我们要怎样做呢，詹姆斯，我问你，如何让他没东西可守。只要让他认为波茨不在屋里了，除非他是个傻瓜，不然他就不会留在外面了。"

"我明白了，先生。"詹姆斯说道。

"不，你没有——你什么也不明白。现在小跑过去，詹姆斯，给达雷尔先生（Mr. Darrell）送去我的问候。让他过来看看我。就说我在沉思不敢移动。"

詹姆斯乖乖起身，德拉蒙德听见他穿过走廊去了同一层的另一间套房。然后他听到了一阵模糊的低语，不久仆人就回来了。

"他在洗澡，先生，但是他一洗完就会过来。"他传达完就站着等着。"还有什么事么，先生?"

"是的，詹姆斯。我确定还有很多。但要起个头，我想再来一杯啤酒。"

门关了，德拉蒙德起身开始在房间内徘徊。他现在脑中的计划很简单，但他就是个崇尚简洁的男人。

"彼得森不会自己过来——我们独一无二的亨利也不会。波茨在这个国家待的时间不长，这很好。并且就算失败——我们的情况也不会比现在更糟糕。运气——那就是全部了，而你越引诱她，她越和蔼。"当彼特·达雷尔（Peter Darrell）漫步进房间时，他仍旧在轻声自语。

"这是真的么，老伙计，"来人说道，"我听说你正在头脑风暴中痛苦挣扎着。"

"我在，彼特——就连你那难看的晨衣①也停止不了它。我想要你帮我。"

"亲爱的老伙计，只要是我有的，要什么尽管说。我能做什么？"

"嗯，首先，我想要你过来看看我们家的宠物。"他把达雷尔领过走廊来到了美国人的房间，并开了门。百万富翁从枕头上恍惚地看着他们，达雷尔也大吃一惊地看回去。

"老天！他怎么了？"他叫道。

"我还想知道呢。"休严肃地说道。他对着那个一动不动的人安慰一笑，然后又带路回到了起居室。

"请坐，彼特。"他说道，"喝着啤酒仔细听我说。"

他说了有十分钟，而他的同伴则安静地听着。那个穿着华丽晨衣满脸空虚的年轻人完全消失不见，在那个位置坐着的，分明是个满脸机敏的男人。随着新鲜观点逐渐明晰，他时不时地点点头。他们就是像这样，在已经过去的那段岁月里，听从着军队指挥的进攻前命令的。

休终于结束了。"你会做么，老伙计？"他问道。

"当然。"对方回答道。"但是，休，"他祈求道，"把那两三个小伙子抓起来干上一架不是更好么？我看这样也没什么关系啊。"

德拉蒙德果断摇头，"不，彼特，老兄——不是在这场游戏里。我们要面临的是件大事，并且如果你决定加入的话，我想在结束之前你就已经能打个过瘾了。但这次，小诡计才是上策。"

达雷尔起身。"好吧，亲爱的。我会一字一句地遵照你的

① 穿在睡衣外面的宽松外衣。——译者注

指示的。来，跟我一起大吃一顿。我在克里（Cri）欢乐的午餐会上认识了几个漂亮妞儿。"

"今天就算了。"休说道，"下午还有些事情要做。"

达雷尔一走，德拉蒙德又响铃把仆人叫了过来。

"这个下午，詹姆斯，你和丹尼太太要离开这儿去帕丁顿（Paddington）。从前门出去，如果发现你们被跟踪了——这非常有可能——就嚼粒枣味软糖保持镇静。到了售票处——买一张去切尔滕纳姆（Cheltenham）的票，用慷慨激昂的语气跟丹尼太太说再见，告诫她不要错过去那个令人愉悦的度假胜地的下一班火车。你甚至可以轻慢地提及一下她住在西溪园（Westbourne Grove）的生病的姑姑，她以一人之力就把你绝妙的老婆从你身边抢走了。然后，詹姆斯，你上开往切尔滕纳姆的火车并在目的地下车。在那儿待上两天，在那两天时间你必须记住你是个已婚男士——即便你要去看电影。然后你再回到这儿，等着下一步指令。明白了么？"

"是的，先生。"詹姆斯立正着来了个潇洒的后碰步。"你老婆——她是有个姐妹还是什么的，对吧，漂泊于某处？"

"她有个瘫痪的表亲在坎伯威尔（Camberwell），先生。"詹姆斯带着合情合理的自豪感说道。

"真棒。"休低声道，"直到黄昏她会跟她瘫痪的表亲嬉戏——如果她能承受的话——然后她必须坐地铁去伊灵（Ealing），再在那儿买张去戈林的票。我不觉得她会被跟踪了——你应该已经把他们给引开了。当她到达戈林时，小屋要马上准备好，有两个客人。"他顿了一下，点了支烟。"最最重要的是，詹姆斯——保守秘密。正如我刚才告诉你的那样，游戏已经开始了。现在重复一下我刚跟你说的。"

他听着仆人将他的指示过了一遍，称许地点点头。"想想居然还有人觉得服兵役是在浪费时间!"他低声道,"四年前你一定一星半点都理解不了。"

他让丹尼退下,然后坐在办公桌上。首先,他把那张撕掉一半的纸从口袋里拿了出来,放进一个信封里,仔细地将它封紧了。然后,他将它再装到另一个信封里,附上一封给他银行的附信,要求他们把附件原封不动地保存好。

而后他拿出一张便条纸,深思熟虑着写下了一份文件,从他时不时地咧嘴一笑就可以看出这一过程给他带来了相当多的欢乐。这份一气呵成的文件也被他装入了一个封好的信封中,同样寄往他的银行。最后,他在第一个上贴上了邮票,但第二个没有——然后将它们都放进了口袋里。

在接下来的两个小时里,除了享用丹尼太太准备的完美烤猪排以及监督他的客人勉勉强强地吃下一份布丁,他显然没找到更好的事情来做。然后,丹尼夫妇出发去往帕丁顿,正赶上彼特·达雷尔回来,一系列行动就在半月街拉开了序幕。但这些都是内部行动,完全没有干扰到外面温暖祥和的街道。而待在外面的那位先生——眼尖的人看他在那儿都站了三个小时了,还以为他正不可思议地醉心于那条著名大道的美景之中——他还祥和地对这些行动一无所知。他的伙伴已经跟踪丹尼夫妇去了帕丁顿。德拉蒙德没有出来——而在外面监视的人已经开始有些无聊了。

在四点三十分左右,他坐了起来并再次发现有人离开了那所房子。但那只是那个衣着华贵的年轻人,看守人早发现他其实只是个自称"达雷尔"的衣夹。

太阳西沉拉长了影子,一辆的士开到了房子门前。看守人马上凑得近些,他带着一丝微笑停了下来,看到两个男人从车里出来。其中一个是纤尘不染的达雷尔,另一个则是个陌生人。而很明显，两个人正处于俗话说的"喝醉了"的状态。

"你个有意西的老家伙，"他听见达雷尔深情说道，"这个讨厌的粗租车系我的。①"

另一个男人打了个赞同的嗝，疲倦地靠在栅栏上。

"对，"他说道，"我儿时的老朋友。你乐意怎彦，它就怎彦。"

用默默忍受的眼神，看守人看着两人踉踉跄跄地上楼梯，还精力充沛地合唱着。之后上面的门被关上，而旋律继续从开着的窗户飘荡出来。

十分钟之后他解脱了。那是一份很朴实的解脱：

另一个人只是漫步经过他。因为没有什么要报告的，他也只是漫步躲开。他决不会知道，在楼上彼特·达雷尔的起居室里，两个完全清醒的男人正用专业的眼睛注视着一个极度醉酒的先生在椅子里唱歌，而其中一个清醒的年轻人正是彼特·达雷尔。

之后内部行动在半月街继续展开，而随着夜幕降临，房子渐渐变得安静下来。十点到来，然后十一点——沉默依旧。直到十一点半，一个突如其来的小声音让休·德拉蒙德从椅子上坐了起来，他每条神经都警觉起来。那声音是从厨房的方向传来的——那也是他一直在等着的声音。

他迅速开门，穿过走廊，来到那个动弹不得的男人卧病在床的地方。然后他打开了一盏小台灯。手中端着一盘粗面粉，他转向那个躺着的身躯。

"希拉姆·C. 波茨，"他用低沉劝诱的语气说道，"坐起

①　作者故意模仿醉酒的人说话。——编者注

来吃点粗面粉吧。强迫自己，老弟，强迫自己。我知道这令人恶心，但医生说的，不能喝酒，很少很少的肉类也不能吃。"

在接下来的沉静中，外面的一块木板发出吱呀声，他继续用食物怂恿着病人。

"粗面粉，希拉姆——粗面粉。让宝宝活蹦乱跳的。我真想看你蹦蹦跳跳的，我的波茨。"

他的声音渐渐消失，他缓慢站起身来。在开着的门边，站着四个男人，人手一把形状奇异的左轮手枪。

德拉蒙德怒冲冲地叫道："这什么意思？"

"够了。"领头的轻蔑地叫道，"这枪是消音的。你说话——你死。明白了么？"

德拉蒙德前额青筋暴起，他竭力控制着自己。

"你知道这是我的一位客人，还是个病人么？"他说道，声音在怒火中颤抖着。

"不会吧。"领头的说道，其中一个跟班笑了出来。"撕下床单，小伙子们，把这公麻雀的嘴给塞起来。"

来不及反抗，德拉蒙德的嘴被塞上了，手也被绑在了身后。然后，无助且无力地，他眼睁睁地看着他们中的三个把床上的人抬起来，然后，也塞上了他的嘴，把他带离了房间。

"动起来，"第四个对着休说道，"你也加入野餐。"

眼中聚集着狂怒，德拉蒙德跟着抓他的人穿过走廊下了楼梯。他们到街上时，一辆大车开了过来，说时迟那时快，两个无助的男人被推了进去，领头的随后，门关了，车走了。

"别忘了，"他温文尔雅地对德拉蒙德说道，"枪是消音的。你最好放老实点。"

一点，汽车颠簸到了埃尔姆斯。最后的十分钟，休一直在看着身处角落的那个病人，他发狂了似的挣扎着要松掉他的塞口物。他眼珠可怕地翻滚着，在座椅上左右摇摆，但绑住手的绷带太紧，他最后还是放弃了。

甚至在被抬出去搬进室内的过程中，他也没有反抗，仿佛陷入了某种漠然之中。德拉蒙德带着尊严和镇定紧随其后，并被带去了大厅外的一个房间。

过了一阵，彼得森进来了，女儿跟在他身后。"啊！我年轻的朋友。"彼得森亲切地嚷道，"我没想过你会让我这么轻易得手。"他将手伸入德拉蒙德的口袋，从中掏出了一把手枪和一捆信。"寄到你的银行。"他低声道，"哦！自然，自然这封不用。连邮票都没贴。把塞他嘴的东西弄出来，厄玛——还有解开他的双手。我极其亲爱的年轻朋友——你可让我心疼了。"

"我想知道，彼得森先生，"休轻声说道，"你有什么权力实施此等卑劣的暴行。我一个朋友，卧病在床——被你们弄走了。在大半夜的被绑架了：更不用说我了。"

厄玛温和地笑了起来，给了他一支烟。"上帝！"她说道，"但你真的丑得好有趣啊，我的休！"德拉蒙德冷冷地看着她，而彼得森，带着一丝微笑，打开了手中的信封。而就在抽出里面的东西时，他突然停住了，笑容从他脸上褪去。上面的楼梯平台上传来一声沉重的碰撞声，随之而来的是一阵极其可怕的笑声。

"你们究竟是在干吗？你个羊娘养的大平脸。我在——我在哪啊，到底？"

"我必须为我朋友的措辞道歉，"休温和低声道，"但你必须承认他是有正当理由的。此外，他，我很遗憾地说，今晚早些时候他喝得有点太醉了，而就在他睡着醒酒的时候这些歹徒就把他给绑了。"下一刻，门被撞开了，什么东西狂怒着冲了进来。他一副气疯了的样子，手还被绑着，拇指出现了一大片红色。

"这什么鬼把戏?"他怒吼道，"这绑带怎么还带着红墨水?"

"你得问问站这儿的这位朋友了，马林斯（Mullings）。"休说道，"他的幽默感与众不同。至少，他手里已经拿到账单了。"他们默默地看着彼得森展开纸条读内容，而那女子则伏在他肩膀上。

戈德尔明埃尔姆斯的彼得森先生

雇佣一名复员军人	五先令零便士
让他醉到此条款目前所表现出来的程度（酒水花费和上述军人的能力应当被允许索取）	五先令零便士
一瓶红色墨水	零先令一便士
精神损失费	十先令零便士
总计	二十先令一便士

发出笑声的是厄玛。

"哦! 但是，我的休，"她咯咯笑道，"que vous êtes adorable!①"

但他没有看向她。他的视线停留在彼得森身上。彼得森脸上没有半点表情，正死死地盯着德拉蒙德。

---

① 法语：你真逗! ——译者注

第四节　埃尔姆斯的宁静一夜

（一）

"想要知道该拿你怎么办，可真有点困难，年轻人。"沉默半晌，彼得森温和地说道，"我知道你不机智。"

德拉蒙德靠在椅背上，带着一丝笑容望着主人。

"我得从你这儿学学，彼得森先生。虽然我坦然承认，"他真诚地继续说道，"从小可没人教过我暴力绑架一个无辜的人和他正要把俗称为'狂欢'的后遗症睡走的朋友的行为是可敬的啊。"

彼得森的目光停留在了依旧站在门边、衣冠不整的那人身上，思索了片刻，他倾身按了铃。

"把那个人带走，"他唐突地对着进来的仆人说道，"让他睡觉去。早上我再考虑怎么处置他。"

"特么的考虑个毛线。"马林斯嚎道，他身体愤怒地前倾。

"你会考虑出一记耳光的，妙龄万事通（Mr. Blooming Knowall）先生。我想要知道——"

他口中的话语渐弱，他瞪着彼得森，就像鸟儿瞪着蛇那样。那灰蓝色的眼中透着极度的冷酷无情，以至于那个曾经将上阵杀敌冲锋陷阵视为职业所以能平静对待的前军人也颤抖了起来，并且担心地望了望德拉蒙德。

"照着这位和善的先生说的做，马林斯，"休说道，"睡觉去。"他投以宽慰的笑容。"如果你表现非常非常好的话，或许，作为了不起的奖励，他会过去吻你跟你道晚安呢。"

"而那个，"身后的门被关上了，彼德森说道，"正是我所说的机智。"

他点了支烟，若有所思地吐出一朵烟云。"别再犯傻了，"彼得森咆哮道，"你把波茨藏哪儿了？"

"呸，呸，"休低声道，"你真让我意外。在我心中你是一副如此迷人的形象，彼得森先生，你是个强大沉稳的男人，决不会发脾气，现在你可在我们认识之初就让我失望了。"

有那么一刻他还以为彼得森会揍他，于是他自己在桌下也握起了拳头。

"我不会的，我的朋友，"他轻声道，"我绝对不会的。因为如果你打我，那我也一定会打你。那可不会让你变得更漂亮。"

彼得森慢慢后仰，靠到了椅背上，前额暴起的青筋又恢复正常了。他甚至笑了起来。只有他手在左膝上的敲击泄露了他一时的失控。德拉蒙德松开了拳头，偷偷看了女子一眼。她正以她最喜欢的姿势坐在沙发上，甚至都没有抬头。

"我想跟你争吵也无益。"过了一会儿，彼得森说道。

"我曾是学校辩论协会的成员，"休怀念地说道，"但我辩得一直都不太好。恐怕对于辩论来说我太容易受影响了。"

"你也许通过今晚的事情意识到了,"彼得森继续道,"我是认真的。"

"我很遗憾地这么想。"休回答道,"如果这就是你的能耐,那我干脆停手种西红柿去好了。"

女子咯咯地笑了几声,又点了支烟。

"你要过来帮我们做最危险的工作么,休先生?"她问道。

"如果你们承诺约束好那些小家伙们,我会开心地为他们浇水的。"休轻描淡写地回答道。

彼得森起身走向窗户,一动不动地凝视着窗外的黑暗。尽管假装着轻率,休能意识得到此刻的情形也许正是军事措辞中所说的"关键点"。很可能屋子里有半打人,个个都像他们主人那般穷凶极恶不择手段。如果杀了他合彼得森的意的话,他会毫不迟疑地如此做。当他在自己脑海里这样说时,休意识到,那不是夸张,不只是 façon de parler①,而是清晰质朴的事实。如果想要杀人的话,彼得森绝不会三思而行,就像正常人类捏死一只黄蜂之前不会三思而行一样。

有那么一小会儿,他将该谨慎行事留在房内的想法抛之脑后,他想他该冲到彼得森背后然后逃到黑暗的花园中去。但那念头只是一瞬间的事情——几乎还没来就已经被打消了,因为休·德拉蒙德不是那种人。而后他又觉察到,彼得森正注视着的那块玻璃,其实能反射出房间里的一切细节。

想要知道那阴险的大脑到底在想什么的坚定决心取代了他短暂的迟疑。直到现在,所发生的事件节奏都太快了,他都没有足够的时间掂量自己的处境,甚至到了现在,之前的

---

① 法语:一种说法。——译者注

二十四小时里所发生的事情还几乎像是梦一般。看看站在窗边那男人宽阔的后背和大大的头颅，转而再看看在沙发上无所事事吸着烟的那个女子，他笑得有点阴森。他恰好想起了先前夜晚的那个拇指夹。无疑，这位发现和平无聊的复员军官的钱花得很值，而德拉蒙德有着机敏的预感，小乐子才刚刚开始。

外面花园传来的一个声音让他迅速抬头。他看到了衬衫前襟的一抹白色，而下一刻，一个男人推开了窗口，踉踉跄跄地进了房间。那是本顿先生，很明显他一直都在酒精中寻找慰藉。

"抓到他了么？"他口齿不清地询问道，一只手扶着彼得森的手臂让自己站稳。

"还没。"彼得森简短说道，轻蔑地定睛看着眼前摇晃的身影。

"他在哪？"

"也许你该问问你女儿的朋友德拉蒙德上尉，他可能会告诉你。看在老天的份儿上，坐下来，老兄，在你摔倒之前。"他粗暴地将本顿摁在了椅子上，然后重新开始冷漠地凝视起黑暗来。

女子完全没有注意到新来的人，而来人正目瞪口呆地看着桌子对面的德拉蒙德。

"看来我们进入到背道而驰的气氛中了，本顿先生。"军人友好地说道，"我们的男主人总是无法摈弃那想法，他老觉得我属于强盗中的一个物种，我希望你的女儿现在很好。"

"呃——很好，谢谢你。"对方低声道。

"告诉她，我打算明天回伦敦之前去拜访她。更准确地说，如果她不反对我去很早的话你会这样做的吧？"

彼得森手插在口袋里，正透过窗户看着德拉蒙德。

"你计划明天离开我们，是吧?"他轻声说道。

德拉蒙德起身，"我叫我的车十点过来了。"他回答道，"希望这不会扰乱家庭日程，"他转向那个正边轻声笑着边涂着指甲油的女子继续说道。

"真是的! 但你越来越让人家喜欢了，我的休。"她笑道，"我们真的马上就要失去你了么?"

"我非常确信，我逃逸在外比被困在这儿对彼得森先生有用处多了。"休说道，"我也许甚至能把他领到藏宝地呢，他觉得宝藏在我这儿。"

"你确实该那么做。"彼得森说道，"但此刻我想知道，是不是现在稍微劝说一下——就能更快更省事地得到所有我需要的信息呢。"

一个惨不忍睹、血肉模糊的拇指在休的脑海中一闪而过，他再一次听到了那个惊骇的惨叫声，半动物半人类，回旋在前一夜的黑暗之中，瞬时他稍微有些呼吸加速。然后他笑了，摇了摇头。

"我认为你太擅长评判人性了，所以不会尝试那种傻事的。"他若有所思地说道，"你看，要做傻事你也只会杀了我，但我不认为这合你的意，因为也许明天你就会发现找到解释有些困难了。"

房间里沉默持续了好一会儿，最终彼得森发出一阵短促的笑声。

"作为一个年轻人，你的洞察力还真是厉害。"他说道，"厄玛，蓝色房间准备好了么? 准备好了的话就让路易吉(Luigi)带德拉蒙德上尉参观参观。"

"我亲自带他参观。"她回答道，站起身来。"然后我就上

床睡觉了。我的上帝！我的休，但我发现你的国家 très en-
nuyeux①。"她在他面前站了一会儿，然后把他领到了门边，
越过自己的肩扫了他一眼。

转身跟随那个女子时，休看到了彼得森脸上一闪而过的
气恼，看起来那位先生没有很好地被形势的变化取悦到。那
气恼还没出现就消失了，彼得森友好地向他挥了挥手，似乎
晚上所发生的都是世上最普通的事情一样。然后门被关上了，
休跟随着向导上了楼。

屋子布置华美。休不是美术鉴赏师，但即使在他缺乏经
验的眼光看来，墙上的画也是稀有贵重的。地毯很厚，他的
双腿无声地沉入其中。家具坚实，品味优雅。而正在他到达
楼梯顶端时，一只音调低沉的时钟正奏起一段美妙的乐声，
之后开始报时。时间刚好是三点整。

女子打开了一个房间的门，并开了灯。而后她带着笑容
面对着他，休则沉着地望着她。他丝毫不希望有任何交谈，
但她正挡在门中间，要经过她身边，还要不显得粗鲁是不可
能的。

"告诉我，你个丑陋的男人，"她低声道，"你怎么是个这
样的傻瓜？"

休微笑，而正如之前说过的，休的笑容能改造他的面部。

"我得记住那个开场白，"他说道，"有太多的人，我确
信，想要在初次相识时说这话，但都会克制着只是想想而已。
它立马就搭建起亲密交往的基础了，不是么？"

她稍稍倾向他，在他意识到她的意图之前，将手放在了
他的肩膀上。

---

① 法语：很没意思。——译者注

"你不知道，"她狠狠地耳语道，"他们会杀了你么?"她半恐惧地朝着他身后窥视一番，而后又转向了他。"快跑，你个白痴，快跑——趁还有时间。哦! 但愿我能让你明白，但愿你能相信我! 抽身出去——出国去，随你做什么——但别在这儿犯傻。"

她激动地前后晃动着他。

"看起来真是个欢快的家庭啊。"休笑着说道，"我能问问你们为什么这么关心我么? 你值得尊敬的父亲昨天上午也给了我同样的建议。"

"别问我为什么，"她焦躁不安地回答道，"因为我无法告诉你原因。你只能相信我所说的是事实——你必须相信。只有现在离开、并告诉他们那美国人的藏身之处，你才有可能平安无事。但如果你不这样的话——"她的手突然垂到了自己那边。"九点早餐，我的休: 直到那时，au revoir①。"

她离开房间时，他转过身来，对她变化的语气稍感疑惑。站在楼梯顶端的是彼得森，正沉默地看着他们俩……

（二）

在德拉蒙德当排长的那些日子里，他曾做过许多危险的事情。步兵中尉人生中的那些普通小乐子——比如冲锋陷阵，突然袭击——满足不了他的胃口。他曾专攻一些仅属于自己的奇异特技: 他对这些特技秘而不宣，而他的战友们则自顾自地下了结论，于是都崇拜起他来。

但德拉蒙德不是傻子，他意识到了尽全力为自己量身订造这些特技至关重要。巨大的身体力量是一份巨大的资产，

---

① 法语: 再会。——译者注

但带着特定的自然缺陷。首先，拥有它的人往往是笨拙的：休曾在法国不断训练，直到能够在地上移动却不让任何一片草叶发出沙沙声。凡·戴克（Van' Dyck）——一个荷兰的陷阱猎人——首先对他展现了这个把戏，也就是人用胳膊肘前行，像蛇一样，上一秒还在这里，下一秒就不见了踪影，让人摸不着头脑。

其次，拥有它的人往往是迟缓的：休曾在法国不断训练，直到能够在一秒之内徒手杀死一个人。欧来吉（Olaki）——一个日本人——首先教会了他两三种看家本领，而在敌后休息的间隙里，他又自己完善了一番，到了最后，他要在格斗赛上遇见那个日本佬，输赢还真说不准了。

而后，在无人地带的夜里，他的战友们能够听到诡异的声音，他们知道德拉蒙德正四下游荡，于是视线越过胸墙，巴巴地望着前方凄凉的荒芜之地。但他们没有看见任何东西，即使绿色的鬼火在黑暗中嘶嘶作响、影子在诡异地舞动着。一切寂静无哗，突然的尖声呜咽声并没有再次出现。

也许巡逻的人回来会报告发现了德国兵，他瑟缩在弹坑里，没有伤痕，只是脖子断了；又也许，巡逻的人什么也没发现。但无论是什么报告，休·德拉蒙德只是咧嘴笑着料理着战友们的早餐。这就是为什么现在英国有一大批市民，他们只承认两位支配者，国王和休·德拉蒙德。并且，他们愿意为任一个赴汤蹈火。

德拉蒙德能有此成就并不让人意外：作为一个人，他几乎可以说是无所畏惧。而正若有所思坐在床沿脱靴子的他有了那个想法时，脑海中一点儿也没想过可能的风险。探索这所房子看起来就像是世上最自然的事情一般，带着典型的简洁性，他总结了一下自己的处境。

"不管怎样他们都会怀疑我：事实上，他们知道是我带走了波茨。因此就算是被他们抓到我鬼鬼祟祟地在路上爬行，情况也不会比现在更糟。而我却可能找到些什么有趣的东西。因此，动起来，勇士。"

事情就此决定，就算以随从侍者为首的上院主教全票否决席位也无法阻止他，对于陌生人来说，德国前线的战壕比夜晚的埃尔姆斯安全得多，这一事实也无法阻止他。然而他不知道那个事实，就算他知道，其影响力也不会比主教权贵来得大。

外面的过道一片漆黑，他打开自己房间的门，蹑手蹑脚地朝着楼梯顶端走去。他棕色休闲外套的领子向上翻了起来，而穿着袜子的双脚踩在厚重的绒头地毯上毫无声息。如一片巨大的影子，他消失于黑暗之中。他凭借着大量练习得来的出奇直觉感受着前进的路。他时不时地停下来专心听着，但下面时钟有规律的滴嗒声以及木板偶尔的吱呀声却单单打破了沉寂。

下楼梯的半道上，一扇窗户中传来微弱的灰光，他的轮廓在其中闪现片刻，而后又消失不见，淹没在了走廊的昏暗之中。位于左边的就是他待了一整晚的那个房间，德拉蒙德转向了右边。他上去睡觉的途中就注意到了一扇被厚重帘子遮掩着的门，他认为这便是菲利斯·本顿曾提到过的那间——藏着亨利·拉金顿赃物的那间。他沿着走廊摸索前行，手终于触到了帘子——但马上它又跌落了。在身后很近的地方传来一阵尖锐的、愤怒的嘶嘶声……

他后退一步站稳，凝视着似乎是声音发源的那个地方——但他什么都看不见。然后，他身体前倾，再一次拉动了窗帘。那声音马上又响了起来，比之前更尖锐更愤怒。

他将手扫过额头，发现它都湿了。他知道德国人，也知道两条腿走的东西，但那在黑暗中发出如此邪恶嘶嘶声的到底是个啥玩意儿？最后他决定冒险，于是从口袋里掏出一支极小的手电筒来。他将它拿在离身体很远的地方，而后打开了它。在光线中央，正优雅地来回摇摆着的，是一条蛇。它对着光线愤怒凶恶地发出嘶嘶声，他呆呆地看了片刻。他看见它直立的身体上，安置着凶恶脑袋的地方，长着扁平的兜帽。而后，他关了手电筒，以甚至比来时更快的速度退了回去。

"真是个欢乐随和的家庭。"他低声自语道，嘴唇有点发干。"眼镜蛇真是煞风景的宠物。"

他靠着楼梯栏杆站着，恢复着自制。眼镜蛇没再发出声音，似乎它只有在领地被侵犯时才会恼怒。实际上，休正决定着再次勘探一下被帘子挡住的门口，看看是否有可能绕过那条蛇，一阵低声轻笑从楼梯平台上清晰地传入他的耳中。

黑暗中，他的脸由于愤怒而涨红。毫无疑问那阵笑声来自人类，休意识到他正出着大洋相。虽然人贵有自知之明，但此时这种自知之明尤其让人不快。

对于休·德拉蒙德这样一个毫不自负、对休·德拉蒙德的能力有着很好认识的人，身处于如此绝对的不利形势之中——被一个他半分钟之内就能掐死的肮脏猪猡嘲笑着——是难以忍受的！他握紧了拳头，低声咒骂着。而后，像下来时那样的安静，他开始重新爬起楼梯来。他萌生出一个模糊的想法，他要打到什么东西——狠狠地。

楼梯的前半段有九层台阶，而就在他站在第五阶时，他又听到了那个低笑声。在同一瞬间，什么东西嗖嗖掠过了他的头，它飞得极低，几乎都已经碰到他的头发了，而后，他身边的墙上发出哐啷一声。他本能地躲避着，不顾那声响，冲上了剩下的四道台阶。他的下巴像虎钳一样紧绷着，眼中燃烧着熊熊火焰，事实上，休·德拉蒙德发飙了。

到了顶端他停了下来，蹲伏在黑暗之中。他能感受到什么东西在他旁边，他屏息倾听着。然后他听见了那个人在移动——尽管只是非常微弱的声音——但那已经足够。思索不到一秒，他跳了起来，双手环住了一个人的身体。他轻声笑了，而后默默地打斗着。

对手比普通人强壮，但一分钟过后，他已经像是被休抓住的小孩子了。那人呛了一两声，低声说了些什么。然后休的右手轻轻地滑到了这男人的喉咙上。他的手指慢慢环起来，拇指细心周到地调整着自己的位置，而后，男人感觉到自己的头无可抵抗地被摁向了后面。他发出一声被扼死的惨叫声，而后，那力量松开了……

"再多半英寸，我文雅的幽默大师，"休向着他的耳朵低语道，"你的脖子就断掉了。事实上，它会僵上一段日子。下次——别再笑了。很危险的。"

然后，鬼魂一般，他消失在了通往自己房间方向的过道上。

"真想知道那家伙是谁，"他沉思着低声自语道，"不管怎样，我认为他以后是不会那么爱笑了——滚他的。"

（三）

第二天早上八点，一个看起来很结实的恶棍送来一些热水和一杯茶。休半睁着眼看着他，将他从竞争名单中划了出去。他的头在厚实的肩膀上灵活移动着，他的脖子并没有曾被卷入夜间恶斗的迹象。当他拉开百叶窗时，光线满满地落在了那消瘦粗犷的脸上，休突然在床上坐了起来盯着他看。

"老天！"他叫道，"你不是杰姆·史密斯么（Jem Smith）？"

那男人闪电般猛转过身来，对着床怒目而视。

"该死的那跟你有什么关系？"他咆哮道，而后，表情变了，"哎呀，真是见鬼，这不是小德拉蒙德么。"

休咧嘴笑了。

"一次就猜中了，杰姆。老天，你在这儿干吗？"

但那男人没被他绕进去。

"不关你的事，先生，"他严肃地说道，"我觉着这是我自己的事。"

"要放弃比赛么，杰姆？"休问道，

"是我被放弃了，在那个斗鸡眼的王八蛋扬·巴克斯特（Yung Baxter）在奥克斯顿（Oxton）接下那个迎击的时候，我就输了。老天！如果那猪猡能落我手里——就再那么一次——我会，我会——"这位前职业拳击手该如何用语言来表达，只能低声嘟囔。而休，他记得杰姆之所以输了那场比赛的真正原因，是由于他在陛下的赞助下被监禁了一阵子，所以他谨慎地保持着沉默。

拳师走到门边停了下来，犹豫不定地看着德拉蒙德，而后，他像是下定决心了一般，走向了床边。

"这并不关我的事，"他沙哑低声道，"但看你是条汉子，如果我是你，我不会对这屋子里的东西太深入追究。这对你没好处：别说是我说的。"

休笑了："谢谢你，杰姆。顺道问一声，今早屋子里有谁脖子发僵么？"

"脖子发僵！"男人重复道，"真是的，我的意思是，你问得也太搞笑了。那家伙正坐在床上满口骂着呢。头完全动不了。"

"那，我想问问，那家伙是谁呢?"德拉蒙德搅动着茶说道。

"哎呀，当然是彼得森。除了他还有谁? 九点早饭。"

门在他身后被关上了，休沉思着点起了一支烟。毫无疑问，他这个头起得别具一格：一个晚上是拉金顿的下巴，第二个晚上是彼得森的脖子，真像是与饕餮对战的活力开场。

那让朋友们都嫉妒的欢快乐观又展现出了它的威力。"假设，我杀了他们。"他惊骇地低声道，"只是假设。嗨，那这讨厌的游戏就完了，我就得重新做广告了。"

休下来时餐厅里只有彼得森。他一路过来时将楼梯检查了一遍，昨晚明明有东西嗖嗖掠过他的头顶并撞在墙壁发出了沉闷一响，但他找不到任何不寻常的东西能够做出解释。出现在那被帘子挡着的门旁边的眼镜蛇也没留下任何痕迹。只有彼得森站在一台冒泡的咖啡机后，房间充满阳光。

"早上好，"休亲切说道，"我们今天怎样? 啊! 咖啡闻起来真香。"

"不用客气，"彼得森说道，"我女儿决不会这么早下来。"

"十一点之前都不会清醒——啊!"休低声道，"她可真聪明。我要敦促你吃个腰子么?"他礼貌地面向他的男主人，而后惊愕一顿，"老天! 彼得森先生，你的脖子疼吗?"

"疼。"彼得森严肃地回答道。

"真麻烦，有个僵脖子真麻烦。人人都笑话它，都不会有人同情。糟糕的事——笑声……反正有时候是。"他坐了下来开始吃早餐。

"好奇心要糟糕多了，德拉蒙德上尉。昨晚我差点就杀了你了。"

两人都镇定地看着彼此。

"彼此彼此。"德拉蒙德回答道。

"是,又不是。"彼得森说道,"你从楼梯底下离开的那刻起,命就已经握在了我的手里。如果我选择夺去它,年轻的朋友,我就不会有这个僵脖子了。"

休毫不在意地继续吃起早饭来。

"的确,老弟,的确。但如果我没有这样善良宽容的本性,你也不会只有脖子僵了。"他玩味地看了彼得森一眼,"我都要觉得没有弄断你的脖子太可惜了,明明就差那么一点儿了。"休叹了口气,喝了口咖啡,"我看某天也许不得不那么干了,而拉金顿的也很有可能……话说,亨利怎么样了?我相信他的下巴没有给他带来太多的不便。"

彼得森手中拿着咖啡,正向下凝视着车道。

"你的车来得有点早了,德拉蒙德上尉。"他最后开口道,"但是,他们也许能等上个两三分钟,因为我们得把事情完全说清楚。你不知道自己的立场,这让我很厌恶。"他转身朝向那个军人,"你故意跟我对着干,并以此为乐。就那样好了。从现在开始,玩真的了。在隔壁女孩的煽动下,你带着冒险精神上了这条路。她,可怜的小傻瓜,担心着那个醉酒的废物——她的父亲。她向你求助——你答应了,并且,虽然看起来很让人惊讶,到现在你确实取得了一些成功。我承认,为此我很钦佩你。现在我为昨晚跟你一起干蠢事而抱歉,你是那种该立刻杀掉或井水不犯河水的人。"

他将咖啡杯放了下来,仔细地剪起雪茄尾部来。

"你也是那种一条道走到黑的人。你现在完全置身于黑暗之中,你完全不知道自己究竟在面对着什么。"他冷酷地笑着,猛然转向休。"你个笨蛋——愚蠢的小笨蛋。你难道真的幻想着能够赢过我?"

军人起身站到了他面前。

"我也有一些话要说,"他回答道,"然后我们的谈话就可以到此为止了。要玩真的我求之不得——即使是用你肮脏的方式来打,任何你碰过的东西都会变得极其肮脏。正如你所说,我对你们的计划一无所知,但我对自己正面对着什么有着清楚的认识。能对可怜的手无寸铁的人动用拇指夹的人,在我看来比原始的食人族要残酷得多,因此,如果把你们归为最低等级的下流罪犯,我觉得也不过分。你对我咆哮绝无好处,你个猪猡,听到事实才对每个人都有好处——别忘了你才是那个动了真格的人。"

德拉蒙德点了一支香烟,而后用冷酷无情的双眼定在了彼得森身上。

"只是还有一件事。"他继续道,"你好心地警告了我,说我将有危险:现在轮到我来给你一些建议了。我会跟你斗的,如果我能的话,我会打败你的。所有可能发生在我身上的事情都是游戏的一部分。但如果在这过程之中本顿小姐身上发生任何事的话,那么,毫无疑问,彼得森,我总会有办法对付你的,而且还会亲手杀了你。"

沉默持续了片刻,而后德拉蒙德干笑了一声,转身离去。

"真是严肃夸张。"他轻声说道,"而且这么早的,对消化也很不好。代我向你迷人的女儿问好,还有代我问候他碎掉的下巴。我们会马上再见的吧?"他在门边停了下来回头看了一眼。

彼得森仍站在桌子旁边,面无表情。

"的确会很快见面的,年轻人。"他轻声道,"的确会很快……"

休踏入了温暖的阳光之中,对他的司机说道:"开到主干道上,詹金斯(Jenkins),在隔壁的入口处等着我。我不会太久的。"

而后他漫步穿过花园，走向那个通往拉杰斯的小门。菲利斯！对她的思念在他的心间鸣唱，让他忘却了所有其他的东西。就只跟她待几分钟，就只碰一碰她的手，就只闻一闻她淡雅的香水味——然后，回到游戏中。

就在他差不多要到达小门的时候，灌木丛中突然一声响，杰姆·史密斯跟跟跄跄地走出来到了小径上。他原本自然红润的脸发着白，并惊恐地四下张望着。

"上帝！先生，"他叫道，"当心。你看到它了吗？"

"看到什么了，杰姆？"德拉蒙德问道。

"那只畜生。它逃走了，如果让它遇见陌生人的话——"他话没有说完，站在那儿听着。从房子后面的某处传来一声沙哑低沉的咆哮声。而后，是挂锁猛击金属的铿锵声，接着是一连串沉重的砰砰声，像是什么大型动物正猛冲着笼子的栏杆。

"他们抓住它了。"杰姆擦着额头低声道。

"你们似乎在房子附近养了一小群有趣的宠物啊。"他正准备离开，德拉蒙德将手放在了他的手臂上，"刚才我们听到的那个正召唤幼崽的温顺动物是什么？"

那个前拳击手绷着脸看着他："不要管它，先生，这不关你的事。并且如果我是你，也不会多管闲事地去弄清楚。"

片刻之后他消失于灌木丛之中，德拉蒙德又落单了。确实是一个欢乐的家庭，他回味着，是个休养的好地方。而后，隔壁草坪上的那道倩影将他脑中的一切都驱逐了出去。他打开小门，急切地朝着菲利斯·本顿走了过去。

(四)

"我听说你在这儿。"她严肃地说道，将手伸向他，"父亲告诉我，他见到了你之后我就特别特别担心。"

休将她的小手囚在了自己的大手里，对着女子微笑。

"我只能说，你真甜美。"他回答道，"真甜美……让人担心可不是我的本行，但我想我喜欢这感觉。"

"你真是个不可思议的人。"她松开了自己的手，"昨晚过得怎么样？"

"五彩缤纷。"休轻声答道，"就像老牧师的鸡蛋——好坏参半①。"

"但你究竟为什么要去？"她双手一拍，叫道，"你不知道么？如果你出了什么事，我这辈子都不会原谅自己的。"

军人安慰一笑，"别担心，小女孩。"他说道，"几年前一个老吉普赛人告诉我，我会老死在床上，死于饮酒过度……事实上，我前来拜访的原因倒挺搞笑的。他们大半夜的把我跟我一个老战友给绑了，那老战友，很遗憾，正在我房间醒酒呢。"

"你在说什么？"她质问道。

"他们以为他是你那个美国百万富翁的老兄，可怜的马林斯喝得太醉了都没法否认。事实上，我都不认为他们征求过他的意见。"休咧嘴回忆着，"真是个哀伤的景象。"

"哦！但是是很棒的景象。"女子叫道，有些呼吸急促，"那美国人那时在哪儿？"

"隔壁——跟我一个亲爱的老朋友，彼特·达雷尔，在一起。改天你一定得见见彼特——你会喜欢他的。"他若有所思地望着她。"不，"他补充道，"再想想，我可不确定是否真会让你见他。你可能太喜欢他了，而他是个老色鬼。"

---

① 老牧师的鸡蛋，出自英国一幅讽刺漫画，后用来比喻事情好坏参半。——译者注

"别胡说。"她脸上带着一丝红晕嚷道。"告诉我，美国人现在在哪儿？"

"在离伦敦几英里之外的地方。"休回答道，"我认为说到这里就够了。目前说来，本顿小姐，你知道得越少越好。"

"你有什么发现么？"她急切地质问道。休摇摇头。

"完全没有。除了发现你的邻居们是一群我最想要会会的恶棍这一点。"

"但如果你知道了些什么会告诉我的吧？"她恳切地将一只手放在了他的手臂上。"你知道对我来说什么是生死攸关的事情，不是么？父亲，并且——哦！但你知道。"

"我知道。"他严肃地答道，"我知道，老兄。我保证，我发现了什么都会告诉你的。而在此期间，我想要你盯紧隔壁，有什么重要的事情让我知道，写信给青少年体育俱乐部（Junior Sports Club）。"他沉思着点燃了一支烟，"我发现他们对自己的力量百分之百自信，这样他们就会犯低估对手的致命错误。走着瞧吧。"他转向她，眼光闪烁，"无论如何，我们的拉金顿先生会看着你不受任何伤害的。"

"那个畜生！"她叫道，声音非常低，"我恨死他了！"然后——突然变了语气，她抬眼望着德拉蒙德。"我不知道这是不是值得一提，"她慢慢说道，"但昨天下午有四个人在不同的时间来到了埃尔姆斯。他们看起来像那种在海德公园①（Hyde Park）慷慨陈词的人，除了一个，那个人看起来像个可敬的工人。"

休摇摇头："看起来是没什么帮助对吧？不过，谁也说不

① 位于英国伦敦，因常被用作政治性集会场所而著称。——译者注

准。今后在俱乐部也告诉我诸如此类的事情吧。"

"早上好，本顿小姐。"身后传来彼得森的声音，德拉蒙德在心里暗骂着转过身去。"我有趣的朋友，德拉蒙德上尉，昨晚带了这样一个好青年来见我，今早却留他一个人在房子里躺着。"

休恼怒地咬了咬嘴唇，在那一刻之前马林斯还待在埃尔姆斯的事情被他忘得一干二净。

"我已经把他送到你车上了，"彼得森温文尔雅地继续说道，"我相信这是正确的做法。或者说你想把他送给我当宠物？"

"经过一番快速调查，彼得森先生，我该认为你已经有足够多的宠物了。"休说道，"相信你已经把欠他的钱给他了吧？"

"我会在遗嘱中分配给他的。"彼得森说道，"如果你也在你的遗嘱上写上，毫无疑问他迟早会从我们中的一个得到它的。与此同时，本顿小姐，你父亲起床了么？"

女子皱着眉头，"没有——还没。"

"那我就去床上看看他好了。就目前来说，au revoir。"他走向了房子，而他们沉默着看着他离开。就在他打开休息室的窗户时，休在后面叫道，"你喜欢埃利曼的马（the horse Elliman's）① 还是普通牌子？"他问道，"我要送你一瓶，治治你那僵脖子。"

彼得森非常从容地转身，"不用麻烦了，谢谢你，德拉蒙德上尉。我有自己的疗法，有效多了。"

---

① 这个是作者虚构的药品牌子，相当于云南白药。——译者注

第五节　戈林的麻烦

（一）

"昨晚睡得好吗，马林斯？"休进到车里，如此问道。

男人羞怯地咧嘴笑了笑。"我不知道你们在玩什么，先生，但我可不想再趟这浑水了。那房子里是一群最丑陋最吓人的恶棍，我这辈子都不想再见到他们。"

"你一共见了几个？"

"我见到了六个，先生，但我还听到其他人说话。"

汽车在邮局前减速了，德拉蒙德下了车。在去戈林之前，他在伦敦还有一两件事情要办，他想着给彼特·达雷尔发个电报过去，如果途中耽搁了也可以让他不那么担心。德拉蒙德对犯罪的旁门左道还很陌生，它愚蠢的过程也从未进入过他的脑子。直到他人生中的此刻，他还是想发电报就发电报。所以就他而言，会对在柜台旁闲逛的那个男人起疑可以说完全是出于偶然。他是个完完全全的普通人，正随意地跟另一头的女子闲谈。但碰巧的是，当休拿起邮局的铅笔，正无可奈何地盯着它所谓的笔尖时，那个完完全全的普通人停下了闲谈看向他。休跟他有一瞬间的对视，之后谈话便继续进行了。而就在德拉蒙德要抽出表格簿时，突然发现男子转开脸的动作有些太快了。

笑容慢慢在他脸上漫开，犹豫片刻，他开始撰写一封短电报。为了能更清楚，他用的是印刷体，还为了适应钝铅笔一般，他便用最重的力道写下去。而后，他拿着表格走向了柜台。

"送去伦敦要多久？"他向那个女子问道。

她的回答没什么建设性。他总结起来，这取决于各种各样的情况，而其中最重要的是那个说话如此有魅力的完完全全的普通男人。她并没有直截了当地这样说，但休依旧为她少女般的言不尽意而尊重她。

"那我就不麻烦了。"他一边说道，一边将电报塞入了口袋。"再见……"

他走向门，车很快就沿街道开走了。他很乐意留下来亲眼看着自己的玩笑收尾，但，事情往往如此，想象比现实要好。果不其然，去伦敦的一路上他都在过分地咯咯笑着，而真正的结局其实很乏味。

让女子觉得古怪唐突的是，那个完完全全的普通男子结束了与她的交谈，他也决定要发封电报。而后，他经过在写字台上一番长长的深思停顿之后，女子清楚地听到了一句不可能听错的"该死的！"。之后他走了出去，没了影子。

令人遗憾的是，在那天的晚些时候，那个完完全全的普通人在向一个脖子明显很不方便的男人汇报时，撒了个谎。

但说句实话，谎话经常会比真相要机智得体，而要宣布他上午的唯一收获就是破译出了一封发往埃尔姆斯的电报，上面还写着神秘的话语："又疼了，僵脖子，又疼了。"这绝不会是机智得体的。所以他撒谎了，如前所述，从而展现出了他的智慧……

车子在上午清新的空气中奔驰。虽然德拉蒙德一直在自顾自地咯咯笑着，但有那么一两次，他的眼中闪现出了并不全是欢愉的微光。他曾在一场不容许出错的游戏中玩了四年，而邮局的小插曲让他意识到，自己真真切切地又开始了另一个情况差不多的游戏。目前为止他所赢得的比分靠的是运气而非良好经营，他是如此精明，不可能没有意识到这一点。现在他被监视着，而被监视的人的好运气不会持续太久。

在孤军奋战而又几乎没有防备的状态下，他挑战了一个国际罪犯集团：一个不仅完全不择手段，而且还被大师的头脑所支配的集团。目前为止，他并不清楚它有着怎样的力量，而对于它的规模和当前的目标他所知更少。或许这样也好。如果他对所要面对问题的重大程度有着哪怕隐隐约约的意识，如果他对昨晚男主人那险恶头脑里所构思阴谋的程度有着一星半点的了解，那么，喜气洋洋开朗乐观如休·德拉蒙德，也许也会动摇。但他没有这样的模糊概念，所以他眼中的微光也只是转瞬即逝而已，之后的轻笑声则变得更由衷了。这不是在充满着冲击与暴利国度上的游戏吗，这不正是他由衷爱着的游戏吗？

"恐怕，马林斯。"车在他的俱乐部门口停了下来，他说道，"与我们共度昨夜的那位和蔼的先生拒付债务呢。他拒绝支付我为你的服务拟的账单呢。在这儿等等。"

他走了进去，过了一会儿带着张折起来的支票出来了。

"去拐角处，马林斯，一个穿黑色外套的乐于助人的家伙会把你从身不由己的布拉德伯里（Bradbury's）拉出来的。"

男人扫了支票一眼。

"五十英镑，先生！"他倒吸一口冷气，"为什么——这太多了，先生——"

"劳动者，马林斯，值得雇佣。你帮了我很多，并且，顺带一提，有很大可能我还会再需要你的。现在，我要怎么联系你呢？"

"奥克斯顿，格林街13号（13, Green Street, Oxton），先生。你总能找到我的。不论何时，先生，只要你需要，我都会赶过来的，就图个消遣。"

休咧嘴笑了："好伙计，也许比你想的还要快。"

他快活地笑着，进了自己的俱乐部，而那个退伍军人站在后面看了他一会儿。而后，他慎重地转向司机，若有所思地嚷道，"如果有更多像他一样的人，而更少像他一样的人"——他指的是一个衣着糟糕开着车倏忽闪过的身强体壮的暴发户——"那像今天这样的事情就不会发生了。哦！不……"

伴着这有分量的宣言，皇家罗姆团的前士兵马林斯先生走向了那个穿着黑色外套的乐于助人的家伙。

（二）

在青少年体育俱乐部里，休·德拉蒙德正埋头喝着一大杯麦芽酒。这个欢快的啤酒店至今都以麦芽酒闻名。就在这最令人欢愉的消遣之时，德拉蒙德正尝试着为一个异常棘手的问题而下定决心。他到底该不该为这件事联系警察呢？他感觉作为这个国家品行端正的市民，告诉什么人什么事无疑是他的责任。关键在于告诉谁，说些什么呢？关于伦敦警察厅，他的想法很模糊。他有着模糊的印象，一个人把表格填完然后等着——无聊的业务，对于双方都是。

"况且，亲爱的老家伙，"他对着那个把酒窖里的酒喝干了然后死掉的俱乐部创始人的画像出神并低声道，"我是个品行端正的市民吗？如果我填了表格并把前两天发生过的事情一五一十地说出来，不会被关进牢子里吗？不确定吧？"

他深深地叹了口气，目光移向外面铺满阳光的广场。一个服务生正在桌上整理着今天第一个版本的晚报，休示意他拿一份过来。他的脑子仍被那个问题占据着，于是几乎是机械地浏览着各个栏目。板球，赛马，最近的离婚案件以及罢工——全是些稀疏平常的话题。正当他要放下报纸，再一次集中精力思索他的问题时，其中一段文字吸引了他的注意。

贝尔法斯特的离奇杀人案

以怪异状况陈尸于码头边的男人已被确认为詹姆斯·格兰杰（James Granger）先生。他是现身在英国的美籍富翁希拉姆·波茨的机要秘书。正如本报昨晚所报道的，这起卑劣暴行不幸的遇难者的头，几乎被割离身体。据说波茨先生将其派离出差，格兰杰先生在前一天到达本地。他曾在陈尸现场做过什么仍是个谜。

我们获悉近期身体不适的波茨先生已经回到卡尔顿，他对这突如其来的惨剧感到十分难过。

虽然案发地点混乱的环境给破案带来了很大困难，但警方有信心在短时间内掌握线索。被害者的所有口袋都被搜刮干净，作案动机看起来很清晰，应该为抢劫。但此案最奇怪的地方在于，凶手极其小心地要隐瞒尸体身份。被害者的每一件衣物，甚至是袜子，其上的名字都已被撕去。警方只能通过罪犯忽略的格兰杰先生内口袋里的成衣标签确认了尸体身份。

德拉蒙德将报纸放在了自己膝盖上，有点头晕眼花地盯着俱乐部放荡的创始人。

"老天！老弟，"他低声道，"彼得森绝对插了一脚。真的，我相信，他能激励喽啰们干出这种事情来的。"

"您点了什么吗，先生？"一个服务生在他身边停了下来。

"不，"德拉蒙德低声道，"但我会弥补这一疏忽的，再来一大杯麦芽酒。"

服务员离开了，休再次拿起了报纸。

"我们获悉"他轻声自语道，"近期身体不适的波茨先生已经回到卡尔顿……这可真有趣……"他点了一支香烟，靠在了椅背上。"在我印象中波茨先生应该在戈林安全地卷在床上，吃着他的粗面粉布丁。这需要解释。"

"打扰了，先生。"服务生说道，将啤酒放在了桌上他的旁边。

"没事。"休回答道，"到现在你做的一切都合乎我最热切的期望。为了更进一步地证明我的善意，我希望你能为我接个长途电话——2X 戈林。"

几分钟之后，他站在了电话亭里。

"彼特，很少能如此开心地听到你的声音。一切正常吧？好！不要提到任何名字。我们的客人在那儿，对吧？你说他继续为抵制吃牛奶布丁而罢工。哄哄他，彼特。发出像鲟鱼的声音，他就会以为那是鱼子酱。你看报纸了吗？贝尔法斯特正进行着有趣的活动，与我们息息相关。我晚点儿会过去，然后我们开个小会。"

他挂上了听筒，走出了电话亭。

"如果，阿尔及（Algy），"他对着外面正看着磁带录音机的男人说道，"报纸上说一个讨厌鬼在某个地方，而你知道他在另一个地方——你会怎么做呢？"

"到目前为止，我遇到这种情况一般都会枪击编辑的。"阿尔及·朗沃思（Algy Longworth）低声道，"进来吃东西。"

"你帮大忙了，阿尔及。真是块完善有力的好石头。你想要工作吗？"

"什么样的工作？"对方疑惑地质问道。

"哦，不是工厂，亲爱的老伙计。该死的，老兄——你知道我不会干那种事的，当然！"

"现在的人可真有趣。"朗沃思闷闷不乐地回答道，"最扶不上墙的人看起来像在做着什么大事，还尝试着让人看起来很必要似的。到底是什么工作？"

两人一起漫步进了午餐厅。在吃完奶酪后很长一段时间，阿尔及·朗沃思仍在沉默着听着他的同伴说话。

"我亲爱的老伙计，"休结束说话后，他心醉神迷地低声道，"我极其亲爱的老伙计，我想这是我听过的最有趣的事情。也算我一个。顺道一提，托比·辛克莱（Toby Sinclair）正瞎忙一气地找麻烦呢。我们也把他拉上。"

"你今天下午去找到他，阿尔及。"休起身说道，"并且告诉他要保密。我也想跟你一起去的，但我突然想到，可怜的波茨，正在卡尔顿以泪洗面呢。他需要慰问，我会让他在我肩膀上哭一会儿的。再会，老伙计。一两天之后我会联系你的。"

当他到达人行道时，阿尔及冲了出来追上了他，脸上满是不折不扣的惊慌。

"休,"他急切地说,"只有一条。在爱斯科赛马会（Ascot）的那一周必须宣布停火。"

德拉蒙德脸上带着若有所思的笑容,沿着蓓尔美尔街（Pall Mall）漫步着。他清楚朗沃思的能力,但还是一时冲动将事情或多或少地告诉了那位先生。在那轻率无礼的伪装下,隐藏着从未让他失望过的坚韧意志。虽然事实上他是多此一举地戴着单片眼镜,但论起对事物的了解,他比大多数叫他傻子的人要深入许多。

是他要将事情告诉托比·辛克莱的这一建议引发了休的笑容。因为它在德拉蒙德脑海中激发了在他看来是良好的思绪。既然算上辛克莱,为什么不再算上另两三个同样值得信任的冒险家呢?为什么不干脆组成个集团?

托比有着维多利亚十字勋章①,并且是很好的一个。因为维多利亚十字勋章也是分等级的,就算普通大众不明白,获得者的战友们也知道得很清楚。这个游戏对他来说正合适。然后是特德·杰宁汉（Ted Jerningham）,他将资质超乎寻常的业余演员的角色与能在任何范围、用任何可想到类型的枪炮、命中任何事物的狙击手完美结合。还有空军的杰里·西摩（Jerry Seymour）,有个飞天侠可不是坏事,可以留作一手。还有,能熟练开坦克的谁也迟早有用……

微笑变成了咧嘴笑,人生无疑很美好。然后,笑容消退了,取而代之的是疑似皱眉的什么东西。因为他已经到了卡

_____

① V. C.（Victoria Cross）,英联邦国家的最高级军事勋章,1856年维多利亚女王应其夫艾伯特亲王之请而设置,以维多利亚女王的名字为其命名,奖励给对敌作战中最英勇的人。——译者注

尔顿，现实又回到了他面前。他似乎看到了那个几乎没有了头的人的尸体躺在贝尔法斯特的贫民窟里⋯⋯

"波茨先生不见任何人，先生。"他询问的对象如此说道。"您大概已经是今天第二十位来这里的先生了。"

这是休意料之中的事情，他报以亲切微笑。

"确实如此，我固执的家伙，"他说道，"但我敢打赌他们都是报社的人。现在，我不是。并且我想如果你能把这张纸条交给波茨先生，他会见我的。"

他在桌边坐了下来，给自己抽了张纸。有两件事可以确定：其一，楼上的那个人不是真正的波茨；其二，他跟彼特森是一伙的。难就难在怎么组织语言上了。也许会有着什么神秘的暗号，如果遗漏了它，那他就露马脚了。他终于拿了支钢笔快速地写了下来，他得碰碰运气。

紧急。来自总部的信息。

他将信封封起来，与必要的五先令邮费一并交给了那个男人。而后他坐下来等着。如果他想查出点儿什么来的话，接下来的会面将十分棘手，但现在游戏的刺激已经让他沉迷其中，于是他非常热切地盼着信使归来。经过似乎是无止境的望眼欲穿的等待，他看见那个男人穿过大堂了。

"波茨先生要见您，先生。能跟我这边来吗？"

"他一个人吗？"他们在电梯里飞速上移时，休说道。

"是的，先生。我想他正在期待着您的到来。"

"确实。"休低声道，"满足人的期待是件多么好的事情。"

向导领着他穿过走廊，在一扇门外停了下来，他走了进去。休听到了一阵低语，之后向导重新出现了。

"这边请，先生，"他说道。于是休踏了进去，站定。他不由地倒吸一口冷气，无论从哪点来看坐在椅子上的正是波茨。相似异乎寻常的，如果不知道真身在戈林，他绝对会被欺骗。

那男人等着关上门，而后起身，疑惑上前。

"我不认识你，你是谁？"

"什么时候开始总部雇佣的每一个人都要相互认识了？"德拉蒙德谨慎答道，"顺道一提，你跟我们不幸的朋友长得可真像啊。几乎连我都要被骗了。"

那男人没有不悦，而是发出了一阵短促的笑声。

"通过了，我想。不过有些冒险。那些该死的记者们整个上午都在纠缠不休……而如果他老婆或是其他人过来了，那该怎么办？"

德拉蒙德同意地点点头。

"确实如此。但你能做什么？"

"当然不会像罗思卡（Rosca）那样把贝尔法斯特的事情搞砸的。他以前就可从没留下过线索，而这次他也有足够的时间将工作完成好。"

"内口袋里面的名字是挺容易被忽略的。"抓住了明显的线索的休说道。

"你在为他辩解吗？"对方怒吼道，"他失败了，失败就是死。这就是我们的规则。你想要改了它不成？"

"必然不会。如此重大的事情是不允许任何闪失的……"

"对，我的朋友——对。手足情谊地久天长。"他目露凶光地盯着窗户外面，而休谨慎地保持着沉默。之后对方突然又开口了："他们干掉那只傲慢的军犬了吗？"

"呃——还没，"休和善地低声道，"他们得马上找到那个美国人。"

男人的一拳用力打在桌上。"那曾经是重要的，至少他的钱是。现在捅了这样一个大娄子——那它就变成生死攸关的了。"

"的确如此，"休说道，"的确如此。"

"我早已经跟伦敦警察厅的一个人会过面了，但每小时危险都在增加。但是，你有信息给我。那是什么？"

休起身，漫不经心地拾起帽子。从这次会面中获取了比预想更多的信息，多拖无益。但他突然发现冒牌的波茨先生有着令人讨厌的性格，他竟然从门边侧翼包抄了过来。而他本人作为一个性格直率的人，他的脸上露出片刻真相也并无可能。话虽如此，什么东西突然引起了对方的疑心，伴随着一声狂怒的咆哮，对方跃过休来到了门边。

"你是谁？"他狠狠地吐出那几个字，同时从口袋里掏出了一把看起来很丑的刀。

休把帽子摘下放在桌上，轻轻地咧嘴一笑，

"我是那只傲慢的军犬，亲爱的老家伙。"他警惕地看着对方，"如果我是你，我会把那小牙签扔掉……你也许会伤到自己——"

他边说着边一点一点地朝着对方徐徐移动，那人正伏下身来，在门边咆哮。休冷酷而坚定的眼神，从未离开过对方的脸，他的双手，似乎倦怠地悬在身侧，正为即将到来的欢乐刺痛着。

"并且失败的惩罚是死亡，不是吗，亲爱的？"他以几乎模糊不清的语气说出此话，但休却从未松懈过。他日本教练欧未吉，的话在他脑中回响着："如果可以的话分散他的注意力，但如果要命的话，不要让他分散你的注意力。"

于是，他一边几不可察地缓慢移向对方，一边轻声说道，"这就是你们的规则。而我觉得你已经失败了，不是吗？你个如假包换的讨厌鬼，我好奇，他们会怎样杀掉你呢？"

正在那一刻，那男人犯了个错误。他看向了别处，虽然只有片刻。那个伏下身来的男人将视线从休的身上移开了，正如在僵持一会儿之后，猫的意志力退却并环顾四周寻找逃跑之策时的那样。休像狗那样以迅雷不及掩耳之势跳了起来。

他的左手抓住了男人的右手腕，而右手则控制住了对方的喉咙。他强迫那个男人直立着靠着门，将他定在了那里。他右手一点一点掐紧，直到对方的眼睛都要鼓出来了；对方的左手无力地拨着休的脸，而手臂却因短了三英寸而构不成任何威胁。军人自始至终温和地笑着，并直视着对方的双眼。他一英寸一英寸地逐渐抓紧那男人拿着刀的手，即使那时，他的目光也从未从对方脸上移开过；伴着突如其来的一阵痛苦喘息，那男人的手指瞬间失去知觉，刀从其间滑落，即使那时，他那坚定无情的视线依旧刺于男人的脑中。

"你并不擅长它，是吧？"休轻声说道，"现在杀了你简直太简单了，但，除去你，我无疑会为不便所扰。这也许并不失为一个好主意，但楼下的人认识我了，如果以后再想要在这儿吃饭就有些尴尬了……所以，综合考虑到所有事情，我觉得——"

休突然间闪电般地移动，一个举起和一个快速的猛扔，意识模糊的冒牌波茨腾空而起并撞在了离门几码之外的地板上。他极度清醒地感受到了地板的硬度，而喘不过气来却是最痛苦的经历。他蜷着身子呻吟着，眼睁睁看着休拿起帽子和拐杖走向门。他发狂地努力想要起身，但由于疼痛过于剧烈，他只能翻滚着咒骂。而那军人，手放在门把上，轻声笑着，"我会把这牙签留着的，"他说道，"留作纪念。"

下一刻他已经大步走在了通往电梯的走廊上。这架打得不够爽，但他的脑子正忙于处理他所听到的信息。说真的，他的脑中极度杂乱，在某种程度上，只确定了他一直在被怀疑着。而可怜的格兰杰被残忍杀害，只因他是那个大富翁的秘书。休收紧下颌，那违反他的体育意识。那个可怜的家伙并非干了什么缺德事，而只是因为他的存在有可能会问一些不方便的问题，所以就被害了。电梯疾驰而下，前一天晚上在埃尔姆斯黑暗中艰苦斗争的场景浮现于脑海，他又一次怀疑起来，没有抓住机会直接弄断彼得森的脖子到底是否明智。

经过茶室时，他仍在心中纠结着这个问题。他几乎是下意识地扫了一眼三天前跟菲利斯·本顿一起喝茶的那张桌子，那时还更倾向于相信，这整件事情都是个精心设计的玩笑。

"怎么了，德拉蒙德上尉，你看起来有心事啊？"一个熟悉的声音从他这边的一张桌子上传来，他向下看，并稍带冷酷地欠了个身。厄玛·彼得森正带着挖苦的笑容看着他。

他扫了一眼她的同伴，一个看起来似曾相识的年轻人，而后他的视线又转回了女子身上。凭着他那男子的悟性欣赏她那带着几分异国情调的完美的衣着，至于她的美貌，他从未有过任何谬见。明显，她的陪同者也有同感，所以才会为两人亲密交谈被打断而展现出绝说不上是喜悦的表情。

"看来卡尔顿真是你最喜欢来的地方呢。"她半眍着眼看着他，继续道，"我觉得在可以的时候充分利用它确实很明智。"

"在我可以的时候？"休说道，"听起来可真让人沮丧。"

"我已经尽力了，"女子继续道，"但恐怕我已经无能为力。"

休再一次扫了她的同伴一眼，他已经起身正在跟刚进来的谁交谈着。

"他也是你们一伙的？那张脸看起来有些熟悉啊。"

"哦，不！"女子说道，"他只是一个朋友。这个下午你都在做什么？"

"不管怎么说，这可都是直入主题啊。"休笑道，"如果你想知道的话，我刚经历过一场极其令人沮丧的会面。"

"你可真是个大忙人，不是吗，我丑陋的家伙？"她低声道。

"那个可怜的家伙，当我离开他的时候，正悲伤得一蹶不振，并且——呃——还很痛。"他温和地继续道。

"要问那个可怜的家伙是谁的话，是不是不太明智？"她问道。

"我想，是你父亲的一个朋友。"他深深地叹了口气，说道，"真哀伤。我希望彼得森先生的脖子现在不那么僵了？"

女子轻声笑了出来。"恐怕，不算太好。弄得他都有些暴躁了。你不等着见见他吗？"

"他现在在这儿？"休马上说道。

"是的。"女子回答道，"正跟被你丢下的那位朋友在一起。你很快，mon ami①——非常快。"她突然前倾，"现在，为什么不干脆加入我们，而不是如此愚蠢地尝试着与我们对抗？相信我，休先生，这是唯一可能救你的方法。你知道的太多了。"

"这是官方招募还是只是你那迷人脑子里的想法？"休低

---

① 法语：我的朋友。——译者注

声道。

"一时兴起。"她轻声道,"但也可以被看成是官方的。"

"恐怕我得一时兴起地谢绝了。"他以同样的语气回答道,"并且也可以同样被看成是官方的。好了,au revoir。请转告彼得森先生,因为错过了他,我感到非常遗憾。"

"当然会的。"女子回答道。"但是,mon ami,你马上就会再见到他的,毫无疑问……"

她挥手道别,显得十分迷人,然后转向她的同伴。他已经开始显现出不耐烦了。

德拉蒙德虽然到了外面的大厅,却并没有马上离开酒店,而是拦下了一个光彩夺目穿着极为讲究的存在,将他带至一个优势地带。

"你看到那个女的了吗,"他说道,"从大棕榈树数起的第三张桌子,正跟一个男人喝着茶的那个。现在,能告诉我那个男人是谁吗?我好像认识那张脸,但对不上名字。"

"那个,先生,"那个穿着极为讲究的人,带着一丝对此种无知极为微弱的鄙视低声道,"是莱德利侯爵(Marquis of Laidley),那位大人经常过来。"

"莱德利!"休突然激动地大叫道,"莱德利!兰普郡公爵(Duke of Lampshire)的儿子!你个有趣饱满的老番茄——阴谋又深化了。"

完全不顾极为讲究的人脸上的愤慨,休重重地打了他的肚子一下,便走进了蓓尔美尔街。他回忆起第一天晚上从彼得森的眼皮子底下夺走那个晕乎乎的百万富翁时,在埃尔姆斯的桌子上撕下的那张碎纸片中的三行字在他的脑海中清晰起来。

珠项链和

　　现在

　　兰普

　　兰普郡公爵夫人的珍珠世界闻名，而莱德利侯爵明显正在享用着他的茶。两者之间的联系似乎已经明显到不容忽视了。

（三）

　　"我非常高兴你们俩过来了。"休一边走进他戈林小屋的起居室一边亲切地说道。晚餐结束了，彼特·达雷尔，阿尔及·朗沃思以及托比·辛克莱舒展在三张椅子上。空气中弥漫着浓重的烟味，两只狗蜷在垫子上睡着了。"彼特，你知道今下午有人来过吗？"

　　达雷尔打了个哈欠舒展着四肢。

　　"我不知道，谁啊？"

　　"丹尼太太刚告诉我的。"休伸出一只手去拿烟斗，并将其中填满烟草。"他出现在了水边。"

　　"看起来像非常正当的行为吗，亲爱的老伙计？"阿尔及懒懒地说道。

　　"而且那人告诉她说，是我让他过来的。不幸的是，我从没做过这种事。"

　　他的三位听众坐起身来盯着他。

　　"你什么意思，休？"托比·辛克莱终于问道。

　　"很明显，老伙计。"休严肃地说道，"他来看谁，跟来看我姑姑一样的扯淡。我想，大概五个小时之前，彼得森发现了我们这个也是唯一一个希拉姆·C. 波茨就在楼上。"

"老天！"达雷尔急切而激动地说道，他现在已经完全清醒了。"他究竟是怎么做到的？"

"他是位非常精明可靠的先生，"休说道，"必须承认，我也没料想到他会如此之快。但要查到我在这里有一座小屋子对他来说并不难，所以他发现了秘密。"

"所以他找到了那只讨厌的老狐狸。"阿尔及说道，"那我们怎么做，军士长？"

"我们大家轮流——一次两人，熬夜照看波茨。"休看了看另外三个。"该死的，讨厌鬼！醒来！"

达雷尔挣扎着站起来，在房间里来回漫步。

"不知怎么的，"他揉着眼睛说道，"我困得要命。"

"好，听我说——混蛋……托比！"休用力将烟草袋扔在了惹人生气那家伙头上。

"对不起，老伙计。"辛克莱被吓了一跳，他从椅子上坐了起来，惊愕地看着休。

"可以说他们一定会试着在今晚过来掳走他。"休继续道，"在可怜的秘书身上留下了线索，露了马脚，他们一定会想要尽快得到真正的波茨。如果要留他一个人待着，那真是——真是——"他的头沉到了自己胸前，一整短促的、半压制着的鼾声从他唇间传出。这鼾声有着一瞬间就把他弄醒了的效果，于是他挣扎着站起来。

另三个人，四仰八叉地躺在他们的椅子里，正公然地、泰然自若地睡着，就连两只狗也以梦幻的姿态躺着，呼吸沉重，像木头一样一动不动。

"醒来！"休狂暴地吼道，"看在老天的面子上，给我醒来！我们被下药了！"

他的眼皮像是正被铁块往下压着：对睡觉的渴望变得越

来越强烈。在接下来的些许时间里，他仍在无助地、绝望地跟困意斗争着，而他的双腿就像不是他自己的了一般，耳中也嗡嗡作响。而后，就在他失去意识之前，窗外传来三次重复的口哨声闯入了他麻木的大脑中。经过最后的一次惊人努力，他挣扎着冲向窗边，放眼凝视黑暗片刻。几个模糊的身影在灌木丛中移动，而其中一个似乎突然脱离了组织。他越来越近，光线打在了那个男人的脸上。他的鼻子跟嘴被某种护具遮着，但令人不可能认错的是那冷酷讥讽的双眼。

"拉金顿！"休喘息道。之后，脑中轰轰的声响变得越来越大，他的双腿已经动弹不得。他跌倒在地，四肢伸开着躺着，而拉金顿的脸贴着外面的玻璃，沉默地看着。

（四）

"拉上窗帘。"拉金顿说道，声音被捂在护具后面，而其中一人照他指示做了。一共有四个人，每个人都用相似的护具盖着嘴跟鼻子。"布朗洛（Brownlow），你把发生器放哪儿了？"

"在煤筐里。"一个即使用面罩盖着脸，丹尼太太也能轻易将其认出的人，小心地从煤堆后面的煤筐里将一个小黑盒子提了起来，轻轻地摇了摇，将它贴近耳朵。

"已经完了。"他说道。

拉金顿点点头。"毒气真是个巧妙的发明。"他转而向另一个人说道，"因此，我们要感激你们国家啊。"

那个国家到底是哪个因喉咙咙发出的咕噜声而变得毫无疑问。拉金顿将盒子放进了自己的口袋。

"去找他。"他简短地命令道，其他人都离开了屋子。

拉金顿轻蔑地踢了一下其中的一只狗，它翻了个滚，在新位置上仍旧一动不动地躺着。之后他依次走到胡乱躺在椅子里的三个男人身边。他没有要下轻手的意思，将他们的脸抬起来迎着光，仔细地研究一番，而后将他们脑袋重新砸的一声推了回去。最后，他走到窗边，俯视着德拉蒙德。他眼中满是冷冷的怒意，于是狠狠地在那个失去意识的男人的肋骨上踢了一脚。

"你个小猪猡。"他低声道，"你觉得我会忘了下巴那一击吗！"

他从口袋里掏出另一只盒子，深情地望着它，"我要吗？"伴着一阵短促的笑声，他将它收了回去。"这样死太便宜你了，金十字英勇勋章，军功十字勋章的德拉蒙德上尉。就这样睡死过去。不，我的朋友，我想我能设计出比那更好的，极具艺术美感的死法。"

他转过身时两个男人进了来，拉金顿看着他们。

"好了，"他问道，"你们抓到那个老女人了吗？"

"塞着嘴绑在厨房里。"其中一个简洁答道。"你要做掉这只乌鸦吗？"

说话者满眼憎恨地望着那个不省人事的男人，

"他们妨碍着这个世界——这狗娘养的。"

"他们不会妨碍太久了。"拉金顿轻声说道，"但窗户边的那个，绝不能让他死得那么轻松，我还有一笔小账没跟他算呢……"

"好了，他现在在车里了。"一个声音从窗外传来，拉金顿最后再看了休·德拉蒙德一眼，转过了身去。

"那么，我们走吧。"他说道。"Au revoir，我鲁莽的小公牛。在我们的账算完之前，你会跪地求饶的。而我不会饶恕你……"

　　大功率汽车引擎的嗡嗡声刺破夜晚的宁静，慢慢逼近，而后又渐渐远去，最后归于沉默。沉寂之中，只有坝上的河流在低语，还有一只猫头鹰在附近的一棵树上忧伤地呜呜呜叫。而后，随着突然一声响，彼特·达雷尔的头栽了下来撞到了椅子扶手上。

第六节　猪斯贝的老桥段

（一）

　　浓重的灰雾像一张厚厚的白色地毯盖在压在泰晤士河面以及向西的低地上。那灰雾又倦怠地飘逸在跨越于戈林和斯特雷特利（Streatley）之间小河的那座老桥下。正是拂晓前的时刻，普利茅斯（Plymouth）快船正驶往伦敦，困乏的乘客们擦擦自己客舱的玻璃，颤抖着将小毯子裹紧了一些，看上去很冷……又冷又无生气。

　　水汽在慢慢地、近乎不可察觉地上升，向外蔓延至巴兹尔登（Basildon）旁边树木繁茂的小山上。一个小花园由一座小屋向下延伸至水边，水汽漂流着穿过其中的灌木丛和玫瑰丛，直到最后，它的其中几缕飘到了小屋，轻拂着它的四周。这是夏日的日常演出，而通常，直到在雾气散去很长一段时间之后，阳光穿过树木在水上投出粼粼波光时，低处房间的窗户会才会打开。

但这个早晨，惯例作了变化。突然，楼下某个房间的窗户被猛地推开，一个脸色苍白憔悴的男人倾身出去，大口大口地将新鲜空气吸入肺中。那白色的幽灵轻柔地打着旋儿与他擦身而过进入到他身后的房间里——房间里依旧残留着诡异微甜的味道——三个粗鲁笨拙的男人散乱地躺在椅子里，两只狗一动不动地躺在炉前的地毯上。

过了一会儿，男人回去了房间，抱着其中一个男人又重新出现在窗前。而后，他在把那个男人从窗户扔至窗外的草坪上之后，又对另外两人做了同样的事。最后，他又将两只狗扔了出去，然后手扶着前额，蹒跚地走到了水边。

"老天！"他将头浸入水里，低声自语道，"说到第二天早晨！……从未想脑袋会变成这个样子。"

过了一会儿，他回到了小屋，脸上还滴着水，却发现另三个仍处于不同程度的无意识状态。

"醒醒，我的英雄们，"他说道，"快把你们的大肥脑袋放到河里去。"

彼特·达雷尔颤巍巍地爬了起来。"老天！休，"他咕哝道，声音沙哑，"发生了什么？"

"我们被摆了一道。"德拉蒙德严肃地说。

阿尔及·朗沃思站在花坛中央傻傻地看着他。

"亲爱的老伙计，"他最终还是开口道，"你必须得换个红酒供应商。老天慈悲！我头顶还在吗？"

"别犯傻了，阿尔及。"休嘟哝道，"你们昨晚不是喝醉了。振作起来，小伙子，我们全都被下药了。而现在，"他苦涩补充道，"我们还没清醒，波茨也不在了。"

"我什么都不记得了，"托比·辛克莱说道，"就只记得我睡着了。他们带走他了?"

"当然,"休说道,"就在昏睡下去之前,我看到他们全都在花园里,那个猪猡拉金顿也跟他们在一起。不过,你们把脑瓜放河里的时候我会上去弄个清楚的。"

他苦笑着,看着另三个人东斜西歪地走向水边,而后转身上楼,到了那个美国富翁曾经住过的房间。如他所料,房间已经空了,他压抑住咒骂,回到了楼下。就在他站在小厅里嘀咕时,从厨房传来一阵低沉的呻吟声。他困惑了一阵,而后边责骂着自己傻,边冲过了门。只见可怜的丹尼太太坐在地板上,被紧紧地绑在桌边,嘴被塞着,正愤怒地看着他……

"丹尼要听说这些该会对我说些什么!"休边说着边焦躁地割开绳索。他扶丹尼太太站起来,然后轻轻将她按在椅子里。"丹尼太太,那些猪猡伤了你吗?"

她用了五分钟的时间说服他,真要说的话,那是心灵伤害而非身体伤害,因为她嗓音的杀伤力没有丝毫受损。女人愤怒的洪流,就像是大坝决堤了一般将他淹没。她一口气公平公正地把所有人都狠狠地憎恨了一遍。而后她将休推出了厨房,砰地把他关在了门外。

"半小时后吃早饭。"她在里面大叫道——"你们哪个都不配吃早饭。"

"我们被原谅了。"德拉蒙德加入草坪上的另三个人时说道,"你们谁想吃早餐吗?肥肥的香肠和皱皱的培根。"

"闭嘴,"阿尔及抱怨道,"再说我们把你扔河里去。我想要的是一瓶白兰地,以及汽水——半打汽水。"

"真想知道他们对我们做了什么。"达雷尔说道,"因为,如果我没记错的话,我晚餐喝的是瓶装啤酒,实在是看不出来他们要怎么往那里下药。"

"我只对一件事感兴趣，彼特，"德拉蒙德严肃说道，"不是他们对我们做了什么，而是我们要对他们做什么。"

"别算我了，"阿尔及说道，"接下来的一年里我都要忙着把脑袋放在冷石头上。休，我十分厌恶你的朋友们……"

几个小时之后，一辆汽车停在了皮卡迪利街那个卖由新加坡到阿拉斯加都非常有名的提神酒的药店外面。从车里下来四个年轻人，他们四个在柜台前排成一排，只字未言。他们觉着并没有说话的必要。于是喝了四份起泡饮料，吃了四个酸味糖果。而后，四个年轻人依旧沉默着，又回到车上离开了。那是个庄严的仪式。到了青少年体育俱乐部，四个仪式参与者分别沉入四张大大的椅子里，轻轻地琢磨着第二天早晨的不良反应。尤其是明明就没有前夜的第二天早晨。这明显是无益的沉思。因为四个年轻人突然像是被同一个想法所驱使，从他们的四张大椅子上站了起来，重新进到了汽车里。

那个调制了从新加坡到阿拉斯加都非常有名的提神酒的药剂师严肃地凝视着他们。

"先生们，喝得可够高的啊。"他说道。

"才没有，"其中那个脸色最白最憔悴的人回答道，"我们全都是骨子里刻着行事谨慎的人，并且喝的都是无酒精的啤酒。"

再一次，四个年轻人伴随着酸味糖果的喀嚓脆响，踏入了外面的车里；再一次，在短暂沉默的驾驶之后，青少年体育俱乐部吸烟室里的四张大椅子里又各自有了一个乘客。就这样，甚至到了午餐时间……

"我们好一些了吗?"休说道。他站起身来,眼光敏锐地打量着其余三人。

"不,"托比低声道,"但我开始希望自己能活下去了,四杯马丁尼酒,然后我们再啃个炸肉排。"

(二)

"你们可感觉到,"午餐结束时,休说道,"围坐在这张桌子边的是四个拥有一定荣誉以及身体十分不适并肩作战于最近历史斗争之中的军官们?"

"你说得可真好听,老家伙!"达雷尔说道。

"你们是否进一步觉得,"休继续道,"昨晚一群主要由宇宙人渣所组成的肮脏恶棍团打败了我们,他们践踏了我们,他们把我们当猴子耍了?"

"名副其实的智者,"阿尔及透过单片眼镜钦佩地盯着他,"今早我就说过了我厌恶你的朋友们。"

"你们是否更进一步觉得,"休稍带严肃地继续道,"是可忍,孰不可忍?至少我是忍不了。是我废话,伙计们,如果你们想……嗯,并没有请求你们留下来继续游戏。我的意思是——呃——"

"是,我们在等着听你到底要说什么鬼话。"托比咄咄逼人地说道。

"嗯——呃——"休结结巴巴地说道,"这有很大的风险——呃——你们知道的,你们也没什么理由要卷入其中。我的意思是——呃——我稍稍保证过要把事情做完,你们知道的,并且——"他再次陷入沉默,凝视着桌布,不自在地感受到三双眼睛盯在自己身上。

"嗯——呃——"阿尔及模仿道,"这有很大的风险——

呃——你知道的，并且我的意思是——呃——如果你再这样说胡话，老家伙，我稍稍保证过要把你塞进窗户里。"

休不好意思地咧嘴笑了笑。

"嗯。我不得不对你们说一句。我绝没有想过你们不会做到最后——但昨晚已经足够让你们认识到我们正对抗着一群冷酷无情的人。该死的无情的人。"他若有所思地补充道。"所以，"片刻之后，他迅速继续道，"我提议我们应该在今晚对付这群可恶的家伙。"

"今晚！"达雷尔重复道，"在哪儿？"

"当然是在埃尔姆斯。那无疑就是可怜的波茨所在的地方。"

"那你提议我们要怎么做呢？"辛克莱质问道。

德拉蒙德干了他的波特酒轻笑道，"就偷偷摸摸地，亲爱的老伙计——偷偷摸摸地。你们——并且我觉得我们该把特德·杰宁汉也拖进来，还有杰里·西摩，让他们加入到这个欢乐的团队中——大规模示威，支开敌人，清好场，让我能有机会对房子搜索一番从而找到不幸的波茨。"

"理论上听起来不错，"达雷尔怀疑道，"但是……"

"并且你说的'示威'是什么意思？"朗沃思说道，"你不是要我们在休息室的窗户外唱圣诞颂歌吧？"

"我亲爱的，"休抗议道，"到目前为止，你对我的了解已经足够让你意识到在十分钟之内我不可能想出其他法子来。那只是个大体策划，细枝末节的东西我们迟早能想到的。此外，现在轮到其他人发言了。"他满怀期待地扫视着桌子。

"我们也许能乔装打扮一下什么的。"在漫长的沉默之后，托比·辛克莱说道。

"看在老天的份儿上，这有什么用？"达雷尔咄咄逼人，

"既不是什么业余戏剧演出，也不是什么选美大赛。"

"你们俩别争了，"半晌，休突然说道，"一场完美的头脑风暴刚在我脑中呼啸而过。一起意外……一辆车……连接环节是什么……嗨，酒。写下来，阿尔及，不然我们可能就忘了。现在，你们有谁能反驳?"

"我们也许会有机会，"达雷尔和蔼地说道，"如果我们能知道你到底在说什么的话。"

"我还以为这非常明显了。"休冷声回答道，"我知道的，彼特，你们一定是担心理解得太快了。你们头脑太敏锐了。"

"'连接'怎么写啊?"阿尔及从他的工作中抬起头来询问道，"还有，不管怎样，这该死的铅笔根本就写不出字来。"

"你们全体，集中注意力听着。"休说道，"今晚，大概十点左右，阿尔及的车会沿着戈德尔明－吉尔福德路前行。车里会有你们三个——还有特德和杰里·西摩，如果我们能弄到他们的话。在到达埃尔姆斯大门口的时候，你们会用自己声音的努力来点缀夜晚的丑恶。过路的行人会觉得你们是喝高了。然后，戏剧性的一刻就来了，伴随着沉重的巨响，你们猛撞在了大门上。"

"真有意思!"阿尔及气急败坏道，"我恳求换用你的车来做这大事。"

"不行，老伙计。"休笑道，"我的比你的快，我自己要用它。现在——继续。你们因为肆意破坏了人家财产而被吓了一跳，会下车组成小分队沿着车道向上走。"

"仍旧大声说话?"达雷尔问道。

"仍旧大声说话。特德或是杰里或者他俩一起走近房子并用心碎的语气告知主人他们毁坏了门柱。你们三个则留在花园里——你们有可能被认出来。之后就随你们便了。会有一些人围在你们身边，想个办法拖住他们。他们不会伤害你们，只会花心思看着你们，以防你们去到不受欢迎的地方。要知道，在全世界看来，那只是一个普通的乡村住所。他们最不想做的就是引起别人怀疑——并且，表面上，你们只是五个欢乐的闲逛者，就是多喝了几杯红酒而已。我想，"他沉思着补充道，"对我来说十分钟就够了……"

"那你会做什么？"托比说道。

"我会找波茨。别担心我。我也许能找到他，也许不能，但你们给了我十分钟之后，就赶紧撤，我会为自己打算的。现在都明白了？"

"完完全全明白了。"一小阵沉默之后，达雷尔说道。"但我想我不喜欢这主意，休。在我看来，老伙计，你在担着巨大且不必要的风险。"

"有的选吗？"德拉蒙德质问道。

"如果我们全下去，"达雷尔说道，"为什么不直接团结一致一起闯入房子里？"

"不行的，老伙计，"休决然道，"他们人数太多了，我们没希望做到的。要成功就只能智取了。"

"还有另一种可能的建议，"托比缓缓说道，"叫警察怎么样？休，照你说的，那房子里藏着的东西足够让那整伙人进牢子了。"

"托比！"休倒抽一口气，"是我高看你了吗？你真建议我们叫警察？然后继续回到饮酒作乐的安逸生活！况且，"他继续道，视线从正为这荒谬想法羞愧着的提议人身上移开了，"有个非常好的理由不让警察介入。你会将女孩的父亲跟其他人一起置入困境的。并且我要是有个坐着牢的岳父不是太尴尬了吗？"

"我们什么时候能见到这个小仙女?"阿尔及忙问道。

"你,私下里,永远不会。你道德太败坏了。我也许会让其他人在一两年之后远远地看她一眼。"他咧着嘴起身,而后漫步至了门边。"现在,把特德和杰里也拉上贼船,然后,看在充满爱意的天堂的份上,你们别撞错门了。"

"你一个人要干什么?"彼特疑惑地问道。

"我要近近地看看她。全体滚蛋,别在电话亭外偷听。"

(三)

休将车停在了吉尔福德站,点了支烟,焦躁不安地来回走动着。在两分钟之内他看了无数次的表,烟吸了不到一半就扔掉了。简言之,他表现出了雄性物种在等待异性到来时的所有常见症状。在电话里,他安排说她应该乘火车从戈德尔明过来,好跟他商议一件至关重要的大事,而她说她会的,但是是什么事呢?他,还没准备好合适的答案,于是发出了一大阵的嗡嗡声,表明电话交换台出了什么问题,而后挂了电话。现在,等待中的他正处于一种奇怪的心理状态之中,它的外在表现就是他的手烫得要命,而脚却冰得要命。

"这讨厌的火车到底什么时候来啊?"他向一个冷漠的工作人员搭讪道。工作人员冷冷地看着他,怀疑着火车早点十五分钟以上的可能性。

终于信号来了,休回到了自己车里。他极其兴奋地扫视着出站乘客的每一张脸,突然,心跳猛地加速,他看到了她,凉爽而清新,唇边带着一抹淡淡的微笑正向他走来。

"你想跟我说的至关重要的大事到底是什么?"他为她调整小地毯时,她如此问道。

"等我们到了猪斯贝就告诉你。"他边说着边踩下了离合,

"确确实实至关重要。"

他偷瞄了她一眼，但她只是直直地望着自己前方，看起来面无表情。

"那你一定还要绕很久。"她故作正经地说道，"至少如果是跟你在'电话'里说的同一件事的话。"

休不好意思地咧嘴笑了，

"交换机出故障了。"他终于开口道，"真惊人，现今伦敦的电话都坏成这样了。"

"真是的，"她回答道，"我还以为是你身体不太舒服还是什么的。当然，是交换机……"

"它们嗡嗡作响，你不知道吗?"他有建设性地解释道。

"那它们可真欢快极了。"她同意道。沉默占据了之后的两英里……

偶尔，他会用余光看一看她，将如此靠近见到的美妙侧脸的每个细节都记入脑中。除了在卡尔顿的第一次见面，这是唯一一次他能够让她完全属于自己的机会。休下定决心要充分地利用它。他感觉车就像能够永远开下去一样，只有他跟她。他有着极其强烈的渴望，他渴望着伸出手来，触碰她耳后那一缕被风吹散了的柔软发丝；渴望着将她揽入怀中，然后……正在这时，女孩转脸望向了他。车突然来了个危险的急转弯……

"我们停下来，"她说道，脸上带着似有似无的微笑，"然后你就可以告诉我了。"

休把车开到马路的一边，将引擎停了下来。

"你真不像话。"他说道。就算女孩看到了他在开车门时手略微的颤抖，她也没有形之于色。她只是呼吸稍有加速，但那十分微弱，男人是几乎不可能觉察出来的……

他站在了她的身边，右手靠在她肩膀后面。

"你真不像话。"他严肃地重复道，"我自开车以来就没那样急转弯过。"

"告诉我那重要的事情。"她稍带紧张地说道。他笑了。能够看到休·德拉蒙德笑而自己不笑的女人还没出生呢。

"亲爱的!"他低声细语——"亲爱的小可爱!"他的手臂环住了她，而她几乎都还没意识到这一动作，便感觉到自己的唇被他的唇覆上了。她坐着一动不动了好一会儿，沉浸于那奇妙之中，天空更晴好更蔚蓝了，树木也更鲜艳更翠绿了。而后，她轻喘了一下，推开了他。

"你不许……哦! 你不许，休。"她低声道。

"为什么不，小女孩?"他欢欣雀跃着说道，"你不知道我爱你吗?"

"但，你看，那边有个人，他会看见的。"

休扫了一眼那个被谈及的冷淡劳工，而后笑道，"为卷心菜花了大价钱，哈! 阴差阳错地种上了胡萝卜。"他的脸离她依旧十分近，"嗯?"

"嗯，什么?"她低声道。

"轮到你了。"他耳语道，"我爱你，菲利斯——就只是爱着你。"

"但我们认识不过两三天。"她微弱地说道。

"那究竟又有什么关系呢?"他问道，"难道察觉到这么个显而易见的事实还要花费更多的时间? 告诉我，"他继续道，而她感觉到他的手臂再一次环住了她，促使她看着他——"告诉我，你不在乎吗……一点也不?"

"那有什么用?"她仍挣扎着，但，甚至在她自己看来，那挣扎都不是很有说服力。"我们还有其他的事情要做……我们不能想着……"

而后，这个果断的年轻人用他平常那种直白的方式解决了问题。女孩感觉到自己就像个孩子似的整个儿被抱出了车外，她发现自己躺在他的双臂中，休的双眼温柔地与她对视着，他的嘴边带着怪怪的笑容。

"这里有车经过，"他说道，"很有规律。我知道你会很讨厌在这个位置被发现。"

"我会吗?"她低声耳语道。"我很好奇……"

她感觉得到他的心贴着自己狂跳着。突然又迅速地，她双手环住了他的脖子，吻上了他的嘴。

"这够好了吗?"她问道，声音极低。而片刻间，时间静止了……然后，非常轻柔地，他将她抱回了车里。

"我想，"他无奈地说道，"我们最好谈论一下琐事。上次一别之后，我们经历了很多游戏玩得很开心。那是一两年前的事情了吧?"

"傻瓜。"她幸福地说道，"那是昨天早上。"

"这插曲微不足道。单薄的事实在只有你我时是不管用的。"

之后，是不确定时长的另一段插曲，因为前一段太美妙了，紧接着又是一段。

"话说回来，"休继续道，"令人遗憾的是，他们抓走了波茨。"

女子迅速坐了起来盯着他。

"抓走了他? 哦，休! 他们怎么做到的?"

"我还想知道呢，"他冷冷地说道，"下午的时候他们派了个人去水边打探情况，于是就发现了波茨在我戈林的小屋子里。不知道通过何种方法，但他一定向酒里或是食物里下了药，因为晚饭后我们都昏睡了过去。我只能想起来看见拉金顿的脸出现在外面的花园里，贴着玻璃，然后我就眼前一黑。直到今早我带着昏沉的脑子醒过来，其余的事情都不记得了。自然，波茨也不见了。"

"半夜里我听到了车的声音。"女子若有所思道，"你认为他现在在埃尔姆斯吗？"

"那是今晚我计划着要弄清楚的。"休回答道。"我们特意为彼得森排演了一场小喜剧，我们正往最好的方面打算。"

"哦，小伙子，一定要当心！"她担忧地看着他，"如果你发生了什么，我不会原谅我自己的。我会觉得一切都是因为我，我忍受不了。"

"亲爱的小姑娘，"他柔声低语道，"你那副样子可真可爱。但现在就算是你也不能让我退出这场演出了。"他的嘴呈现出冷酷的线条。"已经走得太远了，他们已经过于出格地展现了自我，我必定要斗争到底。而斗争到底之后，"他将她的双手握在了自己手里……"我们赢了……嗨，然后，我的女孩，我们就让彼特·达雷尔来当伴郎吧。"

这又引发了最后一段也是最长的一段插曲。直到一辆里里外外都覆盖着不浪漫的观光客以及装香蕉的纸袋子的不受欢迎的公共汽车突然出现时，那插曲才停下来。

他们缓缓驶回了吉尔福德。在路上，他简短地告诉了她那个美国人的秘书被杀于贝尔法斯特的案子以及在前一天下午他跟那个冒牌货在卡尔顿的会面。

"真是个棘手的问题。"他轻声说道，"他们绝对的恣意妄行，而他们的势力又似乎无边无尽。我知道他们正觊觎兰普郡公爵夫人的珍珠；昨天我正撞见美丽的厄玛跟年轻的莱德利一起喝茶——你知道的，公爵的长子。但正在进行的绝不只有这些，菲利斯——除非我乳臭未干，一定还有比那大得多得多的阴谋在酝酿之中。"

休将车停在了车站，然后陪她一起漫步至站台上。无聊琐事再一次被抛至九霄云外。萦绕心间的问题由于是第一次出现而显得至关重要——两人的都是；他确定能永远吗——她想着；她有可能看上他什么呢——他想着；而这一切不就是无法用语言来形容的美好吗——相互的，忘我的。

火车来了，他将她送入车厢。两分钟之后，他唇上还带着她双唇的余温，耳边仍回响着她担心的小声叫喊，"保重，我亲爱的！——保重!"，他走进车里，开至一家酒店，他想早早地吃个晚餐。目前感情戏已经结束，下一回合的游戏要拉开序幕了。德拉蒙德意识到，这将会是不能犯错误的一个回合。

（四）

九点四十五分，他将车停到离埃尔姆斯大门不远的树荫下。天阴沉沉的，跟他的目的很相宜，他穿过灌木丛的昏暗，快速潜向房子。除了起居室和楼上的一个卧室有灯光，屋子正面笼罩在黑暗之中。他悄无声息地踩在草坪上，全方位地勘探了房子一番。从楼下一边的房间里传来男人们粗哑的声音，他把那个定位为，彼得森所雇佣的全体前科犯以及流氓团体的吸烟室。在房子后面有一个卧室亮着灯，透过百叶窗，他能看到一个男人的影子。他看着，那男人起身离开了，片刻后又回到了原来的位置上。

"应该是这两个卧室中的一个。"他低声自语道，"如果他真在这里的话。"

而后他伏在了灌木的影子里等着。穿过右边的树木，他能看到拉杰斯。他突然心跳加速了一下，他觉得自己看到了女孩在休息室光线下的轮廓。但那只有一秒，而后便消失了……

他凝视着自己的手表，正好十点。在微弱的风中树木发出轻柔的嘎吱声，在他周围，到处都是奇怪的夜间噪声——在玩弄着人神经的噪声——它们正轻声低语。灌木丛看起来像突然活了一般，动了起来，诡异的模糊影子在地面上匍匐前行，缓缓爬向他——只是他脑中的幻象。夜行者的紧张刺激再一次吸引了他。

他还记得那个在赫布特尼（Hebuterne）附近的一条小溪谷里一动不动躺了一个小时的德国人，而他则在一株极其矮小的灌木后面尝试着确定他的位置。然后，德国人移动大腿时伴随那声吱呀声。然后……就没有然后了。那天晚上也是，一个个小山岗移动着，各自变成奇怪的形状。有五十次他都幻想着看到了他，有五十次他及时地发现了自己的错误。他已经习惯了，夜晚带给他的没有恐惧，只有强烈的兴奋。因此，当他潜伏在灌木丛里，等待着游戏开始时，他的脉搏正常，精神镇定，就像是一直在坐着吃晚餐似的。唯一的区别就在于，他手中紧握着什么东西。

最后，他听见了远处传来的汽车飘缈的声音。很快汽车声越来越大了，五股不着调的歌唱声强有力地刺激着他的耳朵，他严肃地对自己笑了笑。汽车经过了门前的大道，突然一个猛撞——而后是沉默，但只持续了片刻。

彼特的声音首先传来。

"你个老混蛋，你撞上那该死的大门了。"

接球的是杰里·西摩。他的声音尤其庄严——也极度响亮。

"荒唐。真太荒唐了。我们必须过去跟主人道歉……

我……我……我……绝对……必须道歉……真不可原谅……
你不能一边在村里晃荡……一边把门一个个地拆了……毫无
疑问……"

休有意识地听着。但是，现在行动的时刻已经到了，每
个人都在认真做着自己的工作。他看见六个人从侧门穿过冲
向了花园，而后另两个人跑了出来，正直直逼近他。他们风
风火火地经过了他，进入了黑暗之中，片刻间他想知道他们
在干什么。一小会儿过后，他注定会知道的……

之后，前门的铃声传来，他决定不再等待。他急冲过花
园的门，发现面前有一段楼梯，而下一刻，他已经到了二楼。
他迅速地沿着楼梯平台走着，尝试着寻找方向，然后，转了
个弯，他发现自己正处于主楼梯的顶部——两个晚上之前跟
彼得森打斗过的地方。

杰里·西摩的声音清晰地从下面传来。

"你是……业……业主吗，老伙计？因为刚才出了……事
故……"

他不再等着听，而是快步走向了那个他推算出该是通过
百叶窗看到影子的那个房间。没有一秒犹豫，他猛地推开了
门，走了进去。就在那，躺在床上的，是那个美国人，而蹲
伏在他身边，手中拿着一把左轮手枪的，是个男人……

他们沉默地对视了几秒，而后那男人直起了身子。

"军人！"他咆哮道，"你个狗崽子！"

休从容不迫、几乎是漫不经心地，举起了他的左轮手枪。
之后，意料之外的事情发生了。一股液氨喷了那个男人一脸，
休大笑一声，水枪滑回口袋，而后休把注意力转向了床上。
他将大富翁裹在毯子里，抱了起来，冲向后楼梯毫不在意在
角落里喘不过气来的那个男人。

杰里轻柔的打嗝声从下面传来，他在向业……业……业主解释着他本人会修……坚持要修……好他家每一根门柱……而后休到达了花园……

事情完完全全按照他所期望的发生着，之前他都不敢期待能有如此顺利。他听见了彼得森的声音，一如往常的镇静温和，在回答着杰里的话。从前面的花园里传来阿尔及和彼特糟糕的二重唱。房子后面一个人也看不到，毫无障碍。他所要做的就是带着他意识模糊的包袱轻轻地穿过通往拉杰斯的小门，回到他的车里，然后把车开走。一切看起来太简单了，他不由得笑了……

但他忽略了一两个因素，而首先并最重要的便是楼上的那个男人。窗户突然被甩开，那男人倾身出去挥舞着双臂。在氨的作用下他仍在喘着气，但休从房间后面能清晰地看见光线中的他。休正骂着自己怎么蠢到没把他给绑起来，一阵尖锐的金属撞击声从身边的树里传来。

他快速地喘了口气，开始奔跑起来。刚才那两个从他身边冲过的男人已经进了房子，除了一闪而过的想法，他们被他完全忽视了，而如今却成了主要的危险。因为他曾经听到过那个撞击声，他记得杰姆·史密斯被吓得惨白的脸，以及得知那个——管它是什么——东西被关回笼子之后那如释重负的一声叹息。现在那两个男人放它出来了，躲闪着穿过树木。

他来回扭着头，凝视着黑暗，继续向前奔跑。通往门的距离像是无止境的一样……然后……他听见什么东西闯进了自己右边的灌木里，正愤怒地咆哮着。他闪电般地急转入了左边的小矮树中。

之后是骇人的游戏。他离栅栏还有一段距离，而挂在他背上的男人妨碍着他的每一步前进。他能听见那东西跌跌撞撞地在搜寻着他。突然,他背脊发凉,发现那动物就在他前方——通往门的路被挡住了。下一刻他便看见了它。

在黑暗中,他朦朦胧胧看到了什么东西正在两株灌木之间滑行着。而后它来到了畅通无阻的地带,虽然到现在他还是无法判断出那到底是个什么东西,他知道它已经发现他了。它怪异又吓人,伏在地面上。他能听见它正等着他移动的粗重的呼吸声。

他小心翼翼地将大富翁平躺在地面,向前迈了一步。这就够了,蹲伏在地上的物体带着愤怒的咆哮起身拖着脚走向他。两只长满体毛的双臂向他的喉咙快速伸过来,他闻到了那畜生恶臭的呼吸,灼热又令人作呕。他终于反应过来了自己面对的到底是个什么东西。那是只半成熟的大猩猩。

他们静静地打斗了足有一分钟,其间能听到的,就只有那动物想要将男人的手从喉咙上撕开时所发出的粗哑咕噜声,而后它用有力的双臂困住了他。休镇定自若,他看到了处境的危险,但也保持着清醒的头脑。不能再这样下去了,无论他是多么的强壮有力,没有人能够保持这样的节奏。速战速决的机会只有一个,如果欧来吉所教授的握法对猴子也会像对人那样奏效的话。

他左手拇指在那畜生的喉咙上移动了一两英寸。大猩猩,以为他是虚弱了,将力道加了倍。但休那有力的双手仍紧握着它的喉咙,它尽了全力,却还是无法让休的双手移动半分。而后,那手指一点点地动了,本就抓得很紧的双手变得更加用力了。

它的脑袋向后仰着,脖子里的什么东西在啪啪作响。伴随着惊恐与愤怒的尖叫,它双腿夹紧德拉蒙德,挤压扭动着。而后,突然一声猛烈的断裂声,那巨大的双腿松了下来变得绵软无力。

男人站着看了一会儿那正躺在自己脚边仍旧颤抖着的畜生。然后，随着精疲力竭的一声喘息，他自己也栽倒在地。他已经完了——力气用的一点不剩，就连彼得森近在他身后的声音也没有将他唤醒过来。

"好久都没看过这么有意思的节目了。"那镇定的，毫无情绪的声音让他疲惫地抬眼，他发现自己正被一群人包围着。老一套的雪茄在黑暗中发着红光，片刻之后他东倒西歪地爬了起来。

"我得诚心承认，我忘了你养了这群该死的野兽了。"他说道，"这些伙计要干吗?"他扫视着正向他围过来的人群。

"仪仗队，我年轻的朋友，"彼得森温和地说道，"领你进屋子里去的仪仗队。如果我是你，我不会迟疑的……那太愚蠢了。你的朋友们已经走了，而我认为，强壮如你，也不可能以一敌十。"

休开始朝着屋子漫步。

"哦，不要让可怜的波茨继续躺着了。我把他扔在了那儿。"冲过去的想法在脑海中闪现了片刻，但他马上放弃了，胜算不足以让他冒这个险。于是他跟彼得森肩并肩地走在了人群中央。

"上一个跟可怜的桑博吵过架的男人，"彼得森怀念地说道，"第二天就被发现喉咙完全被扯出来了呢。"

"真是个讨人喜欢的小东西。"休低声道，"我非常抱歉毁掉了他的记录。"

彼得森把手放在起居室的门上，顿了一下，仁慈地望着他，"不要沮丧，德拉蒙德上尉。我们有足够的时间来保证明早会有类似的发现。"

第七节 上房揭瓦一二小时

（一）

德拉蒙德在起居室的门前停了片刻，而后，他轻轻耸了耸肩从彼得森身旁走了过去。在最近的几天里，他已经把这个特定的房间视为犯罪团伙首脑的贼窝了。他已经在脑海中将它与温和、冷漠、无情的彼得森及穿着精致长袍、躺在沙发上吸着无数支烟、修剪着她早已完美无缺的指甲的女子厄玛和程度更轻一些的亨利·拉金顿瘦削、残酷的脸和蓝色、犀利的眼睛联系在了一起。

但是，德拉蒙德今晚见到的却是另一番情景。女子并不在那里，一个脏兮兮、胡子拉碴的男人占了她的沙发专座。桌子的尽头是一把空椅子，它的右边坐着拉金顿，正带着恶毒的怒意望着他。桌子的每边都有六个人，他将他们的脸扫视了一番。有一些明显是外国人，而有一些则可能是任何职业，从杀人犯到主日学校①的老师。有个人戴着眼镜整体看来像只受了惊吓的兔子，而他的邻居，双眼充血，长着正横过脸颊的大红疤，可不会有人想与之共用午餐篮子。

"我知道他会把两只鸡腿全抢走，并且同时放在嘴里嚼的，"他陶醉地望着他，思索道，"然后他会扔你一脸鸡骨头。"

彼得森的声音从他肩膀后方传来，将他从令人痛心的白日梦中拉了回来。

"先生们，请允许我将金十字英勇勋章，军功十字勋章的得主德拉蒙德上尉介绍给你们，他同时还是我们刚才欣赏的那个小文娱演出的创作者。"

休庄严肃穆地鞠了一躬。

"我唯一的遗憾是它并没有成功。"他说道，"正如我在外面告诉你的，我把你的野兽忘得一干二净了。事实上"——他的视线带着些尖锐，缓慢地游走在桌边的一张张脸上——"我都没想过它会那么大。"

"所以说，这就是那个无耻的小猪猡吗？"那个双眼充血脸上带疤的男人愠怒着转向他，"我不能理解的是为什么他到现在还没死？"

休用谴责的手指对他来回晃动着，"我第一眼见你就立马知道了你是个恶毒讨厌的男人。现在看看桌子尽头的亨利，他都还没说这种话呢。而你的确恨着我，不是吗，亨利？下巴怎么样了？"

拉金顿无视休的存在，对着第一个说话者说道，"德拉蒙德上尉昨晚差不多就要被杀掉了。我是想了一下到底该不该杀他，但最后拿定主意，那样死太便宜他了。所以今晚能够

---

① 基督教堂在星期日对儿童进行宗教教育的课堂。——译者注

补救一下。"

拉金顿冷静又无情，德国人满意地咕噜了一声表示回应。即使休因为这些而感觉到了瞬间的恐惧，他的脸上也没有表现出来丝毫。他早就意识到了，如果自己能够活着熬过今晚的话，那可不是一般二般的幸运了。但他是个极度的宿命论者，不会太过分地担心那个。所以，他只是忍住了一个哈欠，而后重新转向了拉金顿。

"所以那是你，我的小家伙，我看见那个贴在窗户上的小精灵的脸是你的。我要是问你怎么对我们下的毒话，会显得轻率吗？"

拉金顿脸上带着冷酷的满足感看着他，"如果你真想知道的话，我就告诉你，你们中了毒气，那是我朋友卡夫那的国家的可敬发明。"

其中一个男人由喉间发出一阵轻笑声，休冷酷地看着他。

"这种垃圾，的确，"他对彼得森说道，"没有肮脏的德国佬掺和的话是完成不了的。"

德国人咒骂着将自己的椅子向后推开，他的脸被气得发紫。

"肮脏的德国佬，"他低沉道，跌跌撞撞地走向休，"他的手抓住①，他的喉咙，我撕掉……"

那只受惊的兔子为即将来到的暴力抗议似的起身。带疤的运动员急切地从椅子里跳起来，充血的双眼满是战斗的欲望。除休以外，唯一没做出任何行动的人是彼得森，而他，明显地略略笑着。不管彼得森有什么缺点，他还是有着幽默

---

① 德式英语，正确语序应该是"抓住他的手，我要撕掉他的喉咙"。——译者注

感……

一切发生得真太快了。

这一刻休明显是想要挑出一支香烟来，而下一刻香烟盒却瞬间落在了地上。随着一声沉闷有力的砰声，德国佬猛跌向后，翻倒了一把椅子，像根木头般摔在了地上，伴着一声凶残的"咚"，他的脑袋撞在了墙上。眼睛充血的那人有些四肢无力地回到了自己的座位上。受惊的小兔子倒吸一口冷气并且急促地呼吸着；休重新开始搜寻香烟。

"经历了那样的小插曲，"彼得森说道，"我们来谈正事吧。"

休暂停了划火柴的动作，脸上第一次泛开了真诚的笑容。"有些时候，彼得森，"他低声道，"你还真是合我胃口。"

彼得森拉过拉金顿旁边的空椅子，"请坐。"他简短道，"在我们杀了你之前，我将期望我能更合你胃口。"

休鞠了一躬而后坐了下来，低声道，"考虑周到永远是你的强项。能请问一下我还能活多久吗？"

彼得森亲切地笑道，"在拉金顿先生的真诚请求下，你的命能保到明天早晨。至少，那是我们现在的意向。当然，晚上也许会发生个意外事故。在像这样的一座房子里，谁都说不准。或者"——他仔细地剪掉一支雪茄的尾部——"你也许会发疯，这样的话我们就不必麻烦杀掉你了。事实上，如果你真疯掉的话，倒更合我们的意。即使是科学进步的现今，处理尸体，还是会有一定的困难的——倒也不是无法克服——只是麻烦而已。所以，如果你疯了，我们不会不高兴的。"他又一次亲切地笑了，"正如我之前所说的，在像这样的一座房子里，谁都说不准……"

受惊的兔子，依然呼吸沉重，他一脸陶醉地凝视着休。

片刻之后，休转向他，彬彬有礼地鞠了一躬。"老弟，"他说道，"你一直都在吃洋葱，介意将气流转向反方向吗？"

他的冷静沉着似乎激怒了拉金顿。拉金顿突然从椅子里起身，伏在了桌上，在他平常无表情的脸上，青筋像鞭绳一般暴起，"你给我等着，"他口齿不清地咆哮道，"你等着我跟你算完账。到时候我看你还怎么幽默的起来……"

休懒洋洋地看着他，"你的推测有极大的可能性。"他用无聊的声音说道，"想着要洗个土耳其浴来除去身上的污浊还来不及。哪还会想着要笑？"

慢慢地，拉金顿沉回了自己的椅子里，唇间带着一抹冷酷无情的笑。片刻间，房间一片寂静。打破沉默的是沙发上那个邋遢的男人，他毫无预警突然就爆发了出来。

"别再瞎折腾了，"他以低沉的声音叫喊道，"我承认我不理解，同志们，我们今晚聚集在这里是来听私下争吵和愚蠢对话的吗？"

其余人也低声附和，而说话者起身挥舞着手臂，"我不知道这个年轻人做了什么，我也不想知道。在俄国，这种小事情毫不重要。他看着就像资产阶级，所以就得死。我们不是杀了几千个——不，是成千上万个这种人才获得伟大的自由的吗？在这个可憎的国家我们不该做同样的事情吗？"他的声音达到了典型的激情演说家的那种尖锐刺耳的高度。"这个不幸的男人到底是谁，"他疯狂地向休挥舞着一只手，继续道，"他怎么有资格妨碍这伟大的事业？现在就杀了他——把他扔角落里，让我们继续。"

他又坐了回去，沉浸在大家的休也由衷加入其中的附和声中。

"真棒。"他低声道，"华丽的高谈阔论。我没猜错的话，先生，你是通俗意义上的布尔什维克主义吧？"

男人深陷的双眼中闪耀着狂热的火焰，他转向德拉蒙德。

"我是一名为世界和平而战的斗士，"他刺耳地叫道，"为工人阶级的生存权利而战。在俄国，工人们牛马般地生活在社会底层，直到他们杀死了统治者。现在——轮到他们统治了，他们挣的钱都进入了自己的口袋，而不是进了无能的势利小人们的口袋。"他甩出自己的双臂，看起来突然皱缩了，像是激烈的热情把自己弄得筋疲力尽了一般，只有眼中还阴燃着他灵魂的狂热。

休怀着真挚的好奇心看着他，这还是他第一次真正遇见一个活生生的疯狂空想家。而后非常明显的惊奇取代了他的好奇心，彼得森怎么会跟他这种人扯上关系？

他随意地扫了一眼他的主要敌人，但从他脸上什么都看不出来。他正静静地翻动着什么报纸，雪茄依旧平缓地燃烧着。他看起来对那个邋遢男人的突然爆发没有丝毫的惊讶。事实上，一切看起来似乎合情合理。于是，休再一次用困惑的眼神望着沙发上的男人。

这一刻，他是将自己的生命危险抛之脑后，他的心逐渐充满了一种兴奋感。有没有可能，这就是这个团伙的真正目标；有没有可能，彼得森正进行着什么精心谋划的阴谋，想要让英格兰走向共产主义道路？如果是这样的话，那兰普郡公爵夫人的珍珠又是怎么掺和进来的？还有那个美国人，希拉姆·波茨？最最重要的是，彼得森期望着从中为自己谋划些什么呢？正思索到这一点时，他抬眼，发现彼得森正带着一丝微笑看着他。

"要理解起来有些困难吧，德拉蒙德上尉？"他边仔细地弹去雪茄的烟灰边说道，"我告诉过你，你会发现自己陷入困境的。"而后他继续凝视起面前的报纸来，俄国人却又喊叫起来了。

"你可曾见过被活剥皮的女人？"他疯狂地吼叫道，将自己的脸向前猛推向休。"你可曾见过被打结的绳索杀害了的男人们？还有被烧到只剩半条命而后又被放走的烧焦的残缺不全的肢体吗？但那又有什么关系呢，只要自由能够到来。而它已经来到了俄罗斯。明天将会是英国，一周之后，全世界……我们愿意踏过漫过喉咙的血河，只要它会来。而最后，我们将会有一个全新的世界。"

休点了一支香烟，靠在了椅背上。

"那看起来真是个迷人的计划，"他低声道，"而我会非常乐意推荐你成为某个托儿所的经理。我确定小家伙们会本能地接近你。"

他半闭着眼，桌子周围爆发出一阵谈话的嘈杂声。那个俄国人鼓舞人心的话语激励出许多美妙的幻想，大家七嘴八舌地议论着，而那一刻他已经被淡忘了。那个问题一遍又一般地捶打着他的大脑——看在佛祖的面上，到底彼得森和拉金顿跟这堆人有什么关系？两个极为聪明，注重实践的罪犯跟一群破衣烂衫的空想者们，他们明明都是荒唐至极的……

谈话的片段时不时地传入他的耳中。受惊的兔子，水润的眼中闪耀着战斗的光辉，正抨击着工人委员会（Workmen's Councils）的光环。而一个有着子弹脑袋，看起来像个衣着褴褛的赛马情报员的男人正呼喊着增加工资以及消除失业的战斗口号。

"是不是有可能，"休严肃地想着，"诸如此类的人掌控着能左右庞大命运的力量？"而后，因为他领教过那个把话说得天花乱坠的人精神失常的大脑所做得出来的事情，因为他了解恶棍心理，他轻蔑的小乐子变成了苦涩的预感。

"你个笨蛋。"他突然向着那个俄国人大叫道，所有人都停下了交谈。"该死的，你真是个可怜的蠢材！你——还有你的全新世界！在彼得格勒（Petrograd），如今面包是每磅两英镑四先令，茶是每磅十五英镑。你把这叫自由？你的意思是我们应该踏向那样的世界，还穿越血河？"他发出一阵轻蔑的笑声，"我都不知道哪个最让我悲痛，是你长蛆的脑子，还是不干净的外表？"

俄国人坐着盯着他，张口结舌。最后，彼得森用温文尔雅的声音打破了沉默。

"我很高兴地说，你的悲痛不可能持续太久了。"他说道，"事实上，今晚你就寝的时间该到了，我年轻的朋友。"

他笑着起身，走向休身后的铃铛，按响了它。

"死掉还是疯掉——我好奇会是哪一个？"他将雪茄尾部扔入炉栅，休起了身。"在这下面商讨着各种各样的重大问题时，我们一定会想到楼上的你——更准确地说，如果你真能到楼上的话。我看拉金顿现在都已经开始满怀期待地幸灾乐祸起来了呢。"

军人一脸的肃穆平静，他正目光锐利地望着他的观众，没有表现出一丝已经意识到自己所面临危险的痕迹，好像就是个普通的客人，正准备要上床睡觉，而彼得森的脸上闪过片刻明显且不由自主的钦佩。只有拉金顿满脸的冷酷无情，还带着恶魔般的期待。休视线平稳地凝视了他一会儿，而后转向门。

"那我就说晚安了。"他随意地说道。"是我上次那个房间吗？"

"不。"彼得森说道。"另一间——特地为你准备的。如果你到了楼梯顶端，会有个男人告诉你在哪儿的。"

休打开了门，站在那儿微笑着。那一刻，所有的灯都灭了。

（二）

休感受到房间里真实的黑暗。四处没有一丝微光，就连一丝灰色也没有。而休一动不动，在思索着下一步该怎么走。夜晚的严峻考验已然开始，他所有的神经都回到了身上。他感到冰冷，有力的双手在身侧握紧又张开，他对自己微微地笑了笑。

他能听到在身后的房间里有一张椅子偶然移动的声音，还马上在外面的走廊上捕捉到了细语声。他感觉到自己正被一群人包围着，他们从各处向他挤来。突然，他笑了一声。顷刻间一切安静了下来——像他那样神经紧张也听不见任何声响。而后，他开始极其小心地向着门摸索前行。

外面有辆车经过，正不和谐地鸣着喇叭，带着些冷嘲。他很好奇，如果车里的乘客们知道了在离自己这么近的房子里正发生着什么的话，会怎么想。而就在那一刻，什么人擦身而过。休闪电般地伸出双手抓住了他的手臂。男人蠕动扭曲着，但他就像个孩子般无力。休又笑了一声，用另一只手找到了他的喉咙。房间再次陷入了沉默。

他仍旧将那个不知是谁的男人托在面前，到达了楼梯脚，最后停在了那儿。他突然记起来，那天晚上从他头上嗖嗖飞过的那个神秘东西，它发出沉闷的铿锵声飞进了他身边的墙里。那一切发生的时候他正在第五个阶梯上。而现在，他站在第一阶上，他开始了一番快速思索。

如果，正如彼得森亲切地向他保证过的，他们打算让他发疯，那就不可能在阶梯上杀掉他。那个神秘东西又明显是个能够被精确调整的工具，所以他们极其有可能会用它来吓唬他。如果他们这么做的话——如果他们这么做……那个不知名的男人在他手中无力地扭动着，休的脸突然变得邪恶起来。

"这是唯一可能的机会，"他自语道，"而如果一定要是你或是我的话，老弟，我猜就得是你了。"

他把那男人拉离了地面，快速将他的头高举于自己的头上。然后，休紧抓着他，开始攀爬。他的头向下，弯在男人背后的某个区域里，毫不理睬那无力踢动的双腿。

最后，他到达了第四个台阶，对头顶上半昏迷半清醒的担子作了最后一次调整。他感觉到下面的走廊上满是人，突然彼得森的声音从黑暗中传来。

"那是四了，德拉蒙德上尉。第五个台阶怎样呢?"

"根据我的记忆，非常好看。"休回答道，"我就要踩上去了。"

"事实会证明那很有趣的。"彼得森说道，"我就要打开电源了。"

男人背下的休将脑袋压得更低了，同时又把他往上举了三英寸。

"真有意思!"他低声道，"我希望结果能够让你开心。"

"如果我是你，我会站着不动的。"彼得森温文尔雅地说道，"就只是听着。"

正如休猜测的那样，那演出只是为了吓人——才怪。有什么东西击中了他正举着的那个人的脖子，力量强大，将他从休的手中夺了去。随之而来的是身边的铿锵声，以及一系列不祥的砰砰声，那是一具身体滚下楼梯到达下方走廊的过程中所发出的声音。

"你个笨蛋。"他听见了拉金顿的声音，尖锐而愤怒。"你把他杀了。快开灯……"

但在那命令被实施之前，休已经像一只大猫一般，消失在了上方黑暗的走廊。在这生死攸关之时，休只能孤注一掷，他只有最多一分钟的时间脱身。幸运的是，他急冲入的第一个房间是空的，他推开了窗户向外窥视。

一轮朦胧黯淡的月亮，足以让他了解到自己离草地有二十英尺，但他毫不犹豫地将双腿急伸在了窗台上。下面闹得很凶，脚步声已经越发靠近。他听见彼得森平静的声音，而拉金顿则沙哑愤怒地喊着什么命令，可他已口齿不清。那一刻，有什么东西驱使他向上看。

就那一眼就够了，那是个天窗。他一直都是个疯子。以后也是。对于一个敏捷的男人来说，通往屋顶十分容易。他没有半分犹豫，摈弃了一切撤退的想法。当两个激动的男人冲进房间时，他已经稳当地隐藏好了，两只腿跨在窗脊上，离他们不到一码。

他安全地躲在影子里，善意地忍耐着，同时观赏着后续进展。两个男人发出一声沙哑的吼叫，宣布他们已经发现了他的逃跑路线，半分钟之后，花园已经布满匆忙的身影。一个人，平静冷漠，只有那老一套的雪茄出卖了他的身份，他站在花园门边，明显没有参与游戏。被愤怒蒙了眼的拉金顿，正跑着小圈，不偏不倚地咒骂着每一个人。

"车还在那儿。"一个男人来到彼得森面前，休清晰地听见了他说的话。

"那么他可能在本顿家的房子里。我过去看看。"

他看着那个魁梧健壮的身影漫步至小门，于是自顾自地轻笑了一番，很快他又严肃了起来。他轻皱眉头，拿出表来看了看。一点半……离拂晓还有两个小时。在那两个小时里，他想要好好对这屋子探索一番，尤其想看看菲利斯所说过的神秘的中央房间——拉金顿藏匿宝藏的房间。但在下面那个兴奋的人群进到室内之前，要移动并不安全。只要出了阴影，任何人都能看见他在月光下趴在屋顶上。

他时不时地会想起某种程度上因他而死的无助的男人，他愤怒地摇摇头。那是情势所迫，他意识到在普通的房子里你就能把什么人搬上楼梯而不必弄断他的脖子——但仍旧是……而后他又想知道那人到底是谁。应该是之前围坐在桌边的某个人——这差不多可以确定。但，是哪个呢？是那个受惊的小兔子，还是俄国人，还是眼睛充血的先生？唯一的安慰就是，不管那是谁，世界并不会因为此人的突然辞世而发生略微变差。唯一的遗憾就是，那人不是亲爱的亨利……他对亨利比对彼得森厌恶多了。

"他不在那儿。"彼得森的声音从下面传来，"看样子我们已经浪费足够多的时间了。"

就在休坐着的地方下面，人都聚集了起来，显然是在等待着下一步的指示。

"你想说我们又把那小猪猡给弄丢了吗？"拉金顿愤怒地说道。

"不是弄丢了——只是放错了地方。"彼得森低声道，"接触越多，我越佩服他的积极性了。"

拉金顿轻蔑地哼哼了一声。"是那个该死的笨蛋伊沃尔斯基（Ivolsky）自己的错。"他咆哮道，"叫他别动，他为什么不照做？"

"确实，为什么？"彼得森回答道，雪茄闪着红光，"恐怕

我们永远都不会知道了，他已经死透了。"他转向了屋子，
"先生们，今晚的娱乐节目到此为止。我想你们全都可以上床
睡觉了。"

"你们派了两个人守着车子了吧?"拉金顿质问道。

"罗西特（Rossiter）和勒格兰杰（Le Grange）。"一个声
音回答道。

彼得森在门边停了下来："我亲爱的拉金顿，那很没必
要。你低估了那个年轻人……"

他进了房间，其他人也缓缓跟随着。眼下休是安全的，
他松了口气，舒展了一下麻木的四肢，仰躺在了倾斜的屋顶
上。要是他再敢点支烟该多好……

（三）

德拉蒙德等了半个小时才判断已经可以开始安全地探索
了。月亮仍旧断断续续地穿过树木闪着光亮。但由于两个看
车的正在屋子另一边的路旁，所以他并没什么被他们逮住的
风险。首先，他把鞋子脱了下来，将鞋带系在了一起，然后
挂在了脖子上。之后，他尽可能安静地，开始向上攀爬。

那并不是个简单的行动，如果失足没有任何东西能够阻
止他下滑猛摔在花园里，他的辛苦，就只能换来一条断腿了。
此外，还有让石板瓦移位的危险。在这座屋子里大多数居住
者都睁着一只眼睡觉，让石板瓦移位可不是什么明智的行为。
但最终他还是将双手放在了屋脊上，下一刻，他已经叉开腿
跨坐在了上面。

他发现，这屋子的设计很是奇怪。他所坐的这根屋脊保
持着这高度在屋顶四周延伸着，大体上构成了正方形的四条
边。屋顶中央向下斜出一个平坦的空间，其上建起来一个玻

璃结构，它的顶部位于他的高度平面向下五六英尺。它的四周是个大到足够舒服行走的空间。事实上，两侧都已经足够放下一张折叠式躺椅了。全部的区域都被挡于视线之外，除非谁坐飞机过来看。而更打击他的是，并没有一扇窗户，能让他从屋顶上看到里面哪个地方。事实上，它是完全隔绝密封的。这屋子原本是一个不确定精神是否正常的先生建的，他将毕生时间都用在通过一架望远镜来观察木星上的斑点了，因此将自己与家人弄得穷困潦倒，便把房子贱卖给了天文台。拉金顿，发现了它能为自己所用，当场就把它给买了下来，从此，木星斑点就未被打扰过了。

休尽可能地谨慎，用双臂最大限度地支持着向下。而后，他让自己滑下最后的两三英尺，到了玻璃顶的水平空间。他确定自己正处在秘密房间的上方，他踮着脚尖，悄悄移动着，想找个能看一眼下方的地方。第一次检视之后，他觉得自己的时间算是浪费了，每个窗格都是磨砂的，此外这些窗格看起来从下面拉上了某种厚重的百叶窗，跟摄影师调光用的是同一个类型。

突然，离他很近的地方发出一阵响声猛地吓了他一跳。下一刻他便咒骂起自己紧张的屁股来，他急切地倾身向前。有一片百叶窗从里面被拉开了，苍白模糊的光从玻璃屋顶的另一边滤出来融入夜色之中。他仍在来回探着头，想要试着找到能看到里面的缝隙。而就在那时，其中一个窗格不可思议地不慌不忙地慢慢打开了。窗格应该是由里面的棘轮装置控制的，于是休对着下面看不见的操作者鞠了一躬以表谢意。然后，他小心地前倾着，打量着里面……

他将整个房间尽收眼底。而当他看到那不同寻常的场景时，他的下巴紧绷了起来。彼得森坐在一张靠椅里，仍漫不经心地吸着烟。他正在读着一封信，偶尔会用铅笔在一些要点上画线。他旁边的桌上放着一本大账簿，他时不时会翻几页然后记上一条。但抓住了休的注意力的却并不是彼得森，而是拉金顿以及沙发旁边的东西。

拉金顿正俯在一个长浴缸上，浴缸装满了淡棕色的液体，上面有微弱的蒸汽在上升。他只穿着衬衣，手上戴着像是橡胶手套，一直延伸至他的肘部。一会儿之后，他将一支试管伸了进去，然后走到一个架子旁边，选了个瓶子又向试管里加了几滴。他明显对于结果很满意，于是又回到了浴缸旁，往里面撒了些白色粉末。液体马上开始起沫冒泡，同时彼得森站了起来。

"准备好了吗？"他说着，脱下了外套，拿起一副跟拉金顿正戴着的那个差不多的手套。

"完全好了，"拉金顿突然答道，"我们把他弄下去。"

他们走到沙发旁，休大惊失色，强迫着自己看着。因为躺在那儿的，正是那个死掉的俄罗斯人伊沃尔斯基的尸体。

两人将他抬了起来，搬到浴缸旁，直接扔进了冒烟的液体里。之后，他们将长手套剥了下来，就像是面对世间最普通的事情一般，站着看着。前一分钟左右，没有发生任何事情。不一会儿，尸体开始慢慢消失了。一阵微弱的、令人作呕的气味从开着的窗口逸了出来，休擦去前额的汗水。太可怕了，这一切令人惊骇的从容不迫。无论这可怜的男人给其他俄国人强加了什么卑劣的折磨，现在全身被泡在浴缸里的正是他自己的尸体，慢慢地无情地消失了……

拉金顿点了支烟漫步至壁炉边。

"再有五分钟应该就够了。"他说道，"诅咒那个该死的军人！"

彼得森温和地笑着，重新研究起账本来。

"我亲爱的亨利，对人发脾气，是自卑的表现。但伊沃尔斯基死了确实挺麻烦的。他在一分钟之内所说的那些十足的傻话比其余人加起来还要多……我真不知道该把谁放到中部去。"

他向后靠在了椅子上，吐出了一朵烟云。灯光照亮了那镇静冷漠的脸，休心中有一种奇妙的感觉，只要他在彼得森身边，那感觉就从未走远过。休仔细观察着那又高又聪明的前额，以及那高耸冷峻的鼻子和下巴，还有伶俐幽默的嘴。那个靠在椅子上正看着从自己雪茄中冒出蓝色烟雾的人也许会成为一个伟大的律师或是杰出的牧师，或许是某个有名的政客，又或许是金融界的拿破仑。他脸部轮廓的每一处线条，双手的一举一动都充满力度。他也许会达到任何他想要从事的职业的顶端……正如他已经达到了现在这个职业的顶端一样……他是脑子抽筋了，他那奇妙的机器里一定有小齿轮出错了，让一个伟大的人变成了一个重大的罪犯。休看着浴缸；液体差不多已经变清澈了。

"你知道我对这个话题的感觉。"拉金顿说道，他正从书桌的一个抽屉里拿出一只红色天鹅绒盒子。他充满爱意地打开了它，休看到了闪亮的钻石。拉金顿让那些宝石在自己手上滚动，绽放出万丈光芒，彼得森轻蔑地望着他。

"小摆设，"他嘲笑道，"好看的小摆设。你能通过它们得到什么？"

"一万，或者一万五。"对方回答道，"但我在意的不是钱，而是拥有它们的快乐，还有得到它们所需要的本领。"

彼得森耸耸肩说："如果你用在合适的地方，那些本领会给你带来成千上万。"

拉金顿收回了石头，将烟蒂扔进了炉栅里。

"有可能，卡尔，非常有可能。但说来说去就是，我的朋友，你喜欢大的画布和雄浑有力的效果，而我喜欢微型画和精良的蚀刻版画。"

"这让我们成了天作之合。"彼得森说道，他起身走到浴缸边，"别忘了，珍珠，是你的任务。大事"——他转向对方，声音中夹杂着一丝兴奋——"大事是我的。"他双手插在口袋里，凝视着棕色液体。"我想，我们的朋友已经差不多熟了。"

"还有两三分钟，"拉金顿加入了他，说道，"我得承认我为自己发现了那种混合剂感到自豪。唯一的缺点就是它让谋杀太过简单了……"

开门的声音让两个男人都突然转身，彼得森带着笑容上前。"回来了，我亲爱的？没想到你会这么快。"

厄玛走进了屋子，之后停了下来，恶心地嫌弃道，"难闻死了！你们究竟在干什么？"

"处理尸体。"拉金顿说道，"就快完了。"

女子脱下晚礼服斗篷走上前，凝视着浴缸边缘，叫道，"这不是我丑陋的军人？"

"令人不幸的是，他不是。"拉金顿冷冷回答道，彼得森则笑了。

"亨利是最恼怒的。精力旺盛的德拉蒙德又得分了。"

他用几句话告诉了女子发生了什么，而她开心地双手一拍，叫道，"毫无疑问我必须得嫁给那个男人。我在这个讨厌国家里所见到的最有趣的就是他了。"她坐了下来点了支烟。"今晚我见着沃尔特了。"

"在哪？"彼得森迅速问道，"我以为他在巴黎。"

"今早还在巴黎。他特地过来见你的。他们约你在丽兹酒店（the Ritz）跟他们见个面。"彼得森皱起了眉头。

"真太不方便。"他说道，声音中带着一丝烦恼，"他说了为什么吗？"

"我想他们大概是因为那个美国人而有些心神不安，可能还有其他事情。"她回答道，"我亲爱的伙计，一天而已，你能轻易糊弄过去的。"

"我当然可以，"彼得森不耐烦道，"但这改变不了很不方便的事实。这边事情就快到达紧要关头了，我想要在场。然而——"他开始在房间里来回走动，皱着眉头沉思。

"你的鱼已经上钩了，mon ami。"女子向着拉金顿继续道，"他已经求了三次婚了。他还把我介绍给了一个长相丑陋但品德出众的女人。为了那重大场合，她已经将我收为侄女了。"

"什么重大场合？"拉金顿抬眼问道。

"啊，他的成年礼。"女子嚷道，"我将会作为兰普郡公爵夫人的贵宾去莱德利塔。"

"对此你怎么看，我的朋友？那个老妇人为纪念那重大的一天将会佩戴珍珠以及全部首饰，而我将会出席那令人赞赏的乡村别墅聚会。"

"你怎么知道她会将珠宝首饰带去那房子？"拉金顿说道。

"因为亲爱的弗雷迪（Freddie）是这样告诉我的。"女子回答道，"我觉得你今晚有些不灵光啊，亨利。当小浦巴①（Poohba）成年的时候，爱他的母亲自然会穿上引人注目的盛装。顺带一提，佃户们会送他一个纪念杯，可能是小长颈鹿或是别的。你也许会想要吞了那个。"她在吹出来两个烟圈

---

　　① 首演于 1885 的喜歌剧《The Mikado》中的角色名，后被用来嘲笑妄自尊大或是空有头衔没有实权的人。——译者注

之后笑了。

"弗雷迪有时真是太可爱了。我想我从未见过谁能如此接近白痴而又不是白痴。然而,"她若有所思地重复道,"他真太可爱了。"

拉金顿转了一下浴缸下方的手柄,于是已经清澈平静的液体开始快速下流。休着迷地看着这一过程,两分钟之内浴缸就已经空了——一具尸体就这样不留痕迹地完全消失了。休觉得就像在做梦一样。整晚发生的事情都像是乱七八糟的噩梦的一部分。他掐了一下自己,确定自己醒着。之后,他又将眼睛紧盯着窗户打开的地方。

拉金顿,正用沾着某种液体的拖把擦拭着浴缸;彼得森,下巴垂于胸前,仍旧来回走动着;厄玛,她的脖子跟肩膀在电灯下闪着白光,正用前一支的烟蒂点燃第二支烟。过了一会儿,拉金顿完成了他的清理工作,穿上了外套。

"他觉得,"他好奇地问道,"你是什么人?"

"一个迷人的小女孩儿。"厄玛故作端庄地回答道,"父亲死于战场,如今正在某个政府办公室里努力工作,维持着朝不保夕的生活。至少,他是这么告诉芙兰普丽(Frumpley)夫人。芙兰普丽夫人是个有着无懈可击美德的女人。有时她极度感性,能捕捉到风流韵事的气息,有时她又是势利小人能感受到未来公爵的气息,且先不说未来的公爵夫人了。真主保佑,她与莱德利的妈妈在同一个委员会里负责分发牛皮纸和内衣裤给穷困的比利时人,所以弗雷德设法邀请了她。以上便是全部情报了。"

"妙极了!"拉金顿缓缓说道,"妙极了!小莱德利一周之后成年是吗?"

"准确来说是周一,所以我跟我姑妈会在周六过去。"

拉金顿满意地点点头，然后瞥了一眼表。"睡觉吗？"他说道。

"还不行。"彼得森突然停下了脚步说道，"在去巴黎之前我必须得见见那个美国佬。现在我把他请下来。"

"我亲爱的卡尔，这都什么时候了？"拉金顿忍不住打了一个哈欠。

"是的，给他打一针，亨利——然后，老天为证，我们会让那白痴签字的。这样，我就能够带着它赴宴了。"

他大步走出门，拉金顿紧随其后，而坐在椅子里的女子则起身伸个懒腰。休看了她片刻，他也站了起来，舒缓了一下麻木的四肢。

"让那白痴签字。"这句话回响在他的脑海里。他若有所思地凝视着预示拂晓即将来临的灰光。现在上策是什么呢？如果其他方法行不通，彼得森口中的"让"，一般就指用刑了。而休不想看到任何人受酷刑。与此同时，虽然还缺少很多最重要的连接，但彼得森所谋划出来的邪恶阴谋的某些本质已经开始在休的脑海中成型。休在知道了这些之后，也意识到，自己再不是个自由代理人，事情也不再仅仅是他和其他选中的人一起对抗一个犯罪团伙的冒险赌博了，如果他的推想正确的话它已经变成了国家大事。英格兰本身——她的存在——正被人类头脑所梦见过的最卑劣的阴谋所威胁着。而后，他又为自己的无所作为而懊恼不已。他意识到，即使到了现在他也没有明确要做的事情。他必须知道更多，无论如何他必须去到巴黎，他必须出席丽兹酒店的会议。对于如何做到他还毫无设想。他站在屋顶上看着东方闪现出第一抹微弱的橙色。他所能想到最远的便是下定了决心。如果彼得森去巴黎，他也得去。突然屋子下面的声音打断了他的沉思，他居高临下的位置再一次让他清楚地看到了屋里发生的一切：美国人正坐在椅子里，而拉金顿手里拿着皮下注射器，正抓着他的手臂。

他完成了注射。休看着那个大富翁，仍没有决定要怎么行动。而在此刻，他其实没什么可以做的。他非常好奇彼得森要对那个可怜人说些什么。因为至今为止，他在每一回合的存在感都极高。

过了一会儿，美国人不再茫然地注视前方，恍惚地将自己的手放在前额上。从椅子里勉强站了起来，凝视着面对他坐着的两个男人。他的眼睛转向那个女子，又呻吟着虚弱地用手扯着晨衣。

"好些了，波茨先生？"彼得森温和地说道。

"我——我——"对方结结巴巴地说道，"我在哪儿？"

"如果你想知道的话，在戈德尔明的埃尔姆斯。"

"我想——我想——"他摇晃着站起来，"你们想对我做什么？该死的！"

"呸，呸，"彼得森低声道，"有女士在场呢，波茨先生。我们想要的很简单。只是要你在一个小协议上签个名，表示为了回报特定的服务，你承诺在不久的将来加入我们的——呃——行动。"

"我记起来了，"大富翁叫道，"现在我记起来了。你个猪猡——你个肮脏的猪猡，我拒绝……绝对拒绝。"

"问题是，我的朋友，正如我曾向你指出的，你是个太大的劳动力雇主，可不允许拒绝呢。你必须加入我们，不然你会坏了大局的。所以，我需要你的签名。我丢过一次了，很不幸——但那也不是个很好的签名，所以也许这是最好的选择。"

"当你们得到它，"美国人大叫道，"它会给你们带来什么好处？我会否认它的。"

"哦，不！波茨先生，"彼得森若有所思地笑道，"我能向你保证，你不会的。你会再一次落入疾病的魔爪之中。就是最近你所患的令人沮丧的疾病。我的朋友拉金顿先生，可是那种病的专家呢。它会让你的身体做不了生意。"

片刻间的沉默，大富豪像一只困兽般环视着房间。

"我拒绝！"他最终叫道，"那是反人类的暴行。随你们要对我做什么。"

"那么，我们就从上个拇指夹开始好了。"彼得森漫步至书桌边拉开了一个抽屉，"一个效果惊人的工具，你看看你的拇指就能感受到了。"他站在那个颤抖的男人面前，调整着手中的工具。"在它的影响下，你给了我们第一个签名，可惜的是我们把它给弄丢了。所以我想我们能再试一次……"

美国人惊恐地惨叫着，而后出乎意料的事情发生了。随着一声巨响，小窗格的玻璃碎裂并砸在了拉金顿旁边的地上，他咒骂着跳开，举头望着。

"嗒嗒！"天窗上传来一个熟悉的声音。"给他下巴来个用力一击，波茨，我的孩子，但别要签名。"

第八节　巴黎一夜游

（一）

德拉蒙德一时冲动便做了这事。显然任何拥有他那样品质的人都不可能看着美国人被酷刑折磨而见死不救。但与此同时，他最不希望的就是让自己正在屋顶上的事暴露。那天晚上，他所获得的信息是那样的至关重要，所以他极其有必要想办法带着消息离开。而在那一刻，他成功的机会看起来很渺茫了，他们抓到他只是时间问题而已。

但正如往常一样，德拉蒙德被逼得越死，他的头脑就越清醒。他看着拉金顿冲出了房间，彼得森慢一些地跟在其身后。这无可救药的军人运气一直很好。现在，好运再次光顾。女子也离开了房间。

她对他飞吻，又笑了。"你真让我着迷，丑丑，"她抬眼，说道，"真太让我着迷了。现在我要出去好好欣赏屠杀场面了。"

下一刻房间里只剩下波茨一个人。他正盯着天窗看，明显对这事情发生的突然转折而满心疑惑。而后他听到了上面的人坚定而清晰地说道，"快从房子里出去。向右走。打开前门。你会穿过一些树木然后看到一座房子。到那里去。当你到那儿时，站在草坪上叫'菲利斯'。明白了吗？"

美国人恍惚地点点头，而后艰难地努力着，想要定定神，只听那声音继续道：

"赶快走。这是你唯一的机会。并告诉她，我在这屋顶上。"

那富翁离开房间，他终于松了口气，不久又振作起来，开始考虑起自己的处境。美国人顺利逃脱的可能性很小，如果他真成功了，那么一切就都好了。如果他没成功的话——休无奈地耸耸肩笑了。

天已经很亮了。德拉蒙德经过片刻的犹豫不决之后，飞身一跃，抓住了离马路最近的倾斜屋脊。待在天窗边的他等于是像陷阱里的老鼠那样等着被抓，还有被枪击的风险。毕竟，在离主干道这么近的地方使用枪支还是有相当大的风险，因为随时都有可能会有劳工或是其他的早起者经过。彼得森最不希望的就是臭名昭著，如果"埃尔姆斯的消遣之一是射击在屋顶上迷路的人"的消息传遍大街小巷的话，那警察的审讯恐怕就有些棘手了。

休将自己的腿放在屋顶上，背靠着烟囱叉开腿跨坐着。突然，他想到个主意。在那里他并看不到拉杰斯，所以他不知道美国人的运气如何。但他意识到他熬过去的可能性很小，所以他的主要希望还是自救。因此，就如之前所说的，他有了个简单直接的主意，他的主意一贯如此。他突然想到，知道他身在何处的无关群众太少了；他又进一步想到，如果他自己不作补救的话这状态还会持续下去。因此，当彼得森带着几个人和一架梯子在房屋的某个角落犹豫不决时，休开始唱了起来。他用自己有力的嗓音咆哮着，同时他一直机警地看着下面的人。他看见彼得森紧张地回头看着马路，催促着手下再加把劲儿。休因自己策略的华丽简单而爆发出一阵大笑。之后，又一次，他的声音达到最高，他以大吼大叫的形式问候着太阳，把附近的每一只秃鼻乌鸦都吓了一跳。

正当两个劳工过来查看那可怕的喧闹声时，彼得森的团队突然发现梯子短了几码。

不一会儿，观众们迅速多了起来。一个路过的牛奶工，两个与云雀一同起床并开着一辆装满样品的福特汽车的旅行推销员，一个醉得衣冠不整的先生，最后还有更多的农场劳工。这附近从未发生过这样的事情。它能作为当地酒吧的珍贵谈资，会为大家提供一个足够接下来几周谈论的话题。休仍旧唱着歌，彼得森仍旧咒骂着，观众仍旧越来越多。最后，连带着记事本的警察也到齐了，歌唱者终于停下了演唱开始笑了起来。

下一刻，休的笑容凝固在了唇间。拉金顿站在天窗边，举着左轮手枪。休通过他的表情知道，他的手在扳机上颤抖着。他看不见下面的人群，也并不知道他们就在那儿，因此，休一瞬间意识到了自己的危险。当军人的注意力在别处时，拉金顿通过某种办法来到了屋顶。而现在，拉金顿的脸上闪烁着邪恶的愤怒，他一步一步地向休走近着，试图要开枪。

"早上好，亨利。"休轻声说道，"如果我是你的话我就不会开枪。正如他们在音乐剧里说的那样，我们正被看着呢。如果你不相信我，"他的声音变得有些紧张，"就等着我跟彼得森说说，他现在正专心地跟村里的警员和几个农场劳工交谈着呢。"

他看见拉金顿眼中闪现出了疑惑，他突然就占据了优势，"我知道你不会想让葬礼伴随着恶名，亨利，亲爱的，我也确信彼得森会很讨厌它的。所以，放心吧，我会告诉他你在这里的。"

休决定转身背向拿着枪的亨利，他不知道在今后的人生中是否还会遇到更艰难的抉择。但他看起来想都没想就做了。他看了那张因愤怒而抽搐的脸最后一眼，而后带着微笑，望向下面的人群。

"彼得森，"他友善地叫道，"你有个伙计在这儿——亲爱的老亨利。我的音乐会弄得他很急躁。你得跟他谈谈，或者你要我说得更明确些？他很急躁，也许随时都有可能发生事故，而我看到警察已经到了。所以——呃——"

即使从那样远的距离，他也能看见彼得森愤怒的双眼，于是他咯咯笑着。整个团伙已经百分百地任他摆布，他的幽默感最无法抗拒这种情况。

但当那首领说话时，他的声音一如既往地温和，不朽的雪茄仍旧按平常的速度均匀地发着光。

"你在屋顶上吗，拉金顿？"这话语穿透过沉静的夏日空气清晰地传来。

"轮到你了，亨利。"德拉蒙德说道，"提词员的声音关掉——'是的，亲爱的彼得森，我在这儿，恰好就在屋顶上，现在状况很糟糕'。"

有那么一刻他觉得自己做得太过了，那个被气疯了的拉金顿会不管三七二十一地将他射杀。但，那男人还是通过巨大的努力克制住了自己。当他回答时，声音很镇静。

"是的，我在这儿。怎么了？"

"没什么。"彼得森叫道，"但在下面有了一大群有眼光的观众，我们朋友迷人的音乐会吸引了他们过来。我已经叫人去拿个大梯子来了，好让他能下来加入我们。所以没什么你能做的事了——没什么了。"他稍微强调地重复了那几个字，休亲切地笑着。

"不是很妙吗，亨利？"他低声道，"想想每件事情，都太不可思议了。但你刚才差点就失足了，不是吗？如果我的尸体自己滚下来，砰的一声砸在警察面前，那你就会很尴尬了。"

"我对很多事情都很感兴趣，德拉蒙德上尉，"拉金顿缓缓说道，"但它们都不算什么，除了找你算账。而当我做到……"他将左轮手枪滑入了外套口袋里，一动不动地站着，凝视着军人。

"啊！当！"德拉蒙德嘲笑道，"已经有太多的'当'了，亨利，亲爱的。莫名其妙的我就是不觉得你能变得很聪明。别走——我很享受我们心与心的交流。除此之外，我想告诉你有关女子、肥皂和浴缸的故事。如果浴缸的问题不是太微妙的话。"

拉金顿在天窗边停了下来。

"我有很多种液体来给人泡，"他说道，"但最好的是给活着的病人用的。"

下一刻他打开了天窗里的门，昨晚德拉蒙德并没有发现它。之后，拉金顿爬进了房间里的一个楼梯，消失在了休的视线里。

"喂，老伙计！"地上传来的一声欢快的叫喊让德拉蒙德低头向下看。彼得森周围分散着一群人。他们令人印象深刻，是彼特·达雷尔，阿尔及·朗沃思还有杰里·西摩。"团聚了?"

"彼特，老伙计，"休愉快地喊道，"从未想过还会有很高兴看到你脸的一天，但还真有这么一天! 看在老天的份上你快去把那该死的梯子弄过来，我要抽筋了。"

"休，特德还有他的伙伴已经开着你的车动身了，"彼特说道，"所以只剩下我们四个还有托比了。"

当休在心里快速计算时，他茫然地盯着彼特看了片刻。他甚至忘了马上从到位了的楼梯上下来。"特德还有我们四个还有托比"，加起来是六个——六个便是这个团队刚来时的兵力。加上那个伙计就是七个了，那么那个伙伴究竟是谁?

当他到达地面时，问题就解决了。拉金顿，张大着双眼，语无伦次地从房子里冲了出来，又将彼得森拉到了一边，快速地耳语一番。

"没关系。"阿尔及快速嘟囔道，"他们已经在开往伦敦的半道上了，凭我对特德的了解，那速度一定跟赶着投胎似的。"

就在那时。休开始笑了起来。他笑到眼泪都从脸上流下来了，而彼得森气得脸色铁青，这让他笑得更欢了。

"哦，你们这讨厌的一对!"他呜咽道，"就在你们讨厌的鼻子底下。被偷走了。唷!"又是一阵欢笑，"放弃吧，你们两个老伙计，开始织毛衣好了。挑一针反两针，亨利，我的孩子，戴着睡帽的卡尔会挑出你漏掉的针。"他拿出了他的香烟盒子。"好了，au revoir……毫无疑问我们会很快见面的。最重要的是，卡尔，别在巴黎做什么让我会很惭愧的事情。"

他友好地一挥手之后，转身漫步离开，其他三人跟在后面。那情景滑稽得让人无法抗拒，聚集在一起的整个团伙都那么无力，在观众面前连抬起一根手指头阻止他们离开都做不到，观众们却还没有要离开的迹象，逗得他快要乐死了。事实上，在屋子的一个角挡住他们之前，休看到的最后一眼，是法律的威严正以一种历史悠久的方式湿润着他不可磨灭的铅笔，并拿着准备就绪的笔记本向着彼得森挺进。

"一个简短的插曲，我亲爱的勇士们，"休通知道，"我们必须动起来。托比在哪儿？"

"跟你的女孩在吃早餐。"阿尔及咯咯笑道，"我们想着最好是留个人站岗，她看起来最爱他。"

"讨厌的卑鄙的人！"休叫道，"顺道一提，小伙子们，今早你们是怎么成功到场的？"

"我们全都在你喜欢的女孩家里借宿了一宿，"彼特说道，"到了今早，我们独一无二的波茨过来唱圣诞颂歌，然后我们就听见了你在屋顶上震耳欲聋的吵闹声，于是就一起过去了。"

"真棒！"休摩擦着双手，"简直太棒了！要是我对付那只该死的大猩猩时有你们在身边帮忙就好了。"

"帮着对付什么？"杰里·西摩急切地说。

"大猩猩，老伙计。"休无动于衷地回答道，"一只温顺小动物，但我不得不杀掉它。"

"那男人，"阿尔及低声道，"毫无疑问地疯了。我去开车。"

（二）

门打开，休漫步进来，托比抬眼看着，"滚蛋，没人叫你过来，你很碍事，我们很不高兴。是吧，本顿小姐？"

"你能受得了他吗，菲利斯？"休咧着嘴笑道，"我的意思是，他会整天躺在房子里无所事事?"

"什么意思，老伙计?"托比·辛克莱起身，看起来有些疑惑。

"我想让你继续留在这里，托比。"休说道，"别让本顿小姐离开你的视线。还有紧紧地盯着埃尔姆斯，如果发生了任何事情，打电话去半月街告诉我。明白了吗?"

"我明白了，"对方答道，"但我想说，休，我就不能做些更积极主动的事情吗? 当然，我的意思是，我最愿意的还是……"菲利斯·本顿开心地笑出声来，托比带着稍许疑惑闭上了嘴。

"做些更积极主动的事情!"休说道，"老伙计，踏出房间一小步的话，你就得把命赌上。你还太年轻，无法对付即将发生的事情。"

托比无奈地叹了口气，起身走到门边。

"在钥匙孔偷听的都会耳朵痛。"他宣布道，"你们这些家伙想都别想。"

门关上时，他抱着她，轻声道，"我有五分钟，小女孩。五分钟的天堂时光……啊! 但你看起来棒极了——实在棒极了。"

女孩抬头朝着他笑着。

"我觉得，休大师，今早你没刮胡子。"

休咧嘴笑了，说道: "对啊，孩子。他们忘了把我的刮胡水送上屋顶了。"

经过一段长长的时间，胡子之类的琐事都无关紧要。之后，她理了理头发，坐在了椅子臂上。

"告诉我发生了什么，小伙子。"她急切地说道。

"真是个充实的夜晚。"他边回忆边微笑着，点了支烟。

之后，他极其简略地告诉了她在前十二个小时里所发生的事情。比起自己所叙述的，男人倒对她脸颊上时不时泛出的甜美色彩更感兴趣，还有当他告诉她，他与大猩猩的恶战以及下楼梯的凶残过程时，她加快了的呼吸声。这也让他十分着迷。对他来说，一切都已经结束了，但对那个坐着听这只言片语的女子来说，每句伴着笑声和戏谑说出来的话语都让她突然彻底地意识到了，这个男人正为她做着什么。正是她让他经历了这些风险，他所答复的正是她的信。她突然意识到，如果他有丝毫损伤，她便不会原谅自己。

因此，当他说完了，将烟蒂扔入炉栅之后，她支支吾吾地想要劝阻他。她将手放在他的外套上，大大的眼睛泛着为他担忧的薄雾，她乞求着他放弃这一切。但就在她说话时，她也觉得自己明白说什么都没用。这一事实让她很自豪。因此她反而更努力地恳求着，正如一个女人对她的男人所做的那样。

过了一会儿，她的声音渐渐消失，她沉默了下来。他正笑着，所以，她不得已也得笑着。他们含情脉脉地注视着对方，似乎在倾诉着人类无法言传的东西。因此，他们暂且那样站着……

突然地，他弯腰亲吻了她。

"我得走了，小女孩。"他耳语道，"今晚我必须得到巴黎。你照顾好自己。"

下一刻，他已经离开了。

"看在上帝的份上照顾好她，托比！"他对着那个正哭丧着脸，坐在前门边的杰出青年说道，"那些讨厌鬼真让人无法忍受。"

"没事，老家伙。"辛克莱没好气地说道，"狩猎愉快！"

他看着那个高大的身影快速大步地走向了等待的车，车上的乘客们正在用装睡温和地抗议着休的磨蹭。而托比带着微笑，起身回了屋子。

"这小伙子。"他说道，"如果你不介意我这么说，本顿小姐，如果我是你，我就不会改变他。当然，除非，"他不假思索地补充道，"你更喜欢我。"

（三）

"你待他还好吧，特德？"休急切地将问题甩向特德·杰宁汉，他此时正懒洋洋地躺在半月街的一张椅子里，脚搭在壁炉台上。

"我待他足够好了，"那位杰出青年回答道，"但我在他心中却不十分重要。他已经没有了激情，又变得糊里糊涂了。"他站起来伸了个懒腰。"你的好佣人现在跟他在一起，正用嘶哑的声音安慰着他。"

"见鬼！"休说道，"我还想要从他身上知道些什么呢。我要过去看看那个家伙。啤酒在角落里，伙计们，如果你们要喝的话。"

他离开了房间，沿着走廊到了那个美国人的房间。不幸的是，杰宁汉说得太对了，昨晚注射的效果已经完全消退，那可怜的男人正一动不动地坐在椅子里，神情恍惚地看着前方。

"没法子了，先生。"休进入房间时，丹尼起身说道，"他以为肉汁有毒，连碰都不碰它。"

"好的，丹尼。"德拉蒙德说道，"别管那可怜的家伙了。我们会让他回来的。还有件事。你老婆有跟你说她的小冒险了吗？"

仆人不以为然地咳嗽道，"她说了，先生。但上帝保佑您，她没有恶意。"

"那她比我强，丹尼，因为我对那群猪猡有很大的恶意。"他沉思着站在了富翁面前，尝试着要从那空洞的双眼里捕获到一些理性的目光，最终却是徒劳。"看看那个可怜的家伙，单凭这个不就足以让你想要杀了那一整群人了吗？"他突然转身，打开了门。"如果可以的话尝试着让他吃点。"

"怎么样？"当他回到另一间房间时，杰宁汉抬眼问道。

"毫无起色。伙计们喝完啤酒了？"

"差不多。"彼特·达雷尔说道，"现在有什么计划？"

在回答之前，休用专业的眼光检查了一番自己的玻璃杯口。

"两件事。"他最终低声道，"一目了然。第一件事是要把波茨转移到一个安全的地方，第二件事是要去巴黎。"

"呃，我们先探讨第一个，作为开球。"杰宁汉起身说道，"门外有辆车，国内任由我们闯荡。我们会把他带走，你坐11路去维多利亚（Victoria）赶上港口联运火车。"

"听起来太简单了。"休说道，"看一看窗外，特德，你会看到就在离门不远的地方有个人，正无所事事，这令我很不爽。你还会看到一辆跑车就在街对面。给脑袋湿敷一下，联系一下这两点。"

突然惊醒的杰里·西摩给打破了这阴郁沉默的集会。

"我肚子疼。"他自豪地宣布道。他的听众们无动于衷地盯着他。

"你不该吃那么快。"阿尔及严肃地说道，"还有你确实不应该喝那啤酒。"

他为了扭转乾坤，马上把啤酒给大口喝了，但杰里正沉浸于自己的头脑风暴之中都没注意到。

"我肚子疼,"他重复道,"而她现在该已经准备好了。事实上我知道她好了。上次的坠机并不严重。这怎么样?"

"你的意思是……?"休盯着他说道。

"我的意思是,"杰里回答道,"我现在要去小机场,将她准备妥当。半小时之后把波茨带过来,我会把她带到诺福克(Norfolk)州长的地盘上。然后我再把你送去巴黎。"

"棒极了!——简直棒极了!"休拍了杰里的背一下,发出枪击般的一声响,一不留神把他给弄趴下了。他有了个想法。"不去你那儿,杰里,他们会马上过去的。把他带到特德那儿去,杰宁汉夫人不会介意吧,老伙计?"

"母亲会介意?"特德笑道,"老天,她多年前就不介意任何事情了。"

"好!"休说道,"杰里。顺便问一句,她能容纳多少人?"

"除了我,还可以有两个人。"自豪的肚痛者激动道,"我希望你能将情话保留给跟你同样块头的人,你个笨重的庞然大物。"

休还未出门于是他大笑着回来道,"真正的——头脑的一大巨变。"他叫道,仔细地重新将自己杯子倒满,"现在,伙计,巴黎呢?"

"真的有必要去吗?"彼特问道。

"如果那个美国佬神志清醒的话就没必要了。"德拉蒙德回答道,"照现在这个样子,我想我必须去了。年轻的伙计们,有什么事情正在发生着,而且是大事,我情不自禁地会想,今晚自己一定能从丽兹酒店的会议上获取有用信息。为什么彼得森正勾结着一群眼球充血,破衣烂衫的革命分子?你能告诉我原因吗?如果能的话,我不会去的。"

"重点是即使你去，也不能找到原因。"彼特回答道，"那男人又不会站在大厅里拿着扩音器喊出来。"

"那就是轮到特德登场的时候了。"休殷勤地说，"肚子疼不能有效两次吗？"

"我亲爱的伙计，"杰宁汉叫道，"我今晚要跟一个极其有趣的她一起吃晚饭！"

"哦，不，你不会的。我的伙计。你会在巴黎做一些业余演出。伪装成服务生，或者是负责打扫房间的女服务员或者是一台咖啡机或是其他什么——你就能发现秘密了。"

"但我的老天，休！"杰宁汉挥舞着双手无力地反抗着。

"别担心我，"德拉蒙德叫道，"别担心我，这只是一个模糊的想法，你要扮成沐浴海绵应该挺好看的。电话来了……喂！"他拿起听筒，"请讲。是你吗，托比？哦！劳斯莱斯已经走了，是吗？彼得森在里面。好！再见，老伙计。"

他转向其他人，说道："我早说过，你们看。他已经动身去巴黎了。那就决定了。"

"毫无疑问，"阿尔及和善地低声道，"每个坐着汽车离开屋子的男人都是去巴黎的。"

"住口！"休咆哮道，"你竟然如此彻底地欠缺军事教育啊！居然会忘记了要知己知彼吗？如果我是彼得森，现在我想去巴黎，你觉得有五十个人知道了这事儿我就不去了？你个笨蛋，阿尔及——给我多留一点啤酒。"

阿尔及顺从地坐了下来，德拉蒙德喘了口气之后，继续道："现在所有人都听着，特德——你去，搞一整套服务生的装备来，衬领还有其他东西都备齐。彼特——你跟我一起去到小机场，之后去霍斯顿的格林街十三号找马林斯，让他联络至少五十个要找碴儿打架的复员军人。阿尔及——你在这儿坚守阵地，少喝些麦芽酒，别喝醉了。彼特完成马林斯那边的事之后会跟你会和的，他也不能喝醉了。你们都进入状态了吗?"

"进入了。"达雷尔软弱无力地低声道，"我的脑子里正奏着国歌。"

"我们完成工作之前它会一直播放神剧的，老伙计。"休笑道，"让我们跟波茨嬉闹起来吧。"

十分钟之后，他坐在了驾驶座上，达雷尔和大富翁坐在后面。"没有他的份儿"的阿尔及，抗议着，正努力计算着如果有按照休万无一失的那一套方法的话本可以在赛马场上赢多少钱，并以此来安慰自己；杰宁汉则焦躁地沿着皮卡迪利街漫步着，他想知道到底从哪个商店才有可能搞到衬领，而同时又还能保持他那迄今为止无可非议的清白声誉。但休看起来却并不急于发动。他脸上带着古怪的笑容，因为通过眼角余光，他看到了那个无所事事的男人心急如焚地想要发动他的车，那个男人粗暴对待他的车，汽车便选择在那个时候罢工了。

"快走，伙计——快走。"彼特嚷道，"你在等什么?"

休笑了。"彼特，"他说道，"游戏的精华都要被你弄没了。"

他仍旧笑着，下了车，走到那个汗流浃背的司机身边，

"真是暖和的一天。"他低声道，"别急，我们会等着你的。"那个男人彻底吓傻了，目瞪口呆地望着他，休又漫步回到了自己的车上。

"休——你个疯子，真是个疯子。"彼特无奈地说道。与此同时，另一辆车咆哮着启动了，但休仍旧笑着。在去小机场的路上，休在一次交通堵塞之后又停了两次，以保证跟踪

者不会跟丢。当他们交通顺畅飞驰向目的地时，跟在后面的车里的那位先生完全同意达雷尔的话。

作为一个拥有灵活头脑的人，一开始他料想着会有什么花招，但随着时间推移，没有任何出乎意料的事情发生，他变得安心了。他收到的命令就是跟踪大富翁，并报告总部，他被带到的地方。那一刻他觉得似乎这钱太容易赚了。他把手放进口袋里，确定了自动手枪仍然在之后，他甚至已经开始自顾自地轻声哼唱起来了。

突然地，哼唱声停了下来，他皱起了眉头。前面的车颠出了道路，转而通过了一个小机场的入口。那是他并未预料到的情况，他边咒骂着边在离门不远的地方停下了车来。现在他究竟该做什么呢？极其肯定的是，他不可能坐着汽车追飞机——就连他坐的是赛车也不可能。他灵光一闪，便盲目轻率、不假思索地做了。他把车停在了原地，步行着跟着其他人进了小机场。也许他能从某个机修工那儿发现什么，也许会有人能够告诉他飞机飞向哪儿。

在那儿，她正与她身旁的车在一起，而大富翁早已经被绑在了他的座位上。德拉蒙德正跟飞行员说话。而那侦探，满是热切地正与一个路过的机修工搭话。

"你能告诉我那飞机要去哪儿?"他讨好地问道。

不幸的是，那机修工刚被一个大扳手砸到脚趾头，他的回答毫无帮助。从某种程度上来说那也是一种教训，无论何时追踪者对待他的工作都应该用它理应得到的尊重。但事已至此，那教训也没什么太大的价值。而更不幸的是，彼特·达雷尔选择在那个时候环顾了一下四周。他看到的就是机修工正诚挚地跟那侦探说着话。于是他也诚挚地跟德拉蒙德说起了话……

　　仔细想一想，那个不高兴的男人，他的工作原本看起来是那样简单，但最后他却难以准确地说出到底发生了什么。他突然发现自己正被一群人包围着——大家都非常亲切且极度健谈。他花费了足有五分钟才回到了自己车里，而那个时候飞机已经化为西边的一个微点了。当他到达机场时，德拉蒙德正站在车门边，脸上带着深深的惊讶。

　　"我经常看到一个，"军人说道，"有时候看到两个，很少看到三个，从未看到四个。别致的四个小孔——同时哦！亲爱的，亲爱的！我强烈坚持要送你一程。"

　　他飞速地看了一眼汽车的四个扁平的轮胎之后，感觉自己无可抗拒地被拉向德拉蒙德的车，而几乎在他意识到那之前，他们已经离开很远了。几分钟之后，他从震惊中缓过神来，他的手本能地伸进口袋，却发现手枪已经不见了。就在那时，他原以为是疯子的那个男人轻声笑了。

　　"你不觉得我以前是个扒手吗？"他快活地说道，"又是一把便利的小枪。没关系吧，皮特？"

　　"一切安全。"后面传来一个声音。

　　"那就猛揍他一拳。"

　　伴随着脑后的会心一击，侦探看到了转瞬即逝的幻象，五彩的星星在他眼前舞动着。他模糊地意识到了车停了下来——之后，眼前一片漆黑。直到四小时之后，一个劳工经过，才将他从不太干的沟渠里拉了出来，让他躺在了凉爽的空气之中。顺道一提，我们就不关心他以后的业务范围了……

（四）

　　"我亲爱的伙计，我说过我们总能到这儿的。"休·德拉蒙德非常舒服地舒展着他的双腿，"有必要将你该死的飞机撞进田地里来避开他们无聊的护照检查。唯一的损坏就是特德衬领上的一个小凹痕，但所有一流的服务生都有那个的。他们用汤汁弄脏它以展现出他们的能量……我的天！又来一个。"

一个法国人正挥舞着双手抗议着，从丽兹富丽堂皇的前厅向他们走来，休站起身来并深深鞠了一躬，法国人却声音渐强，开始喋喋不休起来。休只懂一点法语，但这种小事就是用来克服的。①

"是的，上校先生。"当宪兵因喘不过气而停下来的时候，他和蔼地说道，"您知道我们的机器撞碎在田地里了。我们失去了方向。我们胃痛……不好也不坏……情况就是这样，不是吗，我的上校？"他狂躁地转向杰里，"闭嘴，你个死笨蛋，别笑!"

"但是，先生，你们没有护照啊。"这个小个子男人，纠结于突然升迁的喜悦与对骇人听闻的违反规定行为的恐惧之中，像个焦躁的信号装置一般上下摇摆着。"但是先生，您可知道，没有护照登陆巴黎这是不被允许的？"

"很好，我的上校。"休坚定不移地继续道，"您明白吗？我们掉在了一片郁金香田里②——哦，不对，是腰子（rog-nons）……杰里，你究竟在笑什么？"

"是'Oignons'（洋葱），老伙计。"杰里急切激动地说道，"'Rognons'是腰子。"

"这到底有什么关系？"休质问道，"您知道的，我的上校，不是吗？法兰西万岁！德国鬼子该死！我们经历了

---

① 其后斜体字为法语。——译者注
② 也是飞机或车栽了的意思。——译者注

失事。"

宪兵以绝望的姿势耸耸肩，看起来已经在崩溃的边缘了。那个大个子英国人当然是个疯子，不然他怎么会吐在腰子里呢？那个英国人继续尝试着陈述，是他的一种消遣形式。这绝对是个精神失常的人种。然而在六月十六号，的蒙托邦（Montauban），他曾战斗在他们邻近的一个旅里——他曾经很喜欢他们——那些疯狂的英国兵们。此外，这个泰然自若的大个子还带着迷人的笑容，展示出了对他优点合理的赏识——遗憾地说，至今，他还从未被自己的上司们如此赏识过。上校——当然咯，太绝啦！为什么不呢？……

最后，他掏出了一本小本子，他感觉凭一己之力已无力再应付下去了。

"请吧，先生，您的名字是？"

"毫无疑问，我的上尉。"休模糊着说道，"我们的飞机坠毁了，在——"

"啊！是，是，先生。"小个子男人焦躁不安地乱舞着。

"他想要你的名字，老家伙。"杰里无力低声道。

"哦，是吗？"休对着宪兵眉开眼笑。"你个有趣的小家伙！我的名字是休·德拉蒙德上尉。"

就在他说话之间，一个坐得离他很近，本来是在饶有兴致地旁观的男人突然在椅子里全身一紧，深深地看了休一眼。那只有一秒，而后他又变成了那个只是礼貌地表示兴趣的旁观者了。但休看到了那个转瞬即逝的表情，虽然没有表现出来。在那个法国人终于离开了之后，他显然很满足，倾身向杰里说话。

"看那个穿着廉价西服抽着雪茄的男人。"他说道。"他也是这游戏里的，我只是好奇他是哪一边的。"

他并没有疑惑多久，因为在宪兵身后的弹簧门关上之后，那个被谈论的男人便起身走向了他。

"打扰了，先生。"他带着很明显的鼻音说道，"但我听见你说你是休·德拉蒙德上尉。我猜你就是我从大洋彼岸过来要见的人之一。我的名片。"

休无精打采地扫了一眼那张名片。

"杰罗姆·K. 格林（Jerome K. Green）。"他低声道，"这名字可真有喜感。"

"听我说，上尉。"对方继续说着，突然亮出了藏在外套下的徽章。"这样你就懂了。"

"我还是一头雾水呢，格林先生。这是什么样的奖品呢——把卡片扔进帽子里的?"

美国人笑了。

"我想我开始有点儿喜欢你了。"他说道。"你可真有创意。这个徽章是美利坚合众国警察部队的徽章，而此刻这股力量正活跃着。"他在休身边坐下，像说悄悄话般向前倾身道："有个杰出的纽约市公民不知下落了，上尉，而根据我们所得到的情报，我们推测你知道有关他的很多事。"

休抽出了他的香烟盒子。

"土耳其的这边——弗吉尼亚的那边。啊！但我看你正抽着呢。"他很沉着，不慌不忙地为自己挑了一支，并点燃了。"格林先生，你的意思是?"

警探若有所思地望着他，那一刻他真不确定要怎么跟这个年轻镇静的大块头交涉。

"我能问你为什么会来这里吗?"决定摸索一下，他终于还是问道。

"只要你能呼吸，空气对每个人都是免费的，格林先生。

想问什么就尽管问吧。"

美国人又一次笑了。

"我猜我要摊牌了。"他突然决定道,"希拉姆·C. 波茨怎么样?"

"究竟在说什么?"休说道,"听起来像个谜语,不是吗?"

"你听说过他吗,上尉?"

"很少有人不知道的吧。"

"是的——但你最近见过他。"警探身体前倾着说道。"你知道他在哪儿,并且,"——他有感染力地拍拍休的膝盖,"我需要他。我需要希拉姆·C. 波茨,就像生活在实行禁酒法的州里的男人们需要酒一样。我需要用棉花裹着他①将他带回到他的太太和女儿们的身边。那就是我为什么会在这里的原因,上尉,只为那一个原因。"

"据我所知,有很多对波茨感兴趣的人在到处寻找着他呢。"休拉长声调说着,"他一定是受欢迎的小海湾。"

"'受欢迎'这个词用在这儿还不够,上尉。"对方说道,"他现在在你手里吗?"

"从某种意义上来说,是的。"德拉蒙德边回答着,边向一个经过的服务生招手,"三杯马丁尼酒。"

"他在哪儿?"警探急切地厉声问道。

休笑了,"其他人的老婆和女儿们将他卷在棉花里了。你有点太心急了,格林先生。你说的也许都是真的——但也有可能,也许并不是。而现今我不相信任何人。"

美国人赞同地点了点头。

"很对。"他说道,"我的座右铭——然而,我将要相信

————————

① 好好保护的意思。——译者注

你。几周前我们通过某些渠道在另一边听到了一些消息，有
关于在这边进行着的一个游戏。消息有些模糊，牵扯到了一
些大人物，但在那时并不关我们的事。在这边你们自己的事
情自己解决，上尉。"

休点点头。

"继续。"他简短地说道。

"然而希拉姆·C. 波茨也卷入其中，而具体怎样，我们
还不知道。但那已经足够将我带到这里了。两天前我收到了
这封电报。"他拿出了一沓纸，将其中一张递给了德拉蒙德，
"如你所见，是密电，我把翻译放在下面了。"

休接过电报瞥了一眼。简短直白：

伦敦半月街的休·德拉蒙德上尉是你要找的人。

休抬眼看了看美国人，他以一副对生活很满意的神情将
鸡尾酒一饮而尽。

"伦敦半月街的休·德拉蒙德上尉是我要找的人。"他轻
笑道，"嗯，上尉，现在怎么样，能告诉我你为什么来巴黎了
吗？我猜这与我的公事也有关啊。"

休并没有回答，而美国人似乎并不急于要答复。一些晚
餐的早到者漫步穿过大堂，德拉蒙德无所事事地看着他们经
过。这美国警探看起来没有问题，但是……他的视线漫不经
心地停留在了坐在正对面的那个男人身上。那个男人正看着
报纸，他有着短短的黑胡须，身着虽然有点儿异国风味但毫
无瑕疵的晚礼服；休看着领班转来转去的样子，猜测显然是
有个有钱的法国人正在餐厅设宴。而后，他突然眯起了眼睛，
一动不动地坐着。

　　"你对赌博的心理学感兴趣吗,格林先生?"他边说边转向那有些吃惊的美国人,"如果赌注很大的话,有的人会控制不了自己的眼睛或是嘴,而另一些人则控制不了自己的手。比如,正对面的那位先生。你看到他会有什么特别的想法吗?"

　　警探的视线穿过大堂。"他看起来喜欢用左手拍自己的膝盖。"经过一番简短的审视之后,他说道。

　　"一点儿没错。"休低声道,"那就是我为什么来巴黎的原因。"

第九节　侥幸逃脱，千钧一发

（一）

"上尉，你真让我摸不着头脑。"美国人咬掉了另一支雪茄的尾部，向后靠在了椅背上，"你说那个时髦的法国人就是你来巴黎的原因？服务生们都像跳蚤围着狗尾巴似的围着他团团转。他跟希拉姆·C. 波茨要好吗？"

德拉蒙德笑了。

"我第一次见到波茨先生时，"他说道，"那个时髦的法国人正准备给他的第二只大拇指上拇指夹。"

"第二只？"警探迅速抬眼。

"第一只已经在那晚早些时候被伺候过了。"德拉蒙德轻声回答道，"就是在那时，我转移了你的富翁伙计。"

对方小心地点燃了雪茄。

"我说，上尉，"他低声道，"你没在跟我开玩笑吧？"

"我没有。"德拉蒙德简短地回答道，"在我遇见他之前就有人告诉我了，他是个人物……，他无疑的确是。事实上，虽然在我这行这种事情还没怎么出现过，但我要把他归为超级罪犯。我很好奇他在这里用的是什么名字。"

美国人停下了猛抽雪茄的动作，"这还会变?"

"在英国，他不蓄胡子，还有个女儿。他的名字叫'卡尔·彼得森'。而现在，要不是他的那些小动作，我都认不出来了。"

"有个女儿!"警探第一次显露出了兴奋的迹象，"老天!不可能是他!"

"谁?"德拉蒙德问道。

但对方并没有回答。他通过余光看到了刚加入到他们谈话主题中来的第三个男人，他的脸上开始显露出了诧异。他一直等着那整伙人走进了餐厅，之后，他抛去了顾虑，兴奋地转向德拉蒙德。

"你确定，"他嚷道，"那就是胡乱折腾波茨的男人吗?"

"百分百确定。"休说道，"他认出了我，我不知道他是否认为我认出了他。"

"然后，"警探说道，"那他为什么要在这里跟我们的棉业巨头荷金、德国的煤矿业巨头斯丹内门还有另外那个很脸熟但我忘了名字的那家伙共进晚餐?上尉，不管怎么说，其中两位真是富可敌国。"

休凝视着美国人。

"昨晚，"他缓缓说道，"我还有幸撞见了他跟一群最粗暴的破衣烂衫的革命分子聚在一起。"

"我们正参与其中，就在游戏的最中央。"警探猛拍大腿叫道，"我敢打赌，那个法国人一定是富兰克林（Franklyn）——

或者是里布斯坦（Libstein）——或者是达洛特男爵（Baron Darott）——或者是随便什么其他该死的名字。他是我们在这个小地球上所接受过的最棘手的任务，他每次都会摆我们一道。但他从不会亲自出马，而就算真的亲自上阵，他也能够掩盖住自己的行踪。他是个天才，他就是罪证。快!"他轻轻吹了声口哨，"要是我们能够给他戴上脚镣就好了。"

有那么一会儿，他凝视着眼前，沉浸在充满欢快期望的美梦里，而后，他笑了一声，振作了起来。

"有不少人都这样想着呢，上尉。"他说道，"现在他就在那儿——还在走着钢丝。你说他昨晚跟一群革命分子在一起，到底是什么意思?"

"布尔什维克主义者，无政府主义者，妄想不工作却要得到全部的钱的成员们。"休回答道，"但稍等一下，服务生。"

一个正徘徊着的男人毫不犹豫地走了过来。

"他们四个，特德。"休快速低调地说道，"长着胡子的法国人，一个美国佬，两个德国佬。尽你所能。"

"好，老伙计!"服务生答道，"但别抱太大期望。"

他神不知鬼不觉地进了餐厅，休笑着转向美国人，美国人正惊异地望着休。

"那个家伙究竟是谁?"警探终于问道。

"特德·杰宁汉——英国拉特兰郡（Rutland）杰宁汉庄园（Jerningham Hall）从男爵帕特里克·杰宁汉爵士（Sir Patrick Jerningham，Bart.）和杰宁汉夫人（Lady Jerningham）的儿子。"休回答道，他仍旧咧着嘴笑着，"我们的方法也许有些简单粗暴，格林先生，但你必须承认我们在尽着最大的努力。顺带一提，如果你想知道的话，你的朋友波茨先生恰好正蜷缩在那座庄园的床单里。他是今早乘飞机过去的。"他向着杰里挥手致意，"他就是飞行员。"

"像鸟儿一样飞行，最后喝光了一整盘子的肉汁。"那个杰出青年宣言道，他正吃力地将眼睛从刚到的一个小仙女身上移开。"谁说那没什么，休，你看看马路对面那个活泼年轻的小女孩儿，那个膝盖上带着镯子之类的东西的?"

"我必须为他道歉，格林先生。"休说道，"他最近才离校，就只知道那种事情。"

但那美国人正稍有些恍惚地摇着头。

"简单粗暴!"他低声道，"简单粗暴!上尉，如果你跟你的伙伴们失业了的话，纽约警察机关随时欢迎你们。"他沉默着吸了好一会儿的烟。而后，他突然快速耸肩，转向德拉蒙德。"我猜之后会有扔花束的时间。"他说道，"我们得努力了解到你的朋友彼得森的小烦心事是什么，然后我们得通过什么方法组织它。现在，你没想到什么吗?"他敏锐地望着军人。"革命分子，布尔什维克主义者——昨晚雇佣的煽动者;今晚的国际资本家。怎么，这个计划的大体框架不就跟你脸上的鼻子一样清晰了吗，而那正是那个男人所喜欢的游戏……"侦探沉思着看着自己的雪茄尾部，休的脸上开始浮现出理解的表情。

"老天!格林先生，"他说道，"我开始明白你想说的了。之前让我想不通的就是，为什么像彼得森和拉金顿那样的人会跟昨晚的那群人搅在一起。"

"拉金顿!谁是拉金顿?"对方忙问道。

"那个组合的老二。"休回答道，"一个下流的男人。"

"嗯，我们现在先别管他。"美国人说道，"你不觉得，如果英国变成第二个俄罗斯，这世上会有很多人受益吗?你不觉得这种事会值很多钱——大笔的钱?它必须被严密地完成，

你这儿敲一下，那儿敲一下是没有用的。恢宏巨大的工团主
义敲击到整个国家——那就是彼得森为之效力的。我敢倾囊
下注，一定是这样的。不过他要怎么做到就是另一回事了。
但他正与大资本家们在一起，并且他还利用慷慨激昂的布尔
什维克人作为工具。老天！那是个庞大的阴谋，"他吸了两口
雪茄，"一个该死的庞大阴谋。上尉，在上帝的土地上除了一
个之外，你的小国家是最好的。但她正处于不平常的情绪之
中。像我们大部分人都有病一样，她也生病了，也许她的病
比很多人想的要严重一点。但我认为彼得森的治疗不会带来
任何好处，能获利的就只有他自己还有那几个正投入资金的
混蛋资本家。"

"那这究竟跟波茨有什么关系？"休说道，他之前一直专
心致志地听着那美国人所说的每一个字。"还有兰普郡公爵夫
人的珍珠？"

"珍珠！"美国人开口道，与此同时，餐厅的门突然开了，
特德·杰宁汉出现了。他看起来很匆忙，休从椅子里半站了
起来。而后，他又坐了回去，因为一群愤怒的领班以及其他
大人物不知从哪儿冒了出来以不可思议的速度包围了杰宁汉。

无疑，这不是一个服务生要离开酒店的阵势，即使他刚
被发现了是个冒充者并且被当场解雇了。无疑，如果他曾是
一个服务生，这一大群愤怒的人就会迅速地将他从什么秘密
的食堂小窗口里扔出去，扔到后门的人行道上去。

但他并不是以服务生的身份继续向前迈进着。而他周遭
的人，因他的无礼放肆而愤怒着，同时又对刚才的场景后怕
着，他们纠结于这两种感情之中，因而只能紧随在他身后。

他走到休的正对面，停了下来。他用清晰的嗓音，却并
没有对着特定的人，如此说道：

"你被发现了。注意戈德尔明的账簿。"

之后，他再一次被人流所吞噬，继续开始了那雄伟的前行，最后他稍显唐突地从视线中消失了。

"真含糊。"美国人低声道，"但是个好小伙儿。啊！他也让那一大伙人摸不着头脑呢。"

"戈德尔明的账簿。"休若有所思地说道，"昨晚透过小天窗，我看见彼得森正忙着鼓捣那账簿。我想我们不得不看看里面是什么了，格林先生。"

刚包围着杰宁汉那一堆人中的其中一个服务员回到了这里，休抬头，询问发生了什么。①

"我的天啊，先生，"服务生绝望地尖叫道，"他是个冒充者——一个无赖，他把鱼整个翻倒在伯爵先生的前襟上了。"

"是那个留着短胡须，正跟其他三人吃晚餐的那位先生吗?"休严肃地问道。

"是的，先生。盖伊伯爵，他在巴黎时总会来这里用餐。哦！我的老天！真太糟糕了!"服务生紧握着双手，回到了餐厅，而休沉默着摇摇头。

"亲爱的老特德，"他擦着眼泪低声道，"我早就知道他会尽全力做好的。"而后他起身，"格林先生，要去马克西姆餐厅（Maxim's）吃顿小晚餐吗? 在得到那账簿之前，我想我们已经查明一切我们可能发现的了。幸亏你认识那些家伙，格林先生，我们的巴黎之行有了很重大的意义。"

美国人点点头。

"我猜我已经进入状态了。"他缓缓说道，"但，不要掉以轻心，会出事。如果你能听一下我的建议的话，上尉，我

---

① 服务生说的话为英法夹杂。——译者注

保证你今晚会看起来很漂亮的。"

（二）

但那个晚上却证明警探是错误的。他们并没有遭受到任何灾祸就到达了马克西姆餐厅，他们享受了一顿很棒的晚餐，其间美国人不仅展现出了他健谈的一面，还有超级机智的一面。在咖啡和白酒之间，休简略地把他从开始掺和这个事件之后所发生的一切说了一下。美国人沉默地听着，随着故事进行，他的脸上闪现出了惊异。尸体消失的那一段尤其让他浮想联翩，但即使是对那个，他也没有作任何评价。直至休说完，一群早到的吃夜宵的人逐渐来到餐厅的时候，他才总结了他对事件的看法。

"一个艰难棘手的境况，上尉——非常的艰难棘手。波茨是我们最大的船运巨头，但此刻我还无法想到他是处于图上的哪个位置。而那个老太婆的珠宝，似乎与这些格格不入。我们能做的就只有把头埋进账簿，好好看看那写满字的本子了。它一定能有所帮助的。"

休关上了他卧室的电灯，在确定手电筒就在手边以备紧急状况之后，他开始琢磨起警探的话来。要拿到账簿绝非易事，但他直到现在还沉迷在追踪的兴奋之中。他躺在床上，仔细思索着每一个能让他去到埃尔姆斯中央的秘密房间的方案，无论这方案是否可行。他知道账簿被放在哪个保险柜里，但对普通人来说，保险柜可是个不好对付的地方。总之，一分钟的拜访不能解决保险柜，他必须要有十五分钟或半个小时不被打扰的搜查时间，而凭着他对那个家庭生活习惯的了解，这样的想法几乎要让他大笑了出来。就在那一刻，一只苍蝇从他头上嗡嗡飞过……

他感觉格外清醒，一会儿之后，他索性放弃了入睡的尝试。他脑海中最重要的是当晚浮出水面的新进展。因为晚上很热，他躺在那儿，只盖了一条床单。整个卑劣的阴谋在他的脑中已初具雏形，那个美国人的主要思路是正确的，他对这个没有任何疑问。在他的想象之中，他看见了那群无所事事愚蠢可笑的人，他们被几个头脑发热的空想家以及雇佣来的流氓们带领着前往他们所谓的乌托邦。完全彻底的饥饿、穷困、毁灭潜行于他的脑海之中，恶魔伪装成伟大的理想，但他们在面具之下嘲讽地笑着。他似乎又一次听到了机关枪的突突声，就像他在逝去的那几年里整夜听到的那样。但这次，机关枪被架在了英国城镇的人行道上。子弹曾像成群的金龟子在无人地带嗖嗖掠过，现在在一排排污秽屋子之间的街道上呼啸而过。一只苍蝇又一次从他头上嗡嗡飞过。

他烦躁地挥了挥手臂。天很热，不能忍受的热，而他开始后悔听从了那个美国人真诚的意见，睡觉时把窗户都关上拴好。彼得森能在丽兹酒店的客房里对他做什么呢？但他向警探保证过，所以就成了现在那样——窗帘拉上，窗户拴上，门锁上。此外，他想起来时无奈地对自己笑了笑，他甚至都做到了那种程度——像小说里神经质的老姑娘那样检查了床底下……

下一刻，他的笑容突然停住了，他僵硬地躺着，每根神经都警戒了起来。有什么东西在房间里移动……

那只是一个极小的移动，更像是某件家具突然吱嘎了一下，但它又不是特别像。在那吱嘎声之前一个轻柔，爬行的声音。那声音就像是人无限小心避免弄出任何声响地在一个黑暗的房间里移动时会发出来的那种偷偷摸摸的诡异声响。休紧张地凝视着黑暗。在刚才的惊讶之后，他的脑子已经非常清醒了。他已经检查过了床底，他又将自己的帽子挂在了柜橱里，而除了那两个明显的地方，其他地方连猫都藏不住。但是，凭着四年战争经历所赋予他的第六感，他知道那个声响是什么人发出来的。人类！他瞬间想到了埃尔姆斯的那条眼镜蛇，他的嘴变得更为凝重了。要是彼得森把他一些糟糕的野生动物放进了房间的话怎么办？而后，那像苍蝇的声音又一次在他耳中响了起来。那是幻觉，还是他真的听到了微弱的嘶嘶声？

他突然发现自己正处于危险的劣势。不管那东西是什么，但它知道，至少大概知道，他的位置，他却对它所在的位置全然不知。他现在的安全感大概就像一个盲人跟一个能看见的人打拳击。这样的结论迫使休马上行动。也许地板上很危险，但可以确定的是床上更危险。他摸索着自己的手电筒，而后，飞身一跃，他站在了门边，将手放在电灯开关上。

之后，他停下来聚精会神地听着，可什么都听不见。不管那东西在哪儿，因为他突然的行动，它变得静止不动。他在那儿站了相当长的一段时间，他的双眼在黑暗中搜索着——但就连他也看不见任何东西，于是他低声将那美国人从头到脚骂了个遍。他甘愿用任何东西来交换哪怕一丝的灰光，那样他好歹也能对那东西是什么以及在哪儿有个大体了解。现在他感觉到彻底的无助，每一刻都在幻想着某种纤细的爬行动物正触摸着他赤着的脚，蠕动着爬上来……

他快速振作起来。光照是当务之急。但，如果他开灯，在他能看到它之前它就已经能看到他了——这样对他毫无益处。唯一剩下的希望就是他的手电筒了。有一次，在法国的昂克尔河（Ancre），他通过合理使用手电筒而救了自己一命。在这种有用工具之后的人类会处于比最暗的夜晚更无法穿透的黑暗之中，因为前方的人是晕眩着的。他只有用手电筒射出光线：所以，他便将手电筒举向了一边，在他面前……

光线闪闪，在房间里飞速跳跃着。砰！有东西击中了他睡衣的袖子，但他仍旧看不到任何东西。床，上面还有他扔着的衣服；洗脸盆；放着裤子和衬衫的椅子——一切都还是他上床睡觉时的样子。而后，他第二次明显而清晰地听见了声音。声音从高处传来，靠近天花板。休将光线移到了大柜橱，向上游走。它到了顶端，停在了那儿，一动不动。是个小秃顶，黝黑的脸，嘴上正叼着什么看起来像管子的东西，框在其中，正通过边缘向下看着的。休看了一眼那黑色的皮包骨的手，正将什么东西放进管子里。之后休关了电筒，忽地弯下身子，刚巧另一只苍蝇嗡嗡嗡飞过他的头击在了后面的墙上。

至少，有一件事是可以确定的了，房内的另一位住户是人类。意识到这个，他全身的神经缓和了下来。事后有足够的时间查明他是怎么到那儿去的，还有那古怪的砰声是怎么发出来的。那一刻，计划之内的只有一件事情。他无声息地绕过床蹑手蹑脚地慢慢移向柜橱，让那件事情以他惯有的直白方式进行了起来。

他有两次从上方听到了那口哨小小的嘶嘶声，但并没有东西从他头上呼啸而过。很明显当时那男人已经不知道他的去向，很可能还仍旧瞄准着门。之后，他双手勉强碰到了衣柜，他摸索着柜橱的轮廓。

那人立在离墙面一两英寸的地方，休的手指滑向一侧背面的后方。他听了一会儿，但上面没再传来任何动静。之后，他半面向墙壁，用一只腿抵住了那人。他快速，用力地一推，震耳欲聋的轰隆声。然后，沉默。他再一次打开了手电筒……

躺在窗边地板上的是他所见过的最小巧的人。他勉强算是个土著人，休用脚将他翻转了过来。他毫无知觉。他在落地时头部被击中的地方，正快速地肿成了橙子大小。他手中仍旧握着那小管子，休小心翼翼地拿开了它。置于管子一端，是一长根准备就绪的木刺，还带着削尖的头。休借着手电筒的光，看见了木刺上沾了淡淡的棕色污点。

他仍在颇有兴致地检查着它。突然一阵雷鸣般的敲门声响了起来。他漫步过去，开了灯，又开了门。

激动的夜间门房冲了进来，其后跟着两三个不同程度没穿衣服的人，他们被眼前的景象惊呆了。那笨重的柜橱，背部裂开了个大口子，正面朝下，倒在地上。那个土著人仍旧一动不动地蜷缩着。

"这是酒店的宠物之一？"休边点着香烟，边和蔼可亲地质问道。"如果对你们来说没什么不便的话，我希望你们能弄走他。他觉得待在柜橱顶上很不舒服。"

夜间门房看上去会说英语。住在楼下房间里的女士冲出来要求去地下室，因为她误以为又开战了，以为德国人正在轰炸着巴黎。这全过程带着什么最不正常的东西——丽兹酒店上流社会的人士才不会做那种事情。之后，最后来点缀的是，在吵得正欢的时候，在地板上的土著人，睁开了一只小小圆圆而又有些眩晕的眼睛，意识到了事情有些不好。人们未被察觉到他已醒来，他一动也不动地躺了一会儿等待着时机。而后，他像快要被抓着了的兔子一般，从房间里人们的腿间闪躲而过，穿过开着的门便消失了。大家大吃一惊。有一会儿都惊呆了。然后，他们一起冲出了走廊。走廊已经空了，只有一个带着睡帽的愤慨老绅士，他正从对面一个房间生气地向外看着，责问着那糟糕的喧闹声从何而来。

他有见过一个土著人——一个黑人吗？他没看到什么土著人。而如果是其他只喝水的人，他们也不会看到。事实上，这整个事件都令人震惊，他应该写下来投给报社。老绅士仍旧喃喃自语着，退了回去，然后关上了门。而休抬眼，见那美国警探正沿着走廊向他们走过来。

"出什么事了，上尉？"他加入了那群人，问道。

"管理层的一个朋友选择了在我的柜橱上过夜，格林先生。"德拉蒙德回答道，"然后他中途抽筋了。"

美国人一声不响地瞪大眼睛望着残骸。之后他看向休，从那杰出青年的脸上所看到的东西让他决定继续保持沉默。事实上，直到夜间门房还有他随行的仆人们终于带着疑惑地撤退了，他才又一次张了嘴。

"看起来真是热闹的一夜。"他低声道，"发生了什么？"休简短地告诉了他发生了什么，警探轻吹了声口哨。

"吹矢枪和有毒的飞镖。"他简短说道，将管子还给了德拉蒙德。"千钧一发——真是千钧一发！看看你的枕头。"

休看了看，嵌在亚麻布上的，是四个跟他拿在手上似的带尖木刺，在门旁边还有另外三个木刺躺在地板上。

"迷人的小鸟儿。"他大笑道，"但长得挺讨厌的"他将小木刺一根根取了下来，小心地放进了一个空火柴盒子里，管子则放进了他的香烟盒子里。"也许会有用的，谁知道呢？"他随意地说道。

"如果你站那儿不动的话也说不定。"美国人说道，突然他带着尖锐的命令口气说道："别动。"

休一动不动地站着看着说话人，他视线定在休的右手前臂上，向前踏了出来。警探从他宽松的睡衣袖子上扯下了另一只飞镖并把它扔进了火柴盒子里。

"那一次差不多就要射中你了，上尉。"他爽朗地叫道，"现在你已经得到全套该死的装备了。"

（三）

第二天，盖伊伯爵从巴黎北站（Gare du Nord）上了快船，而在布伦（Boulogne）下快船的则是卡尔·彼得森。如果不是德拉蒙德积极担保，美国人绝不会相信那两个角色是同一个人。

在船驶离港口十分钟之后他第一次看到休时，他正伏在船的一侧上读着一封电报。即使他对昨晚的事故期待着不同的结果，脸上也并没有表现出来。相反，他高兴地对德拉蒙德挥手打了个招呼。

"真是个惊喜。"他亲切地说道，"你也去了巴黎吗？"

休仔细地望了他一小会儿。这个人是愚蠢地虚张声势，还是对自己的伪装能力太过自信所以确定自己没被认出来？而休突然想到，若不是那个露了马脚的小习惯——一个多半连彼得森自己也没有意识到的习惯——他还真认不出他来了。

"是。"他轻快地回答道，"我过来看你是否乖乖的！"

"真可惜我不知道呢！"彼得森愉快地咯咯笑道，又仔细地将电报撕成碎片扔出船外，他看起来精神状态很好。"我们本可以一起吃个晚饭聊聊家常的。你住哪儿？"

"在丽兹。你呢？"

"我总是住在布里斯托尔（Bristol）里。"彼得森回答道，"我想，比丽兹要安静。"

"是，昨晚真糟糕透了。"休低声道，"我的一个伙计——

真无可救药——就是那个家伙"，他指向特德·杰宁汉，他正在甲板上跟美国人闲荡着，"他坚持要打扮成服务生的样子。"彼得森看着杰宁汉路过时眼中突然闪过的微光，让休笑了一声。"那还不够，他还把鱼弄翻在了某个武士浆过的衬衫上，于是不得不灰溜溜地逃掉了。"休仔细地选了支烟，"这种装扮狂的行为无法解释的，对吧，卡尔？你就不会变成除了甜美的自己以外的任何人，对吧，小家伙？一直都跟好友一般——温柔又忠实。"他轻轻笑着，通过以往的经验，他掌握了这个永远能惹怒彼得森的特殊方法。"有一天，我的卡尔，你一定要跟我谈一谈你的人生，谈谈你早年在这个邪恶世界的所有辛酸诱惑中的奋斗。"

"有一天。"彼得森咆哮道。

"停。"德拉蒙德举起了一只抗议的手。"不是那个，我的卡尔——随便什么，除了那个。"

"随便什么，除了哪个？"对方狂怒地说道。

"我从骨子里感受到了，"德拉蒙德回答道，"你又一次到了想弄死我的地步。我可受不了，卡尔。在这个美丽的早晨我都要放声痛哭了。那该是第十七次了吧，你或是我们的亨利想到那样悲伤的事情。我情不自禁地开始想着，你得雇佣一个暗杀者，然后向他学习。"他若有所思地看着对方，邪恶的喜悦开始在他脸上漫开来，"我看你把雪茄给扔了，卡尔。我可以给你一支香烟吗？不？……但为什么这么凶？难不成——哦不！一定不是——难不成我的小宝贝感受到了讨厌的嘘声？脸正变绿——有点儿出汗——领口很紧——恰好是在享用早餐之前打哈欠的阶段了呢！有的人可真是乐趣多多啊。我想邀请你跟我一起下去吃午餐。有很棒的肥猪肉……"

几分钟之后，杰宁汉和美国人发现他独自靠在扶手上，仍旧微微地笑着。

"我对生活别无所求了。"到勉强说话时，他如此说道，"一切可能到来的其他东西都会扫兴的。"

"发生了什么?"杰宁汉问道。

"应该说正发生着什么。"德拉蒙德愉悦地说道，"不可能现在就完了。彼得森，我们独一无二的卡尔，正淹没在汹涌波涛里呢。他感觉好一点之后我会给他带点儿烤猪皮的……"而后他又沉浸在了从容自在的欢笑之中，最后他终于平静了下来，这样他终于能踉踉跄跄地下去吃饭。

他在楼梯顶端通往午餐厅的地方停了下来，面朝着为那些从幼儿时期就开始为英吉利海峡隧道（Channel tunnel）投票的人们所预留的秘密基地。

"他在那儿。"他欣喜若狂地轻声道，"我们的小卡尔，正忙着回忆过去呢。也许那很俗气，特德。它无疑很俗气。我不在乎。这种琐事在一个人处于人生巅峰时并无关紧要，而我能想象到的是还有比这更高的巅峰。"

"是什么?"特德边坚定地领着他下楼梯边问道。

"他和亨利排排坐，一同回忆人生的时刻。"休庄重地低声道，"想象一下，伙计——想象一下！他们在抽搐之间相互咒骂着对方。老天！穿越无聊的年华，这是多么值得珍藏的美妙可爱的梦啊！"他心不在焉地盯着服务生，"烤牛肉——嫩的。"他说道，"还有，端一盘冷肥肉去楼上那安静的房间。从门数起的第三位先生想要看看它。"

但从门数起的第三位先生，虽然是沉浸在他极大的痛苦之中，却正被一个想法所安慰着。

"有必要给他留封信吗。"他在德拉蒙德鼻子底下扔入风中的那封电报如此写道。有必要。那个笨蛋小无赖又成功逃脱了。虽然佩特洛（Petro）向他保证过那个讨厌的土著人从未失过手。而他亲自看着那男人爬上了柜橱顶上……

有那么一会儿，他的狂怒战胜了痛苦……下一次……下一次……而后在一系列第七波之后的第七波又来了。他飞速地扫了一眼正处于跷跷板另一头的无赖德拉蒙德，他正开心地从外头看着他。而后，伴着一声极其痛苦的呻吟，他猛地夺过了沉着冷静服务生刚送来的大碗——他旁边那个恶棍费尽心思将冷肥肉配送过来的那个大碗。

（四）

三个小时之后他们已经从一辆出租车下来，到了半月街。"直走进去，格林先生。"休说道，"这就是我的小兔棚儿。"

他跟在美国人身后上了楼梯，掏出了门钥匙。但甚至在他将钥匙插入钥匙孔之前，门就被甩开了，彼特·达雷尔立在他面前，脸上带着明显的释然。

"感谢上帝你回来了，老小子。"他叫道，同时快速扫了警探一眼。"戈德尔明发生了什么我不喜欢的事情？"休问道。

他跟随着休进了起居室。

"今天十二点整托比来了电话。他正很正常地说着话——你知道的他常常一吐为快的那些蠢话——而非常突然地他停了下来说道：'老天！你们要干什么？'我知道他抬头看了，因为他的声音听得不太清楚了。之后是扭打的声音，我听见托比咒骂，然后就什么都没有了。电话我打了又打，打了又打，但没人接。"

"你们怎么做的？"德拉蒙德正严肃地听着，手中握着刚从壁炉台上拿下来的一封信。

"之前阿尔及在这儿。他开车冲了过去，看看是否能发现出了什么问题。我留在这里告诉你这些。"

"他有发来什么吗?"休询问道。

"一个字也没有。一定是卑劣的把戏,不然我名字倒着写。"彼特咒骂道。

但休没有回答。他正读着信,脸上的表情就连彼特也从未见过。信简单直白,但他读了三遍才开口。

"什么时候送来的?"他问道。

"一个小时之前。"对方回答道,"我都忍不住要打开它了。"

"读吧。"休说道。他把信递给彼特然后向门走去。

"丹尼,"他吼道,"马上把车准备好。"而后他回到了房间。"如果他们敢伤她一根头发,"他的声音中充满着郁积的狂怒,"我要徒手一个一个地宰了那群人。"

"我说,上尉,我能看看这封信吗?"美国人说道,而休点点头。

"'请发慈悲,马上过来。'",警探大声读道,"'这个送信人是可信赖的。'"他沉思地剔着牙,"女孩的笔迹。你认识她?"

"我未婚妻。"休简短说道。

"确定?"美国人厉声道。

"确定!"休叫道,"我当然确定,我认识每个字母的每个弧度。"

"还有伪造这么一说呢。"警探平心静气地说道。

"该死,老兄!"休要气炸了,"你在怀疑我不知道我自己女孩的笔迹吗?"

"至今为止已经有相当多的银行出纳认错了他们顾客的笔迹。"对方毫不动摇地说道,"事情不对劲儿,上尉。如果女孩真的陷入困境了哪还会在信里提送信人?"

"有多远滚多远。"休简短道,"我要去戈德尔明。"

"好啊。"美国人拖长腔调慢吞吞地说道,"我不了解戈德尔明,我也不知道谁对谁错。但,如果你去——我也去。"

"还有我。"彼特振奋起来说道。

休咧嘴笑了。

"你就算了,老小子。有格林先生与我一起,我会很开心。但我要你留在总部。"

当仆人将脑袋探进门里时休转过身,只听仆人说,"车好了,先生。您还要打包行李嘛?""不——只要手枪。准备好了吗,格林先生?""当然。"美国人说道,"时刻准备着。"

"那我们出发。"彼特只能无奈地从窗户看着那车,看着美国人双手抓紧座位,又突然举起双手默念起祷告来。同时有一个上了年纪的打杂女佣尖叫着跑到了下面的安全地带。

他们旅行所花费的时间远不到一个小时,警探下车时弱弱地松了一口气。

"你进错行当了,上尉。"他低声道,"你要拉车的话对谁都更安全。这一次短途旅行我就猛嚼了两片口香糖。"

但德拉蒙德早就消失在了视野之内,他正迅速地穿过灌木丛潜行在去拉杰斯的路上。而当美国人终于赶上了他的时候,他正站在一个侧门边上用力敲着门上的镶板。

几分钟过去了,没有人应门。"看起来是空的。"警探思索着说道,"为什么不试试前门?"

"因为另一座房子能看见。"休简短说道,"我要撞门了。"

他从门边向后退了一码,而后,抱着肩膀,一次猛冲了过去。休用身体将门撞开。两人迅速穿梭于一个个房间之中——卧室、仆人的住处、甚至浴室。每个房间都是空的,房间里什么声音都没有。最后,就只剩下餐厅。他们站在门边环视着，美国人将他的第三块口香糖移了个位置。

"看样子有什么人大打出手了。"他判决道，"看起来像一夜狂欢痛饮之后的贼窝。"

"是。"休看着凌乱的房间严肃地说道。桌布被扯了下来，电话躺在地上。瓷器和玻璃摔得粉碎，散落在地毯上。一片朴素的圆玻璃吸引了他的目光，他突然上前捡了起来。一根黑色软线穿过小孔附在圆玻璃上面。

"是阿尔及·朗沃思的单片眼镜。"休低声道，"所以他也被抓了。"

而就在那时，透过平静的夜晚空气，他们清清楚楚地听到了一个女人痛苦的尖叫声。声音来自于隔壁的房子，而美国人有一瞬间甚至忘记了嚼他的口香糖。

休向前飞奔起来。

"停下，你个小笨蛋！"美国人大叫道，但已经太晚了。

他看着德拉蒙德像雄鹿般飞奔着穿过了草坪然后消失在了树木之中。他犹豫了一秒，而后，宽阔的肩膀耸了耸，他迅速沿着进来时的路离开了屋子。几分钟之后，德拉蒙德的车飙在了回伦敦的路上，一个表情严肃的男人坐在驾驶座上，他非常强烈地感受到了这场合的严肃性。为了更安全，他将自己的第三片绿薄荷搁在了方向盘的下方。

看在车的主人在埃尔姆斯大厅里无所畏惧地失去了意识，还被六个人围着的份上，这个可怕的捣蛋行为并不会伤他感情。

第十节　损失一员德国佬

（一）

　　德拉蒙德败在了冲动上——那种盲目轻率、舍生忘死的冲动是当所爱的女人需要自己时，任何会奔向对方的汉子都会有的。他飞奔着穿越通往埃尔姆斯的草坪时，美国人警告的喊叫声回响于耳际，他无法认真思考。他潜意识里知道，无论从各个角度来看，这都是精神失常的人的行为；他知道，他正有意地将自己的脑袋往十有八九是别人精心设好的陷阱里塞；他知道，无论从各个角度来看，此刻置身事外才能更好地帮到菲利斯。但当一个女孩尖叫，而爱着她的男人恰好听见了的时候，一切便开始变得那般无力。并且休还看到女孩正通过楼上一个窗户，一脸痛苦恐惧地望着他，他仅存的那一点小心谨慎也完全消失了，他猛冲向房子。他只有短短一瞬看到她，而后她突然消失了，像是被看不见的人突然夺走了一般。

"我就过去，亲爱的！"他疯狂地咆哮了一声，气势汹汹地冲过了从花园通往屋子的门。炫目的强光照在了他的脸上，顷刻间他目不能视，后脑勺被猛烈一击。休·德拉蒙德摸索着胡乱向前了一步，他隐约感觉到被人包围住了，而后脸朝下栽倒了，完全不省人事。

"太简单了。"拉金顿的嘲笑声打破了沉默，他对那个昏迷的男人怀恨在心。

"正如你之前所想的，亨利。"彼得森咯咯笑着，老一套的雪茄稳定地发着光，显示着他已经从最近不幸的微恙之中完全恢复了过来。"不知怎的他老是能东山再起。别再冒险了，听我一句，此时此刻把他就地解决了吧。"

"在他毫无知觉的时候就杀了他？"拉金顿邪恶地笑着，"不，卡尔，无论如何，绝对不。他还欠了很多的账要还。老天为证，这次到了该还的时候了！"他上前，带着冷酷的、野兽般的狂怒朝德拉蒙德的肋骨踢了两脚。

"头儿，别在他趴下的时候踢他了。之后还有足够的时间的。"一个沙哑声音从那一圈男人中传来引得彼得森抬眼。

"你闭嘴，杰姆·史密斯。"他咆哮道，"不然在之后我也会为除这个小猪猡之外的人找到足够的时间。"前拳手不自在地轻声嘟哝了几声，但没再说什么。而打破沉默的是彼得森。

"你要对他做什么？"

"像另两个一样用绳索绑住。"拉金顿回答道，"先晾着，等我明天回来。但走之前我会先让他恢复知觉，然后再聊一小会儿。我可不希望他不知道接下来在自己身上会发生什么。期待永远是快乐的。"他转向两个站在附近的人，"把他带进我的房间。"他吩咐道，"再来个人去拿绳子。"

就这样，阿尔及·朗沃思和托比·辛克莱心中带着无以复加的愤怒，看着他们的头儿绵软无力地被带进了中央房间。他们被绳子缠着，一动不动地坐在各自的椅子里，无能为力地看着同样的悲剧在德拉蒙德的身上上演。绑绳子的人不是业余赛手，当他完成的时候，休看起来像极了毫无生气的棕色木乃伊。他能活动的部位就只剩头了，而他的头无力地垂了下去。

拉金顿看了一下这个表演，厌倦了之后便踱到了阿尔及的椅子边。

"嗯，你个小狗崽子。"他说道，"你又想要大吼大叫了吗?"他拿起了躺在地上的犀牛皮马鞭，将它折在两手之间。"你脸上的那条鞭痕让你更加漂亮了呢，下一次你会得到两条，还有一个塞口布。"

"下巴怎么样了，你个令人讨厌的人渣?"阿尔及无礼地说道，托比则笑了出来。

"别刺激他的神经了，阿尔及。"托比恳求道，"在他肮脏污秽的人生之中，能像这样颇有安全感地跟休待在同一个房间里，这还是头一遭呢。"

这奚落似乎激怒了拉金顿，他跳着脚穿过房间，一鞭子打在了辛克莱的脸上。那无助的男人甚至有了第六道伤口，但他始终没有发出任何声音，即使血液已经流淌而下进了他的领口。他的双眼，镇静中带着轻蔑，正视着眼前那个大发雷霆的男人，没有一丝颤抖。最后，彼得森介入了进来。

"停下来，拉金顿。"他抓住了拉金顿高举着的手臂，声音严厉，"暂且够了。"

有那么一刻拉金顿看起来连彼得森也要打了，而后他克制住了自己，带着丑陋的笑容将鞭子扔到了一个角落。

"我忘了，"他缓缓说道，"我们想要的是领头的狗——不是围着他狂吠的小狗崽们。"他猛地转身，"好了吗？"

绳索艺术家授予了最后一个结，而后带着无可非议的自豪感检查了一遍他的手工作品。

"冷羊肉，"他简洁道，"都会比他醒来时更活蹦乱跳。"

"好！我们就让他恢复知觉。"

拉金顿从架子上的某个小罐子里拿出了某种结晶，并将它们投入了玻璃杯里。而后，他又加入了几滴液体，把杯子直接放在了那个失去意识男人的鼻子底下。那液体几乎马上就开始起泡了，不到一分钟，德拉蒙德睁开了双眼，恍惚地环视起屋子来。当他看到朗沃思和辛克莱时，他傻傻地眨了眨眼睛，而后他向下一看，发现自己也同样被绑着。最后，他抬眼看着俯在他上方的人，完全清醒了过来。

"我的朋友，感觉好些了？"带着嘲笑，拉金顿将玻璃杯放在了邻近的一张桌上。

"好多了，谢谢你，亨利。"休低声道，"啊！那不是卡尔吗？肚子怎么样了，卡尔？为你想想，我真希望那个的感觉比我后脑勺的还要强烈。"

他快活地咧嘴笑着，而拉金顿朝着他的嘴来了一击。"别再用那种方式说话，德拉蒙德上尉。"他说道，"我讨厌你的口气。"

休沉默地凝视着打他的人。

"接受我的祝贺，"他最后开口道，声音很低，还不由自主地有些颤抖，"你还是第一个对我做这个的人，我会好好珍藏那一击的回忆的。"

"我不希望那是孤单的回忆，"拉金顿说道，"所以，这是另一个，让它有个伴儿。"他再一次给德拉蒙德来了一击，而后，他大笑着转身。"代我问候本顿小姐。"他对着站在门边的一个男人说道，"让她乖乖地来下面待几分钟。"

一提到那个女孩，德拉蒙德前额青筋暴起，但除此之外他并没有表露出其他迹象。

她马上就到了，跟着个看起来坏透了的恶棍。一见到休，她怜悯地呻吟了一小声，将手伸向他。

"笨蛋，你为什么要来？"她叫道，"你不知道那个便条只是伪造的吗？"

"啊！它是吗？"休轻声说道，"它是吗，真是的？"

"真有趣。"拉金顿低声道。"当然，如果一个迷人的女孩不能——或不愿意——写信给她的未婚夫，她的父亲会是个很好的用来弥补不足的人选。尤其是如果他被大自然亲切地赋予了那个特殊的天资的话——呃——模仿笔迹的天资。"

之前一直站在门外边的本顿先生东倒西歪地进到了房间。

"很对，拉金——拉金——顿。"他庄严地宣布，"要拆——拆开两个年轻人真是讨厌的事情。"而后他看到了休，停了下来，蠢蠢地眨着眼睛，"怎么——绑得这么紧？"

拉金顿邪恶地笑着，"把他弄丢了的话就可惜了，现在他来了，不是吗？"醉酒的人点了两三下头，而后像是突然想到了什么，他慢慢走向休，蠢蠢地晃动着一根手指头。

"我想起来了，年轻人，"他严肃地打了个嗝，"你都从没征求我的同意。你该征求父亲的同意。真考——考——考虑不周。你不同意吗，彼得森先生？"

"餐厅里有玻璃酒柜。"彼得森冷冷道，"我该说你再喝一杯酒就能完全不省人事了，而且你越早达到那种状态越好。"

"不省人事！"伤自尊的那个可怜男人向他女儿上诉道，"菲利斯，你听见了吗？这个人说我不——省——人——

事……说我醉了。这是毫无……理由……的污辱……"

"哦，父亲，父亲。"女孩双手捂着脸叫道，"行行好快走吧！事实上你已经坏了很多的事了。"

本顿先生跟跟跄跄走向门，在那儿停了下来，歪向一边，

"真可耻。"他庄严说道，"年轻的一代都不尊重长辈了！教育教育他们，拉金顿，这对他们都好。——二——三，全都坐成——一排，这对他们好——"他的声音渐渐低了下去，在大胆尝试着靠向一个并不在那儿的门之后，他优雅地一屁股坐在了地上。

"你个卑鄙小人，"菲利斯像只年轻的母老虎般转向拉金顿，"他会变成那样，一切都是你干的。"

但拉金顿只是笑着。"等我们结了婚，"他轻松回答道，"我们要把他送进最好的醉鬼之家。"

"结婚！"她紧张地低声道，"结婚！什么，你个可恶的小人，就算死我也不会嫁给你的。"

拉金顿温和说道，"对闹剧的第三幕来说，这真是个很棒的落幕。无疑我们以后能更详尽地计划一番。然而，在此期间，"他瞥了一眼手表，"时间很紧。而我不想不向德拉蒙德上尉透露一些计划就离开。不幸的是，我和彼得森先生今晚都必须离开，但我们明早就会回来——或者说，至少我会。负责你们的是海因里希（Heinrich）——还记得那个肮脏的德国佬吗？——不久前的某个夜晚你还跟他吵过的。正如你所期待的，他对你心怀着满满的友谊和爱意，所以你不会缺乏身体上的安慰的。以你现在受制于人的处境，很多事情都有可能发生。然后明天，当我回来后，我提议在你身上做几个实验，虽然恐怕你会觉得它们很痛苦，但为了科学，受苦也是伟大的……你该欣慰的是，亲爱的菲利斯会被好好照顾

的。"随着一个突然而迅速的移动，他在女孩意识到他的目的之前抓住了她并吻了上去。德拉蒙德徒劳的反抗让绑着他的绳子发出了嘎吱声，而拉金顿嘲笑的表情像是浸泡在了红光之中一般。

"这很和谐，不是吗，"他咆哮道，"亲吻着女士，而正在揍她的男人，像这样——还有这样——还有这样……"一阵拳头像雨一般落在德拉蒙德的脸上，直到女子悲叹一声昏倒在了地板上。

"那样就行了，拉金顿。"彼得森再一次介入进来，"把她带上楼梯，派人叫海因里希过来。我们该走了。"

拉金顿努力让手垂向了自己这边，而后从他的受害者那儿退了回来。

"也许，暂且就这样吧。"他缓缓道，"但明天——明天，德拉蒙德上尉，你该对着老天尖叫求饶，直到我把你舌头拔下来不能尖叫为止。"德国人进到房间，他转身。"我把他们交给你了，海因里希。"他简短道，"如果他们叫的话就用那破鞭子。"

德国人的双眼幸灾乐祸地定在了休的身上。

"他们不会叫第二次的。"他用他的粗哑嗓音说道，"让他见识见识肮脏德国佬的厉害。"

（二）

"看来我们，"几分钟之后，休轻声说道，"就要体验一个喜气洋洋的夜晚了呢。"

德国人离开了房间一会儿，于是那三个被绑着一动不能动、怪异地坐在各自椅子里的身影便没人打扰了。

"他们怎么抓住你的，托比？"

"六个人突然出现，"辛克莱简明扼要地回答道，"他们击中了我的头，我知道的下一件事就是在这里，坐在这该死的椅子里了。"

"脸是那时候弄的吗？"休问道。

"不是，"托比声音严肃地说道，"老伙计，说到脸，我们俩可差不多。"

"又是拉金顿，是吗？"休轻声道，"老天！如果我能抽出一只手来……"他说了一半大笑道，"你呢，阿尔及？"

"我在路对面犯了个错，老家伙，"那位杰出青年回答道，"有个该死的家伙把我眼镜给弄掉了。因为我看不见了杀不了他，所以，就不得不加入这边的野餐了。"

休大笑，而后又突然变得严肃起来。

"话说，在我进来的时候，你有没有看见地平线上出现一个嚼着口香糖的男人？他穿着勤务兵的套装，长着汽车吉祥物的脸。"

"感谢上帝没让我看见那玩意儿！"阿尔及说道。

"好！"休回答道，"那他现在大概已经开车离开了，他又不傻。我正想着我们之间就只有彼特，还有他——"他的话并没有说完，沉默持续了一小会儿，"杰里还在法国，为他的机器穿上邮票纸；特德去监督波茨吃东西去了。"

"而我们三个则跟博物馆里保存完好的标本似的。"阿尔及带着凄凉的笑插话道，"休，他会对我们做什么？"

德拉蒙德并没有回答，而说话者看着他脸上的表情，也没再追问。

时间慢慢流逝，直到天窗上最后一线日光褪去，挂在中央的一个孤零零的电灯泡成了唯一的光照来源。海因里希会定期过来确认他们仍旧被妥善监禁着，但从通过半开着的门时不时传进来的沙哑笑声看来，德国人显然已经找到了其他更为意气相投的伙伴。最后，他端着一个盛着水和面包的托盘出现了。他将托盘放在了休旁边的桌上。

"给你吃的，你个英国猪猡。"他如此说道，同时沾沾自喜地轮番看着他们。"拉金顿先生给的命令，所以你们明早会健康，健康地被折磨。"他将自己发着得意的光的脸靠近了德拉蒙德的，而后又向他吐了口唾沫。

阿尔及·朗沃思发出了一声遏制住的嘟哝声，但德拉蒙德没有理会。在过去的半个小时里，他陷入了沉思，以至于其他人还以为他睡着了。现在，他带着安静的微笑，抬眼望着德国人。

"我的朋友，多少钱，"他说道，"你会从中得到多少钱？"德国人不怀好意地斜睨着他。"足够保证你明天还在这儿了。"他说道。

"我一直相信你来自于一个会做生意的国家。"休笑道，"哎呀，你个可怜的白痴，我在香烟盒子里放了一千英镑的钞票。"德国人盯着他望了一会儿，而后他的猪眼睛中闪现出了贪婪。

"你有的，对吧？"他嘟哝道，"那肮脏的德国佬将会为你看管他们。"

休愤怒地看着他。

"如果你真这么做，"休叫道，"你必须放我们走。"

德国人斜睨着他，更加不怀好意了。

"Natürlich①。你会出这房子马上走。②"

---

① 德语，毫无疑问。——译者注
② 德式英语，正确语序是"你会马上走出这房子。"——译者注

他向前走近德拉蒙德，双手在他的领子上移动，而另两人则惊讶地对视着。休当然没想过这猪猡真会让他走，他该只会把钱拿走还很可能再吐他一脸口水才对。而后，另两人听到他说的话，突然脸上闪现出了然。

"你必须解开其中一条绳子，我的朋友，才能拿到它。"休轻声说道。

德国人犹豫了片刻。他仔细地看了看绳子，绑着双手和上半身的绳子跟绑着腿的是分开的。即使他真的把其中一条解开，这个愚蠢的英国人仍旧无能为力。他也知道他身上没有武器。不正是自己在他失去意识躺在大厅之时拿走了他手枪的吗？还能有什么危险？此外，如果他把其他人叫进来的话，那钱就得被分掉了。

看着德国人犹豫不决着，休的脑门都被汗水弄湿了……他会解开绳子吗？贪婪能战胜谨慎吗？

最后德国佬下了决心，走到了他椅子后面。休感觉到他正笨手笨脚地鼓捣着绳子，于是急切地向另两人投出了警告的眼神。

"你最好小心点，海因里希，"他说道，"别让其他人看见，不然钱就可能要被分走了。"

德国人停下解绳子的动作，咕哝了一声。英国猪猡也有聪明的时候，于是他走过去关上了门。而后他又回到了解绳子的行动中，因为行动是在椅子后面进行的，他无从看到德拉蒙德脸上的表情。只有那两个旁观者能看到那个，而他们几乎都兴奋得要停止呼吸了。他们所知道的是他有一个计划，但那计划是什么，他们连猜都猜不到。

最后绳子完全落了下来，德国人向后一跃。

"把盒子放在桌上。"他叫道，丝毫没有要触碰到那双可怕的手的意思。

"当然不。"休说道,"等你解开了我的双腿再说。那你就能得到它了。"

他一只手松松地拿着盒子,但另两人注意到,他的脸绷得紧紧的。

"首先我必须拿到钞票。"德国人努力用谈话的语气说着,但他一直都在一点一点地慢慢移向椅子后面。"然后我解开你的腿,你就可以走了。"

随着阿尔及一声警告的叫喊,德国人的手闪电般猛地越过德拉蒙德的肩膀抓住了香烟盒子。而后,休则发出了低沉、得胜的笑声。那正是他所期待的行动,而此刻他牢牢困住了德国人的手腕。他的计划成功了。

朗沃思和辛克莱此生已经见识过许多事情了,那些记忆令他们至死难忘。但他们却从未也从未可能在如此近的距离内看到他们在接下的几分钟里看见的东西。德国人的手臂被慢慢地、无情地扭动着,同时他发出粗哑、喘息的喊叫声,空着的手无力地击打着德拉蒙德的头。最后,随着一声单调的碎裂声,胳膊断了。他痛苦地尖叫着,围着椅子跌跌撞撞地走着,而后无助地站在了军人面前,军人的左手依旧拿着香烟盒子。

另外两个人看着德拉蒙德打开了香烟盒子,并从里面拿出了个看着像木头管子的东西。之后他摸索着口袋,拿出了一个火柴盒子,那里面装着许多根细长的木刺。他将其中一根木刺装进了管子里,之后又将管子另一端放进了自己嘴里。

两个被绑住的旁观者看见他猛一使劲,将德国人猛拉了一圈,他用空着的左手抓住了他没断的手。而他们看到,休正用冷酷无情的双眼盯着那个呻吟着的德国人。

随着一声尖锐的呼啸而过的嘶嘶声，木刺从管子里发出，飞进了德国人的脸。木刺挂在他的脸颊上，他的头不停歇地摆动着，想设法将它除去，但却毫无作用。

"我弄断了你的手，德国佬。"德拉蒙德最终说道，"而现在我已经杀了你。我很抱歉，我并不是特别想要结束你的生命。但却不得不这么做。"

由于手臂上的疼痛德国人根本就没有意识到他刚才说了什么。他正疯狂地踢着英国人仍被绑在椅子上的双腿，但那紧握着他手腕的力道却从未松懈下来。而后，很突然地，德国人迎来了结局。随着一声可怕的、抽搐的喘息，德国人猛地将自己抽离了德拉蒙德的束缚，躬身跌落在了地板上。他们呆呆地看着他扭动打滚，直到最后，他躺着不动了……德国佬死了……

"我的天!"休擦着前额低声道，"可怜的笨蛋。"

"那个吹管是个什么东西?"辛克莱嘶哑地嚷道。

"昨晚在巴黎他们想要用来了结我的东西。"休一边严肃回答道，一边从马甲口袋里拿出了一把刀，"让我们相信他没有伙伴要进来找他。"

一分钟之后他站了起来，但腿一软又突然坐了回去。保持同一个姿势几小时下来，他的双腿已经麻木僵硬。好一会儿他能做的就只有用双手摩擦它们，直到血液流通顺畅，他才再一次有了知觉。

而后，他慢慢地、费力地、步履蹒跚地走到另外两人身边将他们也放开了。他们的情况甚至比他更糟，阿尔及看起来就像是再也站不起来了，从腰部往下完完全全没了知觉。休知道得太清楚了，如果那伙人进来了，以他们现在的状态，和被绑在椅子里没有两样。但，最后，在休看来在经过了无穷无尽的一段时间之后，另两个人恢复了。他们仍旧僵硬麻痹——三个人都是——但至少他们能动了，那个德国人就不是如此幸运了，他正扭曲僵硬地躺在地板上，双眼向上凝视着他们——呆滞可怕的凝视。

"可怜的笨蛋！"休带着一定的内疚看着他，再一次说道，"他曾是个卑鄙小人的典范——但仍旧……"他耸了耸肩，"其实，我香烟盒子里装着的是半打廉价烟，还有被邮票纸裹在一起的十张一沓的一先令纸币！"

他突然转过身来，像是那件事就掀过去了一般，看着另两个人。

"都准备好了？好！我们得想想接下来要做什么，离脱离困境还有两三英里呢。"

"先打开门，"阿尔及说道，"再探索。"

他们小心地将门旋开来，一动不动地站着。屋子非常安静，走廊上空无一人。

"把灯关上。"休低声道，"我们四处逛逛。"

他们偷偷摸摸蹑手蹑脚地行走在黑暗之中，时不时停下来听一听。但是并没有声音传入他们耳中，好像，屋子之前是个死亡鬼屋似的。

突然，在前面的德拉蒙德停了下来，发出警告的嘘声。有光从走廊这尽头的一个房间的门底下漏出来。而当他们站着注视着那个房间的时候，又听见一个男人的声音从那里传来。还有人搭了话，而后又是沉默。

休终于又开始慢慢往前移动，另两人跟在后面。当他们接近那扇门时，一阵奇怪的、连续不断的声响开始越发清晰——那声音很明显是从有光的房间传来的。它单调有规律地起伏着，偶尔会像军乐队的声音——另些时候又渐弱为轻声呢喃。并且时不时地，它还会被卡住的哼哼所点缀……

"老天！"休激动地低声道，"蹦跶的一整伙人都睡着了，不然我名字倒着写。"

"那说话的是谁啊？"阿尔及说道，"明显他们至少有两个人还醒着。"

就像是回应着他的问题一般，房间里又传来了之前说话声音。"哇，达雷尔先生，我猜我们可以把这群人留在这儿然后继续我们的行动了。"

休带着惊喜的笑声甩开了门，发现在一码的范围之内有两支手枪正对着自己。

"我不知道你们怎么做到的，小伙子们。"他说道，"但你们可以把枪收起来了。我讨厌从那一端看着它们。"

"他们究竟对你们的脸蛋儿做了什么？"达雷尔慢慢放下手臂，说道。

"待会儿再说。"休严肃回答道，同时关上了门，"现在还有更紧要的问题要讨论。"

他环视着房间，嘴慢慢咧开来。这里有那团伙的二十个人左右，全都睡得死死的。他们有的怪异地躺在桌上，有的懒懒地坐在椅子里，有的躺在地板上，有的缩在角落里。但，无一例外地，他们都打着呼噜。

"一群好家伙。"美国人满意地望着他们说道，"角落里那个胖子吃的麻药都够杀死一头牛了，但他看起来很开心。"而后他转向德拉蒙德。"我说，上尉，我们现在在外面弄了一卡车的小伙子们。你的这位朋友觉得我们最好把他们带过来。所以，怎么干，你决定。"

"马林斯和他的伙伴们。"看着德拉蒙德脸上困惑不解的表情，达雷尔说道，"格林先生回去告诉我，你又把你的大脑袋乱挤了进来之后，我觉得还是把全套装备都带过来的好。"

"哦，你个好小子！"休叫道，他搓着双手，"你们这对上好的老家伙！敌人已经落入我们手里了，连脖子都是我们的了。"他站了好一会儿，沉思着，而后脸上又漫开了笑容。"就在脖子上呢。"他重复道，"所以会洗一洗他们的臼齿。让小伙子们进来，彼特，把这些个肉块儿都装进卡车里。你们做这些的时候，我去楼上扫个尾。"

(三)

休甚至做梦都没想到会有这么一个绝佳的机会。他们完全占领了这屋子，同时还有一支强大的兵力任他支配，这情形几乎让他激动得说不出话来。

"你们上楼梯时要手脚并用。"他们站在走廊时，休吩咐道，"这楼梯有些古怪，日后让他们给我解释清楚。"

这一次与第五层台阶关联的杀人暗器却没有再运行，他们安全地通过了楼梯。

"枪准备好。"休低声道，"我们每个房间都找一遍，直到找到女孩。"

但他们并没有陷入寻找的麻烦之中。突然对面一扇门打开了，看守菲利斯·本顿的那男人疑惑地看向外面。他看到站在他面前的四个男人，下巴下沉，惊骇从脸上蔓延开来。而后他快速移动，像是要将门关上，但在他意识到发生了什么之前美国人的腿已经抵住了门。而美国人的手枪已经离他的头部连一英寸都不到了。

"别动，孩子。"他拖长声调说道，"不然说不定我就开枪了。"

休已经穿过了他，正对着那个惊喜地从椅子里起身的女孩笑着。

"小伙子，你的脸。"休无视另一个人，将她拥入怀中时，她低声道，"你可怜的破脸！哦！那个畜生，拉金顿！"

休咧嘴笑了。

"老兄，从中知道，"他欢快地说道，"什么东西都能毁了我的脸。我私下里就经常想，这张脸发生的任何改变肯定都是好转。"

他轻笑着，她紧抱着他好一会儿，她并不在乎他是怎么来到自己身边的，她只是为他来了而狂喜不已。在她看来，这个令人惊叹的男人没有什么做不到的，而现在，她盲目信任着他，等待着被告知如何去做。噩梦已经结束了，休正与她在一起……

"亲爱的，你父亲在哪儿?"一小阵停顿之后他问道。

"我想，在餐厅。"她颤抖着回答道，而休严肃地点点头。"外面有车吗?"他转向美国人。

"你的。"杰出青年回答道，他的眼睛仍旧盯在他囚犯的脸上，囚犯的脸已经变成了惨绿色。

"如果他们没有弄走的话，我的车就藏在本顿小姐花房的后面。"阿尔及说道。

"好!"休说道，"阿尔及，把本顿小姐和她的父亲带去半月街——马上。然后再回到这里。"

"但休——"女孩开口恳求道。

"亲爱的，马上，快。"他温柔地向她笑着，语气却不容置疑，"在最近一段时间里，这不是你该待的地方。"他转向朗沃思，把他拉向了一边。"在老头子身上你要下点儿功夫。"他低声道，"他现在可能已经酩酊大醉，但继续干吧，找几个小伙子来帮你一把。"

女孩再没说什么反抗的话，跟着阿尔及走了，休松了一口气。

"现在，你个难看的讨厌鬼，轮到你了。"他向着那畏缩着直到现在都在害怕地发着抖的恶棍说道，"这上面有多少房间是有人的——哪几个？"

看起来只有一间屋子是有人的——其他人都在下面……对面的屋子……怀着急切想要讨人喜欢的心，那恶棍移向了那间屋子，而凭着连休都要称颂的快速移动，美国人已经将他绊倒了。

"别这么快，你个混蛋。"他恶狠狠地说道，"不然一定会出事故的。"

但他摔倒时所发出的声响起到了很好的作用。那个有人房间的门被甩开了，一个瘦而长得难看的物件穿着法兰绒睡袍正站在门口傻傻地眨着眼睛。

"老天！"警探目瞪口呆地盯着那个突然出现的幽灵好一会儿，才语无伦次地感叹道，"那，究竟是，什么？"

休笑了，"怎么，这是吃洋葱的那个，那只受惊的兔子。"他愉悦地说道，"你好啊，小个子。"休伸出一只手，将他拉入了走廊，他就在那儿愤愤不平地气急败坏着。

"这是暴行，先生，"他说道，"绝对的暴行。"

"你的双腿无疑是。"休平心静气地盯着它们说道，"穿上裤子——然后赶紧的继续。现在轮到你了，"他把另一个男人猛拉起来，"拉金顿什么时候回来？"

"明天，先生。"对方结结巴巴地说道。

"他现在在哪儿？"

男人犹豫了片刻，但休的眼神驱使着他开口，"他奔着那老女人的珍珠去了，先生——兰普郡公爵夫人的珍珠。"

"啊!"休轻声道,"当然是这样,我都忘了。"

"打死我吧,头儿。"男人卑躬屈膝道,"我从没想过要伤人的——我真没想过。我知道的都告诉你,先生。我会的,真的。"

"我很确定你会的。"休说道,"就算你不说,猪猡,我也会让你说的。彼得森什么时候回来?"

"据我所知,先生,也是明天。"男人回答道。而在那一刻,受惊的小兔子突然冲出了他的房间,提供动力的是托比精准有力的一踢。为了保证小子梳洗打扮的速度,托比一直跟着他。

"彼得森在做什么?"德拉蒙德问道。

"诚实地说,头儿,我不能告诉你们。真的,我不能,他能。"男人指向了刚冲过来的小子说道,他的睡袍塞进了裤子里,他刚被一个难缠的家伙以那种方式虐待了,现在正站在那儿痛苦地喘着气。

"我重申,先生。"他气急败坏地说道,"这是暴行。凭什么……"

"闭嘴。"休简短说道,而后他转向美国人,"这就是跟你说过的那个破衣烂衫大队中的一个。"

那三个人沉默着观察了他一小会儿,而后美国人若有所思地将口香糖换到了另一个地方。

"哇,"他说道,"他看起来像有什么病的样子,但我猜,他舌头不错。我说,啪嗒耳朵,无论如何,你到底是什么人啊?"

"我是一个致力于改善全世界被奴役的工人阶级的环境状况的社会组织的秘书。"对方自豪地说道。

"你别说,"美国人无动于衷地说道,"世界的工人们知道这个组织吗?"

"我再一次要求知道,"小个子转向德拉蒙德,说道,"这荒谬无礼举动的原因。"

"你知道彼得森些什么,小个子?"休全然不管他的抗议,说道。

"没什么,他是我们多年来一直寻找着的男人。"对方叫道。"他有着惊人号召力,他将数百个跟我的组织相似的社会群体聚集并融合在了一起。在这之前,他们都为着光明无力地各自独立地抗争着。现在,我们联合了起来,我们的力量都是源于他。"

休与美国人交换了个眼神。

"事情变得更明白了。"他低声道。"告诉我,小个子。"他继续道,"既然你们已经联合在了一起,是要做什么?"

"到时候你就知道了。"对方得意扬扬地叫道,"宪法的手段已经失败了——而除此之外,我们也等不了了。数百万的人正在无法容忍的资本主义束缚下呻吟着。我们该解放这数百万人,将他们带向当之无愧的幸福生活。而这全都是我们的领袖——卡尔·彼得森的功劳。"

他一脸心驰神往的崇拜,而美国人发自内心地笑了出来。

"我有告诉过你吗?上尉,那家伙可真合我的意①。"

但休的脸上没有露出回应的笑容。"毫无疑问,他是货物。"他严肃答道,"但让我发愁的是,要怎么阻止他们的运送呢?"

就在那时,达雷尔的声音从大厅传了上来。

---

① 原文用的"the goods",同时有"合意的人"和"商品,货物"的意思。——译者注

"那一整批都已经装载完毕了,休。下一项是什么?"

休走到楼梯顶上,"把他们俩都带下来。"他边下楼边越过肩头喊道。当在大厅里看到半打熟悉的面孔时,休咧嘴笑开了,兴高采烈地跟他们打起招呼来。

"像回到以前了,小伙子们。"他笑道,"卡车司机呢?"

"是我,先生。"其中一个人上前一步道,"我的伙伴在外面呢。"

"好!"休说道,"把你的巴士开离这里十英里,然后沿途将他们一个一个地扔路上。我可以保证就算他们醒了也没有人会有怨言的。然后把车开回你的车库。到时候再见。"

"现在,"他们听着卡车离去的声音,休开口道,"我们得为明早布景了。"他瞥了一眼手表。"刚十一点。坐我的小破车去莱德利塔要多久?"

"莱德利塔?"达雷尔重复道,"你去那儿要干啥?"

"我一刻也不能忍受跟亨利没有必要的分离。"休轻声说道,"亨利在那儿,正用值得表扬的努力去偷公爵夫人的珍珠……亲爱的亨利!"他双拳紧握,美国人看着他脸上的表情轻声笑了出来。

但德拉蒙德只在期待的喜悦之中沉浸了一小会儿,剩下的可以之后再喜悦。如果要让明早的一切都按预定的计划进行的话,而此刻,还得先做其他的事情——很多其他的事情。

"把那两个人带进中央房间。"他叫道,"顺道说一句,地板上有个死了的德国佬,但他在我们的小计划中能派上很大用场。"

"死了的德国佬!"受惊的兔子发出了被吓着了的吱吱声,"老天!你们这群恶棍,这可不是开玩笑的。"休冷冷地看着他。

"如果你再那样跟我说话，"他轻声说道，"你会发现这真不是开玩笑的，你个邋遢的小耗子。"对方缩了回去，休笑出了声。"你们派三个人去那儿。"他迅速吩咐道，"如果他们中有谁添了一丁点儿的小麻烦就照准了头敲。现在，让剩下的人待在这儿，彼特。"

他们列队走了进来，休开心地挥手招呼着。"怎么样，你们这些家伙？"他带着富有感染力的笑声叫道，"就像是射击胸墙之前的连队仪式。是吧！而这次是更大的游戏，伙计们，比我们以前在海对面经历过的都大。"他严肃了一会儿，而后他坐在楼梯脚上，又咧嘴笑了开来。"聚拢过来，听我说。"

他说了五分钟，而他的听众们都欣喜地点着头。他们大部分人都认识德拉蒙德，不仅对他爱戴不已，而且对那个计划也痒不已。他仔细而恰到好处地将那个犯罪大师的阴险计划告诉了他们，好让他们明白事关重大。

"那么，全都明白了。"德拉蒙德起身，"现在我要走了。托比，我想你也一起来。我们得在午夜之前到那儿。"

"上尉，只还有一点。"人群开始散开时，美国人说道，"保险箱——还有账簿。"他摸索着口袋，掏出了一个小小的橡胶瓶。"我这儿有硝化甘油——葛里炸药。"看对方满脸疑惑，他解释道，"我想它也许能派上用场。我还带了导火线和雷管。"

"太棒了！"休说道，"太棒了！格林先生，你真是个宝，在什么集会上都是个宝。但我想——我想——拉金顿优先。哦！对——毫无疑问——亨利优先！"

美国人又一次被休脸上的表情给逗乐了。

第十一节　拉金顿的最后 "妙击"

（一）

"托比，我有种可怕的感觉，追捕快要结束了。"

休惋惜地叹了口气，车颠簸着离开了沉睡的小镇戈德尔明，向着莱德利塔的方向驶去。大功率的双座汽车平稳地向前行进着，德拉蒙德的眼中仍旧带着无奈的惋惜。

"真的快要结束了。"他又一次说道，"然后我们又要跟单调乏味的体面生活大眼瞪小眼了。"

"你会结婚的，老家伙。"托比·辛克莱满怀期望地低声道。

他的同伴乐了好一会儿。

"对，我的上帝啊。"休答道，"那多少能够缓解一下我的心情，至少我猜想会的。但托比，你想想：没有了拉金顿，没有了彼得森，就没有什么可供玩乐消遣的了。"

"休，你知道的。"辛克莱带着近乎诧异的表情瞥了一眼他身旁那个有着方下巴的丑陋侧脸，"为山九仞，功亏……"

"我的老伙计，"德拉蒙德打断道，"要治疗引经据典之症只有一个办法——早晨一剂食盐。"他们继续飞驰在温暖的夏日夜晚里，沉默持续了一阵子。直到他们离目的地只剩不到一英里，辛克莱才又开了口。

"休，你打算对怎么对付他们?"

"谁们——我们的卡尔和小亨利?"德拉蒙德轻轻笑开了来，"嗨，我想我跟卡尔能够和平分手——当然，如果他给我添了什么麻烦的话就不好说了。而拉金顿——我们就得好好考虑考虑了。"他说话时脸上的笑容已经褪去，"我们必须得好好考虑考虑我们的小亨利。"他轻声重复道，"托比，我不禁觉得，我们得找个办法把这完完全全让人不爽的家伙从地球上抹杀掉。"

"你的意思是，杀了他?"对方不置可否地咕哝道。

"就只是那样，而已。"休回答道，"明天会照常到来。但在那之前，他年轻的人生就要遭受打击了。"

他悄无声息地将车停在了树影深处，两个男人下了车。

"现在，小伙子，你把车开回埃尔姆斯。公爵的住处紧挨着——我记得我还是个小屁孩的时候，青少年狂欢过后会非常难受地穿过那些灌木丛……"

"去你的!"托比·辛克莱气急败坏道，"你不想让我帮你吗?"

"我想呀，所以让你把那嗡嗡叫的小盒子开回去。这个小游戏我做东。"

辛克莱郁闷地发着牢骚，回到了车里。

"你让我很烦。"他急躁地说道，"该死的你别想从我这儿收到结婚礼物。"他临走时还对头儿放下了狠话，"你才不会结婚呢，我自己娶了她！"

休在那儿站了一会儿，望着车从他们刚来的路上远去，思绪已经飘到了那个正在他伦敦的公寓里安全睡着的女孩。再一个礼拜——或两个礼拜——但不会再多了，一天都不会再多了。他非常乐意地坚信着，要将菲利斯带到他的思想境界上来并不用费太大唇舌——虽然她现在还没到。脑海中浮现的思绪是如此令人愉悦，以至于他早就将彼得森和拉金顿抛到九霄云外了。这年轻人有关结婚的玫瑰色梦想之前已经发挥过类似功效了。

多亏了军人具备在战场上培养出来、而后又在与犯罪团伙的苦斗之中磨锋了本能，这使得婚礼的钟声没有推迟到再也响不起来。小树枝突然断裂的声音从不远处传来，由压缩空气枪发出的子弹呼啸声而过，几乎同时，休猛扑向了灌木以掩护自己，然后平趴在了地上。事实上，只差一丁点的距离，子弹就可以完成自己的使命了。他一动不动地趴在地面上，听见子弹尖啸着穿过了灌木。他非常小心地转过了头四下窥探着，跟装备着消音枪的人比起来，拿着普通手枪的人自然处于劣势，尤其是在他不想打草惊蛇的时候。

几码之外有棵灌木正抖动着，休半眯着眼睛将视线定格在了上面。如果休趴着一动不动的话，那男人，不管他是何方神圣，也许就会认为那一枪打中了，然后他会过来检查一下。那事情就变得简单了，在逝去的时光里，就有那么两三个德国佬为此付出了代价。

有两分钟，休没见到任何人。而后，树枝非常缓慢地被分开了，一个男人白色的脸庞穿过树枝窥视着；是那个时常开着劳斯莱斯的司机，看起来在再靠近一些之前，他急切渴望让自己确信一切都好。在彼得森的随从里，休·德拉蒙德的名声可是被传遍了。

那司机最后下定了决心，于是走了出来。他一步一步地接近那一动不动的身影，他的手枪已经准备就绪，哪怕有一丝一毫的动静就能马上射击。但军人只是一动不动。而当司机到他身边时，那个杰出青年的头脑里想着：这个可怜的搅屎棍瞎掺和到他的事情里来，必定要被放倒的。这对于司机来说是不幸的，他就跟之前不谨慎的德国佬们一样。

司机轻蔑地将休翻了过来，注意到他的肌肉松弛四肢无力，于是司机将手枪放在地上，准备对受害人的口袋搜查一番。虽然司机似乎并没有伤什么脑筋，但这一行动其实比给食人老虎送薄荷止咳糖更显愚蠢。事实上，也没什么能再让他再伤脑筋了。

他意识到自己的错误，惊恐地倒吸了一口冷气。而后他只模糊地感觉到世界颠倒了过来，一切就此结束。这是欧来吉最危险的扔法，抓住受害者的双手，猛扔出他的双腿，连带着身体也会被猛甩出去。而十次有九次脖子会断掉，这次便是那九次之一。

军人若有所思地蹙着眉头，盯着尸体看了半晌。把司机给杀了可真有些麻烦，不过事已至此，他有必要对计划稍作调整。月亮正在下沉，夜晚将会变得更加黑暗，所以拉金顿很有可能不会意识到他的司机被调包了。而如果他真发现了——那，休就必须放弃在埃尔姆斯专为他安排好的极具戏剧性的文娱演出了。休俯身，将司机长长的驾驶外套和帽子卸了下来，而后，他没有一丝声响地穿过灌木丛寻找起车子来。

在靠近房子大概一百码的地方休找到了车子，它被非常隐秘地藏在马路边的一个小地方，以至于他都差点要走到车子顶上去了。让他松了口气的是，车是空的，于是他将自己的帽子放进了座椅下的一个口袋里，又将前任司机的驾驶外套穿上。而后，他快速地检视了一番，以确认一切就绪，能够按照他想象中的拉金顿所希望的那样马上快速地离开。而后他又转身，偷偷摸摸蹑手蹑脚地向着房子走去。

（二）

莱德利塔沉浸在一片欢乐之中。公爵夫人想取悦她的客人们，就一定要将所有想得到的表演特技都轮番来一遍。因此，为了让晚会大获成功，她不遗余力。公爵则无聊得要死，他不知疲倦的妻子又将从沉思中拉回来了这已经是第五次了。而现在，在休第一眼看到房子的时候，公爵正忙着跟一个高个的、有贵族气派的印度人握手……

"您好啊。"公爵神情茫然地低声道。"亲爱的，你说这该死的家伙叫什么来着？"他低声向公爵夫人耳语道，而她正站在他旁边欢迎着那个尊贵的外国人。

"我们很高兴您来了，拉姆·达尔（Ram Dar）先生。"公爵夫人亲切说道，"每个人都十分期待您美妙的表演。"挂在她脖子上的是那颗颇有历史意义的珍珠，而当印度人对她伸出的手躬身行礼时，他的双眼亮了一瞬。

"夫人真客气。"他声音很低沉，并若有所思地环视着离他很近的那一圈人的脸，"也许从坐落在永不融化的冰雪之外的山上来的沙子会说出真相，也许天神们会保持沉默。谁知道呢……谁知道呢？"

就像是下意识一般，他的目光停留在了公爵身上，而公爵则很有男子气概地接了话。

"正是，拉姆·拉姆先生①。"他帮腔道，"确实，谁知道呢？如果他们让您失望，您也知道的，也许您可以向我们展示个纸牌戏法？"

他迷茫地退后了一步，公爵夫人凶恶的眼神盯着他，令他觉得很窘迫。而其他的客人凑近了一些。爵士乐队正在吃夜宵，最后一个汗流浃背的佃户已经离开了，而现在，今晚的压轴戏就要开始了。

莱德利侯爵提议将这个最有名望的表演者请过来，显然他之前从未来过英国。而今夜的娱乐活动全是为了莱德利侯爵的成年礼，所以他的提议当然被欢呼喝彩着通过了。他是怎么听说这个印度人的，从谁儿听说的，这些都是他不清楚的地方，但因为他本来就是个非常含糊不清的年轻人，所以并不会招来什么非议。重要的是，活生生站在这里的是个黝黑神秘的表演者，对于一个家庭派对来说还需要什么呢？来了兴致的休·德拉蒙德蹑手蹑脚地向着开着的窗户又靠近了些。他所关注的是公爵夫人还有她的珍珠，而印度人的到来并没有让他放松警惕……而后，他的下巴突然紧绷了起来，厄玛·彼得森跟小莱德利一同进入了房间。

"拉姆·达尔先生，您想要我们做些什么吗？"公爵夫人问道，"关掉灯或是关上窗户？"

"不用了，谢谢您。"印度人回答道，"夜晚很宁静，没有风。夜晚很黑暗——黑暗中掺杂着奇怪的想法，它充斥于我的脑海，是我将黑暗带进了屋子——它正穿过树木低语着。"

---

① 即拉姆·达尔，公爵的口误。下面几处名字也出现了不同的口误。——译者注

他的双眼再一次定在了公爵身上。"穷人的保护者①，您的愿望是什么？"

"我的？"上议院的支柱忙遏制住了哈欠叫道，"随便什么，我亲爱的伙计……您最好问哪位女士。"

"如您所愿。"对方严肃地回答道，"但如果天神们道出了真相，而沙子并不说谎，我只能说出写着的是什么罢了。"

他从长袍的一个口袋里，拿出了一个包和两个小铜盘子，将它们放在了旁边候着的桌上。

"我准备好了。"他宣布道，"谁要第一个知道命运卷轴上所写的东西？"

"我说，拉姆先生，您私下里做这些会更好吧？"公爵担心地说道，"我的意思是，您也知道，如果那些欢乐的天神们真开口说了什么，那也许会有些尴尬的，并且我也看不出来有谁赶着投胎。"

"您有如此多要隐瞒的吗？"印度人问道，他环视着人群，忧郁的眼神中带着轻蔑。"在冰雪之外的土地上，我们就没有要隐瞒的东西，也没有可以隐瞒的东西，因为人们知道一切。"

正是那一刻，窗外那个专心致志的观众开始无声地欢笑着颤动起来。因为那脸是印度人拉姆·达尔的脸，但声音却是拉金顿的声音。在休看来，即使是对亨利这样的专家来说，他突然觉得接下来的十分钟左右也许会很精彩。要在如此众多的人面前将珍珠从公爵夫人的脖子上夺走是有些困难的。而休，为了不错过任何事情，蹑手蹑脚地又向着窗户靠近了

---

① 这里的"穷人的保护者"和下面"上议院的支柱"指的都是公爵。——译者注

些。事实上，他已经近到能偷看到厄玛了，而真如此做了之后，他看到了让他擦了擦双眼的东西，而后他又咧嘴笑了。她正站在人群的外围，一条晚装披巾松松地挂在她的手臂上。她朝着一张桌子侧身移动了一两步。那桌子上放着古董，它的中间，显示着荣誉的地方，放着一个小型嵌花的中式匣子——一个由四只雕着怪异花纹的腿支撑着的小匣子。那是个漂亮的装饰品，他模糊记得自己曾经听说过它的历史——一个反映了前任公爵光辉荣耀的掠夺本性的故事。但那一刻，他关心的却并不是它逝去的历史，而是它现在的命运。而让他擦了擦眼睛的则是那女子完美的速度。

她闪电般地瞄了一眼其他宾客，他们正急切地伸着脖子围着印度人；然后，她将披巾半垂在了桌上，又将它拾了起来。她的动作完成得如此迅速，如此自然，以至于有那么一会儿休都觉得自己是看错了。而后，在加入其他人的同时，她稍稍地调整了一下披巾来隐藏住小匣子明显的轮廓，这一行动驱散了休的一切怀疑。那个现在放在桌上的小型嵌花中式匣子已经不是之前放在那儿的那个了。原件现在在厄玛·彼得森的披巾底下了……

明显景已经布好了，必要的道具已经就绪。休在逐渐增长的好奇中等待着好戏上演。但主要的表演者看起来却不慌不忙。事实上，拉金顿正以他枯燥无味的方式完完全全地自娱自地乐着。对在座大多数人的家丑深入透彻地了解让天神们能够以令人不安的准确度开口说话；而每个受害者都坚持要另一个没玩过的人去直面来自群山之外的沙子，这表演似乎很可能持续到地老天荒。

最后，人群中突然爆发出一阵欢快的喝彩声，宣告着又一位宾客的崩溃，至此，拉金顿似乎对这消遣有些厌烦了。

德拉蒙德正满心期待着还未上场的重头戏，同时又对那异常精确的人物研究钦佩不已。拉金顿的表演之中没有漏掉一处细节，没有一丝能够让人发现的瑕疵。站在那儿的分明就是个印度人。而在几天之后，在休将公爵夫人的珍珠还给她的时候，还有很长一段时间她和她的丈夫都仍旧不相信，那个拉姆·达尔会竟然是一个英国人伪装的。他们最后被说服着相信那个事实，又看到并排放在一起的两个小匣子。之后，他们不由得对那无比大胆又极度简洁的犯罪手法惊叹不已。因为只有在再现的时候，那阴谋的主体美感才真正显现。在拉金顿作为印度表演者到来又作为印度表演离去的一系列过程之中，运气并未起到决定性作用，没有哪个阶段是难以实现的，也没有哪个阶段是会出差错的。若这个事件中没有项链参与的话，确是如此，并县他没被怀疑，此举以后他还能再次尝试。这也许也是他最卖力的一次表演，作为最后的收山之作是很相称的……而这便是正蹲伏在窗户外边沉醉其中的旁观者眼中所见的。

印度人带着超凡的倨傲，将他的沙子重新倒回了小包里然后放回了口袋里。而后，他高视阔步地走向了那扇开着的窗户。他伸展着双臂，凝视着黑暗，看起来像是在从他所侍奉的天神们那里聚集力量。

"你们的耳朵能听到夜的低语吗？"他问道，"生沙沙作响于树叶之中，死呜咽呻吟于青草之间。"他突然仰头大笑起来，那讥笑令人望而生畏。而后他猛地转过身来面向房间，一动不动地站了一会儿。在灌木丛掩护之下的休，正琢磨着他在说话时从长袍里发出的两道转瞬即逝的闪光，那像是小型的手电筒会发出的那种，而其他人并没有看见。那闪光是否是给那个已故司机的暗号。

之后，印度人视线落在了那个中式匣子上，脸上显露出了诡异的表情。

"穷人的保护者是从哪里得到的这神圣的周王们（Chow Kings）的匣子的呢?"他虔诚恭敬地望着它。

公爵干咳了几声。"我的一个祖先从某处得到了它。"他愧悔地回答道。

"这个匣子由人类的血所制成，由他们的命所守护，而您的一个祖先得到了它!"公爵由于那带着尖刻鄙视的话语后完全蔫了下来，他似乎想要再说些什么。但印度人已经转身，他纤长柔和的手指正盘旋在那盒子之上。"盒子里蕴藏着力量。"他继续道，声音低沉而带着沉思。"很多年前，一个来自住着伟大沉思灵魂的国度的男人告诉了我这件事。我想知道……我想知道……"

他眼睛闪烁着光亮凝视着前方，他听见一个女人发出了哆嗦声。

"它能做什么呢?"她胆怯地试探着问道。

"那个盒子里蕴藏着不为凡人所知的力量，虽然神庙城的僧侣们有时能够在远行之前发现它。你们只知道它的长度，高度，还有宽度——但那个盒子里还有更多的东西。"

"您是指第四维，对吧?"一个男人满腹怀疑地问道。

"我不知道你们管它叫什么，大人。"印度人轻声说道，"但它正是能随心所欲地操纵可见与不可见的力量。"

有那么一瞬间休无法抑制地想要通过窗户喊出真相，揭了拉金顿的底。但他想要看好戏下一步进展的好奇心战胜了那个愿望，于是他保持了沉默。那个男人的演技简直太完美了，虽然自己目睹了盒子调包的过程，虽然自己知道那全部的事情都是在瞎忽悠，但他感觉自己几乎都要相信他了。而对于其他人来说，他们无一例外都急切地伸长着脖子，先望了望印度人而后又望了望那个盒子。

"我说，那可是个有些难以完成的任务，不是吗，鲁姆·巴尔先生？"公爵有些无力地抗议道，"您的意思是，您能够把什么东西放进那个盒子里，让它消失？"

"只是从凡人的眼中消失，穷人的保护者，其实它仍在那儿。"印度人回答道，"而那也只是暂时的，然后它就会重新出现了，传说是这样的。"

"好啊，我们塞点什么东西进去看看呗。"小莱德利叫道，走上前。印度人却伸手拦住了他。

"停下来，大人。"他坚决地命令道，"对您来说那个匣子不算什么，但对其他人来说——至少我属于其中一个——它是不可言喻的神圣。"他高视阔步地从桌边走开了，客人们的脸上都写满了失望。

"哦，但是拉姆·达尔先生，"公爵夫人恳求道，"毕竟您都已经说了，就不能满足一下我们的好奇心吗？"

有一会儿，他看起来一副要断然拒绝的样子。而后他鞠了一躬，那是深深的东方式的一躬。

"夫人，"他庄严地说道，"那个匣子已经容纳了几个世纪的珠宝——无法用语言来形容的珍贵的珠宝——那是周朝在位的王后们的珠宝，它们被包裹在金纸银纸之中——而这是粗糙的现代替代品。"

他从长袍下的腰带中抽出了一片闪闪发光的金属，女性们以惊喜尖叫迎接着它的出现。

"您不会要我亵渎圣物吧？"他静静地将那金属放回了腰带里，休的眼睛因这男人有独创性的表演而闪着光芒。不管是否相信，此刻房间里没有一个人不是急不可耐地想要将中式匣子拿去试试。

"如果您把我的珍珠拿去，拉姆·达尔先生。"公爵夫人怯怯地说道，"我知道比起那些历史悠久的珠宝来说珍珠很逊色，但也许这就不算亵渎圣物了呢。"

即使这就是他一直为之奋力的东西，拉金顿脸上也没有一块肌肉在抽搐。相反地，他似乎是陷入了沉思，而公爵夫人仍继续恳求着，聚会中的其他人也加入了恳求的队伍。最终，她松开了扣件，将项链拉了出来。但拉金顿只是摇了摇头。

"你们要我做的可是大事啊，夫人。"他说道，"只有动用我的力量，才能向你们展示这个秘密——即使真能展示的话，而你们也不是信徒。"他缓缓走向窗户，表面上是跟天神们讨论这个话题，实际上是再次向黑暗中闪光放出暗号。然后，像是突然决定了一般，他猛地转身。

"我会试试的。"他简短地宣布道。接下来是公爵夫人领导着齐声地表达喜悦之情。

"请精灵们退后。而您，夫人，请拿着这个。"他将那片金属递给了她。"除了您之外，谁的手都不能触碰珍珠。请您将它们包裹在金与银之中。"他超然地看着这一过程。"现在，您一个人上前，打开盒子，将珍珠放进去，现在关上并锁上它。"公爵夫人顺从地按着指示做着，而后她站在那儿等着下一步吩咐。

但显然，此时伟大沉思的灵魂已经开始显灵了。印度人唱着单调刺耳的赞美诗，跪在了地上，并把一些粉末倒在了一个小火盆里。他仍旧离开着的窗户很近。最后，他坐了下来，两肘撑在膝盖上，头在手中来回摇晃着。

"光暗下来——光暗下来!"拉金顿略懂口技，那声音像是来自很远的地方。灯被关上的同时，从火盆里喷溅出了绿色的火焰。带着香气的浓重的烟充满了房间。但印度人仍旧一动不动地坐在那诡异的光焰之中，定睛望着前方。一段时间之后，他的圣歌再次响起，声音越来越大，直到歌唱者开始变得疯狂，并用手击打起自己的头部来。而后，这个仪式非常突然地结束了。

"将盒子放在地板上。"他吩咐道，"放在圣火的光芒之中。"休看着公爵夫人在对面跪了下来，并将盒子放在了地板上。而宾客们的脸在绿色的光芒中像幽灵般诡异，由于浓重的烟雾而看起来像鬼怪一般。这无疑是一场好戏。

"打开盒子！"刺耳的话语响彻鸦雀无声的房间，公爵夫人的手指稍稍颤抖着，转动着钥匙并将盖子打了开来。

"为什么，它是空的！"她惊叹道，客人们都伸长了脖子想要看看。

"不要把您的手伸进去。"印度人突然警告着叫道，"不然它有可能会一直空下去。"

公爵夫人迅速将手收了回来，满心怀疑地穿过烟雾看着他冷漠的脸。

"我没说过盒子里蕴含着魔力吗？"他神情恍惚地说道，"能让无变有，也能让有变无的魔力。所以它才能够保护周朝王后们的珠宝啊。"

"那好吧，拉姆·达尔先生。"公爵夫人有些担心地说道，"也许盒子里是蕴含着力量，但我的珍珠可没有。"

印度人笑了。"在您碰到匣子之前是没有，夫人，您必须碰着匣子直到珍珠回来。它们现在就在那里，只不过凡人的眼睛看不到而已。"

顺道一提，这还真是大实话。

"看，哦！大人们，看，但别碰。看，在你们的眼中这盒子是空着的……"他一动不动地等着，客人们围上来，脸上带着惊讶的表情，而休，由于被那甜甜的烟雾掩护着，激动得甚至靠得更近了。

"够了。"印度人突然叫道。"关上盒子，夫人，像之前那样锁起来。现在把它放回原处。放好了吗？"

"是的。"公爵夫人的声音从绿色的烟雾中传了出来。

"不要靠得太近，"他警告着继续道，"必须给天神们留下空间，必须给天神们留下空间。"

那刺耳的圣歌再一次开始了，声音时而增强成为咆哮，时而渐弱成为低语。而就在最后阶段的某个时刻，一阵马上就被抑制住了的低笑声打搅了这个屋子。它听起来很清晰，而有人烦躁地说了声"安静点"，它就没再出现了。这完全不会让休惊讶。因为发出笑声的那个人是厄玛·彼得森，那笑声可能真是高兴的，也有可能是个暗号。

圣歌变得越来越疯狂，拉金顿往火盆里投入了越来越多的粉末，直到浓厚的蒸汽变成了稠密的烟云，翻滚于整个房间。除火盆周围的小空间，其他一切物体都完全模糊了，而印度人紧绷着的脸正定在那上方。

"将那盒子拿过来，夫人。"他严厉地叫道。公爵夫人于是又一次跪在了那一圈的光里，一排看不真切的脸悬在她的上方。

"打开它，但如果您珍惜您的珍珠的话——不要碰它们。"她激动地打开盖子，异口同声的尖叫声迎接着那放在盒子底部的金银纸的出现。

"它们就在这儿，拉姆·达尔先生。"

在绿色的光芒之中，印度人用阴沉的双眼环视着四周模糊的脸庞。

"我没说过吗，"他回应道，"盒子里蕴含着魔力？但以那不为你们所知的魔力之名，我警告您，在火盆里的火燃烧殆尽之前，不要碰那些珍珠。如果您碰了，它们将会消失——再也不会回来。看着，但千万别碰！"

慢慢地，他退回到窗户，兴奋的人群并没有察觉到他。休向着车子闪身而去。他突然意识到降神会已经结束了。而在转向灌木丛里狂奔向车子之前，他正好有时间看到拉金顿突然抓住了什么看起来像是用线从上面吊下来的东西。事实上，他在拉金顿前面的时间只有一两秒，而在他们缓缓转向萧条的马路之前，休透过树木的缝隙所看到的最后一幕，是莱德利塔一扇开着的窗户，浓重的蒸汽连续稳定地从其中倾出。而由于不透明的绿色烟墙挡着他的视线，他丝毫看不到身后房子里正等着火盆里的火燃烧殆尽的那一伙人。

之后休从参加聚会的其中一个宾客那里了解到，直到五分钟之后，那火光才燃烧到在公爵夫人看来足够安全可以碰珍珠的程度。在座的宾客们望着盒子，都处于不同阶段的窒息之中。同时男人们冷嘲的评论合理地受到了女人们的鄙视。包裹在金银纸里的项链就放在那儿？几分钟前那里不是还什么都没有的么？

"那讨厌的光的把戏。"伯爵没好气地说道，"看在老天的份上把那该死的东西扔出窗户去吧。"

"别犯傻了，约翰（John）。"他的夫人反驳道，"如果你做这种事，上议院可能就得对什么人起作用了。"

过了两分钟，他们费劲地打开了金银纸，却只能惊恐地盯着一串普通的弹珠。伯爵毫不违和地对他妻子的多愁善感感同身受起来。事实上，可以理解的是，对于这之后的场景，还是就此掀过为好。

（三）

德拉蒙德在方向盘上缩成一团，努力不让后面的男人发现身份，在那时他自然不知道上述的一切。他正集中全部精力躲避着他自己想象出来的追兵，因为为拉金顿接风的一切已经准备就绪。而一想到有人会将亨利从自己紧握的手中夺走，即使那是法律的威严，他也受不了。而大概同样的理由，他也不想要在抵达埃尔姆斯之前对付拉金顿，因为那个舞台要令人印象深刻多了。

但拉金顿忙得根本没空骚扰司机。他进来时怒吼出了一声咒骂为因为司机没有按照吩咐的去做，那就是他们整个旅行下来的全部对话了。在其余的时间里，拉金顿一直忙着换回正常装扮。而德拉蒙德能够通过挡风玻璃看到他清除掉脸上的妆容，然后换掉衣服。

即使到了现在休还不是很清楚到底那把戏是什么工作原理。他知道，有两个匣子——一个是伪造的，另一个是真的。它们被厄玛在决定性的一刻掉了个包，这也是显然的。但珍珠是怎么从第一个匣子里消失，而后又重新出现了的呢？不过，有一件事他倒是很确定，据他所知，不管他们还在盯着的那片金银纸里包的是什么，那都已经不是那历史的珍珠了。

当车子已经颠簸上了埃尔姆斯的私人车道时，他仍在纠结着这个问题。

"像往常那样把轮胎换了，然后来中央房间向我汇报。"拉金顿出来时厉声说道，休向前鞠着躬以隐藏身份。

休用眼角的余光看着他进了房间，手上紧握着其中一个中式匣子。"托比。"他对那个正在车库里凄凉地啃着个火腿三明治的杰出青年说道，"对亨利我感到有些抱歉。他刚穿得像个印度人似的完成一整套的'伯爵客人大竞猜'。并且我敢打赌他是带着装着公爵夫人的珍珠的盒子回来的，于是他现在自我感觉肯定很好。比起享受人生，现在的他正赶着去跟我聊一小会儿天。"

"你开车送他回来的?"辛克莱边问着边掏出一瓶巴斯①来。

"因为他司机突然死了，我不得不那样做。"休低声道，"他正为什么事情发着大火呢。我们去屋顶吧。"

两人都一声不响地爬上了准备好的梯子，他们发现彼特·达雷尔和美国警探早就就位了。从玻璃天窗漫出明亮的光，中央房间的内部看起来非常清晰。

"他早就开始跟他以为是你的那个人说着话了。"彼特心醉神迷地低声道，"他的心情可不是太好。"

休向下望去，狰狞的微笑拂过唇边。三把椅子上分别坐着三个一动不动的身影，绳子将他们那样裹着，休只能看见头顶。正如拉金顿晚上的早些时候把他跟托比和阿尔及留在那里时的那样，他们动弹不得。房间里唯一能移动着的东西就是罪犯本人了，那一刻他正坐在桌边，中式匣子就在他面前。他看起来像是在用袖珍小刀对里面做着什么。与此同时还一直对着三个绑着的人影做着实况评论。

"唔，你们几个小猪猡，夜晚过得开心吗?"从一张椅子里传来一声微弱的呻吟。

"精神终于崩溃了，是吧?"手腕一个快速转动，他撬开了两片木板，然后将它们折回去抵住一侧。而后，他从下面

---

① 英国一种酒厂的品牌。——译者注

取出了一个金银纸的包裹。

"我的上帝!"休低声道,"我真傻,居然这都没想到!关掉盒盖就会开动假的盒底,而另一个橱柜里有个相似的包裹。"

但美国人正对自己轻吹一声口哨,看到拉金顿正含情脉脉地注视着拿在手中的那一串绝妙的珍珠。

"如此轻而易举,你们这几个人渣。"拉金顿继续道,"而你们居然还想着跟我作对。虽然如果没有厄玛,"他起身站在了他之前放德拉蒙德的椅子前,"可能就有点儿棘手了。她很快,德拉蒙德上尉。而那个愚蠢的司机居然没有按我说的声东击西,马上你就会看到不执行我命令的人的下场了。而在那之后,你就再也见不着什么了。"

"我说,他真梦幻——那家伙。"美国人低声道,"他得到的那些是什么珍珠?"

"兰普郡公爵夫人的珍珠。"休低声道,"就当着那一整群参加家庭派对的人的面给偷走了。"

警探咕噜了一声将口香糖换了个位置,而后屋顶上的四个观众再一次将视线定在了玻璃窗上。一会儿之后他们所见到的东西搅得心理素质良好的格林先生都心神不宁了。

只见一扇沉重的门缓缓旋开,它看起来像是自己动起来的,而休快速地偷瞄了拉金顿一眼,见他正摁着一面墙上壁龛里的某些小饰钉。而后视线移回到门上,眼前的景象令他目瞪口呆。那便是菲利斯曾经对他说过的小橱,但他从她话语中所想象出来的依旧没让他做好心理准备。因为亲眼所见到的太过惊人毫不夸张地说,小橱中似乎已经填满了最无价的战利品,甚至都要溢出来了。梦幻美丽的金制容器掉了一地,而架子上则陈列着最精妙绝伦的宝石,它们在电灯下闪耀着，光芒太过耀眼，观众们都无法直视。

"周朱清①（Chu Chin Chow）的灵魂，阿里巴巴和四十个大盗！"托比低声道，"那该死的男人真是个天才。"

珍珠被小心地放在了荣誉的位置上，拉金顿站了一小会儿心满意足地望着他的收藏品。

"你看到它们了吗，德拉蒙德上尉？"他轻声问道，"每一件都是靠我的头脑、我的双手得来的，全都是我的——我的！"他的声音上升为了喊叫，"而你居然凭着那微不足道的才智跟我作对。"他大笑着穿过房间，又一次摁下了饰钉。门慢慢地静静地旋回去关上了，而拉金顿依旧在无声的欢笑中颤抖着。

"而现在，"他回过神来，搓着双手，"我们要准备为你沐浴了，德拉蒙德上尉。"他走到摆放着瓶子的架子边，自顾自地忙着准备。"而在等着它准备就绪的期间，我们就来解决一下那个无视了我命令的司机好了。"

他俯身在放满化学药品架子上倒腾了一会儿，而后将混合物倒进了房间一端装着一半水的长浴缸里。一阵微弱的酸味飘到了上面四人那里。渐渐地液体变成了浅绿色。

"我告诉过你，我有各种各样的洗澡方式，不是吗？"拉金顿继续道，"有一些是给死人的，而有一些是给活人的。这就是后一种，它的重大优点就是能够让沐浴者希望这是前一种洗澡方式。"他用一根长玻璃棒轻轻地搅动着那液体。"离准备就绪还有大概五分钟，"他宣布道，"这时间正好给司机。"

---

①　此为在《阿里巴巴和四十大盗》故事的基础上创作的音乐喜剧，1916 年于伦敦首演。后被改编为电影。——译者注

他去到通话管边，向下吹着。自然是没有回应，拉金顿皱起了眉头。

"愚蠢的小子。"他轻声说道，"但不着急，我等会儿再对付他。"

"你当然会的。"休在屋顶上低声道，"我的朋友亨利，也许这不会比你想象中的晚多少。"

这时拉金顿回到了那张他认为正坐着他主要敌人的椅子边，脸上闪现出邪恶的喜悦。

"既然我不得不晚些对付他，那么荣获金十字英勇勋章、军功十字勋章的德拉蒙德上尉，现在我就要先对付你了。然后轮到你的朋友们。我会将绳子割断，在你全身麻木动弹不得之时，将你搬到浴缸那边。然后，我就把你放下去，德拉蒙德上尉，之后，你肯定会只求一死，而我却要仁慈地让你活——一段时间。"

他对着椅子后面的绳子一顿乱划，上面的四个人满怀期待地伸长脖子看着。

"好，"拉金顿咆哮道，"我已经为你准备好了，你个小猪猡。"

就在他说话之时，他唇间的话语已经渐弱了下来。他带着惊恐的尖叫声，往后跳了一步。因为伴着一声单调低沉的闷响，德国人海因里希的尸体从椅子上滚了下来，胡乱地趴在了拉金顿的脚上。

"上帝!"拉金顿尖叫道，"发生了什么? 我——我——"

他冲向铃铛，疯狂地摁响它。休带着欢快的笑容看着狂乱恐惧的拉金顿。没有人进来应铃，拉金顿冲向门边，结果却喉头一声抽抽，退了回来。原来在外面的走廊里，站着四个戴着面具的男人，每个人都拿手枪指着他的心脏。

"轮到我出场了!"休低声道,"伙计们,你们懂的——他是我的猎物。"

下一刻休已经消失在楼梯了,而剩下的三个观众则一动不动地望着那冷酷的场景。拉金顿已经关上了门,正缩在桌边,他已经完全没了胆量。德国人肿胀起来的尸体仍一直四肢伸展着胡乱趴在地上……

慢慢地,通向走廊的门被打开了,拉金顿惊恐地尖叫着向后跳了一步。站在门口的是休·德拉蒙德,他的脸冷酷无情。

"你召唤的司机过来了,亨利·拉金顿。"他轻声说道,"我来了。"

"你什么意思?"拉金顿哑着嗓子低声道。

"今晚是我把你从莱德利塔载回来的。"休轻笑道,"原来的那个太傻了,不得不杀掉。"他向着房间前进了几步,而对方颤抖着退后。"你看起来是被吓着了,亨利。终究,是小猪猡比你更有才智吧?"

"你想要什么?"拉金顿倒吸着冷气,用干燥的双唇说道。

"我想要你,亨利——只要你。到目前为止,你一直在用你的恶棍团伙对付我。现在我的团伙已经占领了这个屋子,但我不会动用他们的。只会是——你和我。站起来,亨利,站起来——就像我一直面对着你的那样。"他穿过了房间,站在了那个畏缩的男人面前。

"给你一半,给你一半。"他嚷道,"我有财宝——我有……"

德拉蒙德朝着他的嘴重重地来了一拳。

"我会全拿走的,亨利,把它们还给合法的主人。小伙子们,"他提高了音量,"把这俩带走,给他们松绑。"

四个戴面具的男人走了进来，将两把椅子搬了出去。"亨利，那俩是受惊的兔子和你派去看守本顿小姐的和蔼的先生。"门关上了，休说道，"所以，现在我们可以独处了，只有你和我。而拉金顿，你个人形的恶魔，我们两人其中一个将会进浴缸里。"

"但进浴缸就意味着死啊。"拉金顿尖叫道，"带着极大痛苦死去。"

"对进去那个人来说可真是不幸。"德拉蒙德说道，并向他迈近了一步。

"你会杀了我？"吓坏了的男人半抽泣着说道。

"不，拉金顿，我不会杀了你。"对方的眼中闪现出了一丝希望，"但我会跟你打一架，好决定我们两个中谁会停止装饰地球的任务，更确切地说，如果你对浴缸里液体的判断是正确的话。我原本心里对你还有着那么一丝丝的同情，而现在已经完全熄灭了，因为你现在展现出来的懦弱让人恶心。出手啊，你这可怜虫，出手啊，要不然我就把你扔进去！"

最后拉金顿真的出手了。情势的突然转变暂时摧毁了他的勇气。而现在，听了德拉蒙德的话，他回过神来了。军人的脸上没有仁慈，在拉金顿的心灵深处，他知道自己已经走到尽头了，因为虽然他健壮有力，但并不是德拉蒙德的对手。

他发现自己正被残酷地推向他为德拉蒙德准备的死亡之浴之中，想想也确实讽刺。他的前额爆发出了汗水，他大声咒骂着。最后，他已经退到了浴池的边缘，他加倍地挣扎着，但军人的脸上仍旧没有仁慈。他感觉自己一点一点地被迫接近着液体，但德拉蒙德掐着他喉咙的双手成了让他不掉进去的唯一支持。

然后，就在那双手松开，他掉下去之前，军人说了一句：

"亨利·拉金顿，"他说道，"这报应很公平。"

德拉蒙德向后一跃，液体淹没了那可怜人的脑袋。但那只有一秒，伴着一声惊恐的尖叫，拉金顿跳了出来，就连德拉蒙德也感觉到了一阵短暂的不安。因为那罪犯的衣服已经烧进了皮肤里，还有他的脸——或者说还有什么留在上面——正闪耀着铜色。他因痛苦而发着狂，冲向了门，并甩开了门。外面的四个男人，都被那景象吓呆了，后退着给拉金顿让了道。而拉金顿此生从未向任何人展示过的亲切仁慈，最后他还是展现了。

他盲目地摸索着上楼。而当德拉蒙德到了门边时，便已经到了结局。一定有人让那第五层阶梯的装置正常运行了，或者它本来就是自动的。因为突然，由一根从墙里嗡嗡旋出来的臂带动的巨大的铁质重物旋转着击中了拉金顿的后颈。他一声不响地向前跌了下去，而那重物，不受控制闷闷不乐地哐哐响着回去了。就这样，发明者自己的脖子被他最得意的发明给弄断了。确实，这报应很公平。

"这样就只剩下彼得森了。"那一刻，正走进走廊的美国人如此说着并点了一只雪茄。

"这样就只剩下彼得森了。"德拉蒙德同意道。"还有那个女孩。"他又想起来补充道。

第十二节 决战时刻

（一）

在接下来的一两个小时之间，作为聚会之宝的杰罗姆·格林先生的价值完完全全地体现了出来。其余为迎接彼得森的到来而做的准备已然充分，但那个保管着极其重要账簿的保险箱该怎么办呢？

"它在那儿。"德拉蒙德指着那扇正跟着墙猛然移动着的、位于放拉金顿赃物的大保险箱对面的厚重铁门说道，"在我看来你不会想要通过摁下墙上的哪个按钮来打开它。"

"那么，上尉。"美国人慢吞吞地说道，"我猜我们会通过别的方法来打开它。这自然很简单。我一直在与家用物件欢快玩耍，这条肥皂引起了我的注意。"

他从口袋里掏了块普通的黄色肥皂出来，其他人都好奇地看了他一眼。

"我会给你们稍微解释一番的。"他继续道，"我们海那边的一流窃贼们在不乖的主人们拿走了钥匙之后，要如何打开保险箱呢?"

他熟练地将保险柜的门的每个缝隙都用肥皂封上了,只在上面留下了一个小空隙。然后,在那个空隙周围,他建成了一个可以称得上是肥皂坝的东西。

他对着围绕在他身旁的那群专心致志的人说道:"如果你们谁想着以这门手艺为生,一定要小心这玩意儿。"他从另一个口袋里掏出了一个橡胶瓶子,接着说:"别把它掉地上了,除非你们不想量身定做棺材了。因为要埋的话,你们也就只剩下一双靴子和一些小碎片了。"

那群人忙跑开了,美国人笑出了声。

"我能问问那是什么吗?"休站在门附近礼貌地低声说道。

"当然,上尉。"警探回答道,他仔细地将液体倒进了肥皂坝里。"这就是我告诉过你我带在身上的——葛里炸药①,小伙子们叫它'油'。他会跑到肥皂里的门的缝隙里。"他又加了一些,然后小心地塞上了瓶子。"现在加上雷管和一截导火索,然后我猜我们该离开房间了。"

"让人想起了那些可怕的野蛮人,那些工兵,试着要炸东西。"托比边说边迈着敏捷的步伐,进入了花园。一会儿之后美国人也加入了他们。

"也许还需要再来一次。"他宣布道,而正在他说话之际,一声沉闷的爆炸声从房子里传来。"但是,"他继续说着,回到了房间,安静地拉开保险柜的门,"也许不用了。你的账簿,上尉。"

格林先生平静地重新点燃了雪茄,就像开保险箱是最正常的任务一般。德拉蒙德将那一大本账簿取出来放在了桌上。

---

① 一种含硝化甘油的炸药。——译者注

他对站在门边的人群说道："小伙子们，轮流着出去吃早饭吧。我要忙一会儿。"

他在桌边坐了下来，开始翻页。美国人正拿着那个伪造的中式匣子自娱自乐着，托比和彼特则分别在两张椅子里四仰八叉地睡着，还泰然自若地打着呼噜。过了一会儿，警探将匣子放了下来，到德拉蒙德身边坐下。

每一页都包含着一项，有时候是半打，某种类型的记录，他们渐渐意识到了这项目的重大程度，两人的表情变得严肃起来。

"我说过他是个大人物，上尉。"美国人说道，他正靠在椅子上半眯着眼看着那打开的账簿。

"只能求老天保佑我们还来得及了。"休答道，"该死的，老兄，"休爆发了出来，"警方一定知道这个的！"

美国人的眼皮又沉了些下去。"你们英国警方知道大部分的事情。"他慢吞吞地说道，"但是你们国家有着一些奇怪的法律。换做我们，如果你不喜欢一个人，有些事情就会发生了。他差不多就再也入不了座吃不了饭了。但在这里，他越下流，谈到的流血暴乱越多，就会有越多的警察来无微不至地守护着他。"

军人皱起了眉头。"看看这一项记录。"他咕哝道，"这家伙是一个国会议员。他为什么会得到四项一千英镑的报酬？"

"嗨，真是可以买到一些精致保暖的内衣裤了。"警探咧嘴笑道。而后他前倾着身子，瞥了那名字一眼。"但他不是你们一个大公会的什么人吗？"

"天知道。"休咕哝道，"我只见过那家伙一次，那时候他的衬衣还脏兮兮的。"他沉思着又翻了几页。"嗨，如果这就是彼得森所挥霍的一笔笔款子，那男人一定花了大价钱。送两千英镑给伊沃尔斯基。顺道一提，这个就是跟楼梯上的暗器起过冲突的那家伙。"

他们沉默着继续钻研起账簿来。他们发现整个英格兰和苏格兰根据人口而非地域被划分成了不同的区，而每个区域看起来都由一个管理人负责。每个主要部门管着数量各异的下属分区，并且各自都有着各自的分区管理人和工作人员。而其中一些名字让德拉蒙德吃惊地擦了擦双眼。每个人的职责都被简洁地罗列了出来，每个人所工作的地区位置以及每个人确切的责任。所以重复分工被降到了最低。在每一组中，组织成员精简，强调团队协作。但在每一个区里，有十或十二个人的名字被委婉地描述为了"讲师"。到了账簿的最后，出现了近五十个名字，男女都有。它们被骄傲地标注成了"一级总讲师"。而当德拉蒙德擦亮眼睛看到某些组织人员的姓名时，他对一级总讲师的名字瞠目结舌。

"为什么？"片刻之后，他语无伦次地说道，"很多名字在全国家喻户晓。他们也许是败类——他们很可能是。感谢上帝！我几乎从未见过他们，但他们并不是罪犯。"

"彼得森跟他们一样。"美国人咧嘴笑道，"至少从那账簿看来，他也不是罪犯。看这儿，上尉，正发生着的都一目了然。现今在任何国家都能看到各行各业各种各样说话不会思考的人，他们说话根本停不下来，但这并不是刑事犯罪。他们之中有的相信自己所说的，像楼上那个小细腿，也有的不相信自己所说的。而如果他们不相信，那就更糟了，他们还会写起文章来。他们之中不乏聪明智慧的人们——看看一等总讲师里的那些家伙们——他们是最最糟糕的。他们还有另一个等级——有着商业头脑的人，他们包藏祸心，利用健谈者们为他们火中取栗。而那栗子，则是那些可怜的正派工人们，为了保持安宁，他们被立刻扔进了火坑里。那些人全都想着不劳而获，在我看来，这是不可能的。他们全都想着自己在玩弄着别人。但事实上，却是彼得森在玩弄这整整一群人。他想要把所有的线都掌控在自己手中，而在我看来，他像是已经将它们握在手中了。他有了钱——我们知道他从哪儿得来的；他有了组织——全部是热血革命分子或是智慧头脑风暴，或是诡计多端的无赖。他让他们聚集在了一起。上尉，不管这该死的一大群人在想着什么，他们正确确实实地为他效力着。"

德拉蒙德若有所思地点燃了一支烟。"为这个国家发动一场革命而努力着。"他轻声说道。

"是的。"美国人应道，"而当他真圆满完成时，我猜彼得森就会消失无踪了。他会将不义之财装进自己腰包，而笨蛋们会自食其果。我在巴黎就猜到了，而账簿让我确定了这一猜想。但这并不是犯罪。上了法庭，他能发誓那只是个卖鸟食的组织。"

德拉蒙德沉默着吸了一会儿烟，两个在椅子里睡着的人不自在地动了动。这阴谋如此重大，一切看起来却又是如此简单。跟绝大多数普通的英国人一样，他之前对政治纠纷、劳动纠纷之类的事情并不上心。但没有哪个浏览过报纸的人会对过去这些年里在平静表面下慢慢沸腾着的火山一无所知。

美国人的声音闯入到了他的思绪之中："上尉，在这个国家里，在那些所谓的革命领导之中，真正公正无私的，一百个人中不到一个。他们为自己的利益站了出来，他们说服小伙子们加入了血腥屠杀，等到现存的社会系统被击溃了之后，他们将会成为新政权的首领。那就是他们所苦苦追寻的——权力；而当他们得到权力时，上天便会帮助那给予了他们权力的人。"

德拉蒙德点点头，又点了一支烟。他想起来了之前读过的匪夷所思的报道：由于存在反复重申的由直接行动①引发的隐患，公会拒绝允许退役士兵加入。目的何在呢？

账簿里的一篇显然是一级总讲师某次演讲摘录的文章吸引了他的眼球：

"对我来说，现代生活的一大现实是阶级之间的斗争……人们声称，一个国家内部的直接行动会引发革命。我同意……它涉及创建军队。"

而在剪报旁边是彼得森用红色墨水写下的注解："一个卓越的人！巡回演讲延期。"

这感叹式的注解在休看来很有感染力，他都能想象到写的人不由自主地将它放进来时的那副模样了。

"它涉及创建军队……"受惊兔子说过的话回响在了他的脑海之中，"他有着惊人号召力，他将数百个跟我的社团相似的社会群体聚集并融合在了一起，在这之前，他们都为着光明无力地各自独立抗争着。现在，我们联合了起来，我们的力量都是源于他。"

换句话说，军队已经在建成的路上了，其中被百分之十的战士欺骗的百分之九十的战士会盲目地朝着一个昏暗的、让人似懂非懂的目标而奋斗挣扎，到头来却发现已经回天乏术。

"格林先生，为什么就是无法让他们明白呢？"休苦涩地嚷道，"工人们——正派的家伙们——"

美国人若有所思地剔着牙，说道："上尉，有人尝试着让

---

① 如罢工或游行示威。——译者注

他们明白过吗？我想我不是个智者，但法国有个作家伙计——维克多·雨果——他写下了一些东西，的确一针见血。因为它看起来对我有益，所以我把它抄了出来。"他从小笔记簿里拿出了一片纸条，"'女人们、孩子们、仆人们、弱者、穷人、无知者所犯的错误都是丈夫们、父亲们、主人们、强者、富人和有学识者的错误。'哇!"他靠在了椅背上，"这就是你想要的。他们合法的领导人一定让他们失望了，所以他们跟随了那群长着斗鸡眼的溜冰者。而坐在这里，看着他们奔跑，正笑破肚皮的，正是你的伙计，彼得森!"

就在这时，电话响了，休犹豫了一小会儿，拿起了听筒。

"很好。"停顿了一会儿之后，他嘟哝道，"我会转告他的。"

他将听筒放了回去，转向了美国人。

"迪奇林先生（Mr. Ditchling）两点会来这里开会，而彼得森先生会晚点到。"他缓慢地宣布道。

"迪奇林的真实身份是?"对方问道。

"所谓的领导之一。"休边简短地答道边翻着账簿。"这是他的档案，彼得森眼里的他：'迪奇林·查尔斯，优良的演讲者，聪明，为达到目的不择手段，需要大钱，有利用价值，喝酒。'"

他们盯着那简洁的概要看了一会儿，而后美国人爆发出了狂笑声。

"上尉，在这个国家居然没有在内阁里给彼得森留个座儿，这是你们的错。在他手里整个都会有饭吃，而如果你每年付他那么几十万，他可能会正正经经地做人，把养猪当作业余爱好的……"

(二)

几个小时之后，休打电话给他半月街的房子。从接电话的阿尔及口中得知，菲利斯和她的父亲很安全，虽然本顿先生仍旧被类似于宿醉的后遗症折磨着。同时他也得知了另一件事——特德·杰宁汉带着可怜的拖油瓶波茨到了那儿，波茨已经明显恢复，并能有意识地说话了。不过他仍旧虚弱眩晕，但再也不是傻子了。

"让特德马上把波茨带到埃尔姆斯来。"休吩咐道，"他有个同胞在这儿，正等着张开双臂欢迎他呢。"

"波茨正在来的路上，格林先生。"他将电话挂了回去，说道。"我们的希拉姆·C. 波茨，他已经能够有意识地说话了。在我看来有他的帮助，我们也许能够对罗金先生①（Mr. Rocking）和斯丹内门先生，还有另一个家伙的行动有所了解了呢。"

美国人缓慢地点点头。

"冯·格拉茨。"他说道，"现在我记起来他的名字了。他是钢铁巨头。也许你是对的，上尉，波茨应该知道些什么。在我把他送回家人怀抱之中之前，我想我得跟希拉姆·C. 波茨比亲兄弟还亲地黏在一起了呢。"

但当波茨先生真到了的时候，他倒并没有展现出要跟警探黏在一起的意向。事实上，波茨先生连对要进入那房子都极其反抗。正如阿尔及所说的，他仍旧虚弱眩晕，而到他曾经受尽折磨的地方故地重游自然会让他很受刺激，以至于有那么一会儿，休都担心他会再次变得神志不清。最后，他似

---

① 即荷金，德拉蒙德记不清名字。——译者注

乎重拾了信心，被说服着进入到了中央房间。

"没关系的，波茨先生。"德拉蒙德一次又一次地让他放心，"犯罪团伙已经被遣散了，拉金顿已经死了。现在在这儿的全都是朋友了。您很安全。这位是格林先生，他是专程从纽约过来找您，要把您带回家的。"

波茨默不作声地盯着将雪茄烟在嘴里翻来覆去的警探。

"对，波茨先生。这是小标志。"他将外套甩开，亮出了警徽，大富翁点点头。"我猜您落入了另一方的圈套之中，如果不是上尉和他的朋友，您仍会身在其中。"

"先生，您对我有恩。"波茨说道，这是他第一次跟休说话。他语速很慢，还有些犹豫，像是他自己也不确定自己所说的一般。"我似乎记得您的脸。"他继续道，"作为前几天那个让我受尽折磨的糟糕噩梦的一部分——又或者说那已经是前几周了？我似乎能记起来我见到过您，而您，一直是那样地友善。"

"全都结束了，波茨。"休温和说道，"您曾落入了卑鄙的败类团伙的魔爪之中，我们一直都想要把您救出来。"他静静地看着他，"您觉得您想起来的足够告诉我们一开始发生了什么了吗？慢慢来，"他恳切道，"不用着急。"

其他人热切地凑了过来，大富翁茫然地将手扫过他的额头。

"我曾住在卡尔顿。"他开始说道，"跟格兰杰，我的秘书一起。我因为一笔船运生意把他派去了贝尔法斯特，"他停了下来环视着人群。"格兰杰在哪儿？"他问道。

"格兰杰先生在贝尔法斯特遇害了，波茨先生。"德拉蒙德轻声道，"绑架了您的团伙的一个成员杀害了他。"

"遇害了！吉米·格兰杰遇害了！"虚弱的他几乎是喊了

出来。"为什么那败类要杀了他?"

"因为他们想要您独自待着。"休解释道,"私人秘书会问尴尬的问题。"

一会儿之后,大富翁恢复了镇静,然后将这个支离破碎的故事又慢慢地、断断续续地继续讲了下去。

"拉金顿!那是我在卡尔顿见过的那个男人的名字。然后还有另一个人……彼得……彼得森。是这个。我们三个一起吃晚饭,我记得,然后就是在晚餐之后,在我的私人起居室里,彼得森对我提出了他的计划。他觉得那个计划会很合我这个生意人意。他说——他说什么来着?——他能够在英国引发一场庞大的工团主义运动——事实上,是革命;而我作为最大的船东之一——事实上,是在这个国家以外的最大的船东,应该能够由此揽到很多英国的运输生意。为了做这个,他要价二十五万英镑,事成之后一个月支付……他还说还有其他人参与进来……"

"同样的报价。"警探若有所思地打断道,"那就是一百万英镑了。"德拉蒙德点点头,又问道:"那么,波茨先生,然后呢?"

"我告诉他,"大富翁说道,"他是个恶魔般的卑鄙小人,我不会跟那邪恶的阴谋扯上任何关系。然后——几乎是我能记起来的最后一件事——我看见彼得森看了拉金顿一眼。然后,他们俩突然向我扑来,我感觉到有什么东西刺进了我的胳膊。在那之后我就记不清了。您的脸,先生,"他转向德拉蒙德,"似乎在梦里来到了我的身边,还有您的也是。"他补上了达雷尔,"那像是一个又长又可怕的噩梦,在梦里我虚弱无力,模糊的事情不断发生着,直到我昨晚在这位先生的屋子里醒过来。"他向特德·杰宁汉鞠了个躬,特德开心地咧嘴一笑。

"我非常高兴您能够有意识地说话了，先生。"他说道，"您的意思是想不起来您是怎么过去的了吗？"

"对，先生，想不起来了。"大富翁回答道，"那只是梦的一部分。"

"这正说明了那些猪猡给您下了多猛的药。"德拉蒙德严肃说道，"您是乘飞机过去的，波茨先生。"

"飞机！"对方惊讶地叫道，"我不记得了。无论如何，我都记不起来了。其他的我只还记得一件事，还全都模模糊糊的……珍珠……一大串的珍珠……我刚要在一张纸上签字，而我不会……我签过一次，然后一声枪响，灯灭了，纸不见了……"

"它此刻在我的银行里，波茨先生。"休说道，"我拿走了那张纸，或者说它的一部分，就在那天晚上。"

"是吗？"富翁茫然地看着他，"那是给他们的承诺，当他们完成所做的之后我要给他们一百万美元……我记得……还有珍珠项链……公爵夫人……"他停了下来，无力地摇摇头。

"兰普郡公爵夫人的？"休提示道。

"就是这个。"对方说道，"兰普郡公爵夫人的珍珠项链。我想，那上面说我觊觎她的珍珠，并且对他们得到珍珠的方法不会过问。"

警探咕哝道："他们是想完全嫁祸给您，是吧？虽然那在我看来真是个冒险的游戏。当发现你不想加入时，就算不顾虑你，从另三个人那里拿到的钱也应该足够能让他们操纵全局了。"

"等等，"富翁说道，"我想起来了。在卡尔顿，他们袭击我之前，有告诉过我，如果我不加入，其他人也不会加入。"

沉默了好一会儿，休终于开口了，"唔，波茨先生，您的经历很糟糕，我很高兴已经结束了。您得感谢一个女孩，是她让我们这些家伙介入进来的。如果不是她，恐怕您仍旧在做着噩梦。"

"我想要见见她并谢谢她。"大富翁忙说道。

"您会的。"休咧嘴笑着，"来参加婚礼吧，大概两周之后。"

"婚礼！"波茨先生看着有些茫然。

"是！我跟她的婚礼。吓人的提议，是吧？"

"救命稻草了。"特德·杰宁汉说道，"比这还讨厌的人要做新郎就太难想象了。但与此同时，我顺了半打这老家伙的1911年的巴黎之花①放在了车里。你们怎么看？"

"说什么！"休哼哼道，"笨蛋！这种场合说这话？"

就是这样……

<h2 style="text-align:center">（三）</h2>

"让我伤脑筋的是，"之后，休开口说道，"要怎么处理卡尔和那个甜美的女孩呢？"

开会的时间越来越近，虽然没有人知道这会是个什么样的会议，但很明显彼得森将会是那欢快人群中的一个。

"我想说我们该让警方介入了。"达雷尔温和地低声道，"你不能放任他们在你结婚之后还在此地晃来晃去的吧。"

"我想，是不能。"德拉蒙德惋惜地回答道，"但我觉得要以警方的介入来结束这场小游戏的话可真讨厌——如果你不介意我这样说的话，格林先生。"

---

① 酒品牌。——译者注

"是的。"美国人拖长着调子说道，"但我们也有我们的用处，上尉，并且我同意你朋友的建议。把卡尔连带着这本账簿移交警方，他们会收拾好烂摊子的。"

"让那恶棍逍遥法外简直就是会遭天谴的事情。"大富翁愤愤道，"你说拉金顿已经死了，也有充分的证据把这畜生也绞死。想想我死在贝尔法斯特的秘书吧。"

但德拉蒙德摇了摇头。说："波茨先生，我有点怀疑，您真能将那件事归罪于他吗？但，我非常能够理解您对那家伙的愤怒。"他起身伸了个懒腰，然后瞥了一眼手表，又接着说："小伙子们，你们该撤退了，聚会马上就要开始了。我一摁铃，你们就跟伙伴们一起进来。"

休被单独留了下来，他再一次确认了一遍墙上那些能让那扇大门打开的铆钉组合，里面藏着偷来的宝藏——还有其他东西。然后，他点了支香烟，坐下来等着。

追捕的尾声已经临近，他决心要画上一个完美的句号，配得上这追捕本身的句号。也许是富有戏剧性的，但同时还要是感人的，让聚会上的迪奇林们能够在漫漫长夜里默想的东西……然后是警察——他痛心地承认，还必须得是警察——而在那之后，菲利斯。

他正要打电话回自己的公寓告诉她，他爱她时，门开了，一个男人进了来。休一眼就认出来了他是瓦兰斯·涅斯托耳① （Valiance Nestor），一个很有才华的作家。在休看来，他近期投身到了推动革命劳动的事业中。

"下午好。"休亲切地低声道，"彼得森先生会晚到一些。我是他的私人秘书。"

---

① Valiance 有英勇的意思，Nestor 是神话中的智者。——译者注

对方点点头，懒懒地坐了下来。

"你觉得我在中部地区所尽的微薄之力怎么样？"他边脱下手套边问道。

"很好很妙。"休说道，"对伟大事业起到了不可思议的帮助。"

瓦兰斯打了个哈欠半眯起眼睛，在休翻动着桌上的账簿时他又睁开眼睛。

"那是什么？"他问道。

"这是账簿。"德拉蒙德漫不经心地回答道，"彼得森先生在上面记下了他对所有同事巨大价值的看法。读起来真的很有趣。"

"我在里面吗？"瓦兰斯·涅斯托尔欣然起身。

"嗨，当然。"德拉蒙德回答道，"您不是领导之一吗？您在这儿。"他用手指指着，然后又惊愕着抽了回来。"天啊，天啊！一定是哪儿弄错了。"

但瓦兰斯·涅斯托尔正呆若木鸡地盯着如下的精选描述：

"瓦兰斯·涅斯托尔，所谓的作家，吹牛工厂，但有一定用处，非常自负，极度愚蠢，不能信任太久。"

他终于语无伦次地开口道："这糟糕的侮辱是什么意思？"

但休肩膀轻微抖动着，正迎接着下一位来客——一个粗眉毛的糙汉子，他的脸看起来似曾相识，但休却想不起来他的名字了。

"克罗夫特（Crofter），"怒气冲冲的作家大叫道，"看看这居然是形容我的。"

现在休想起来了，他是议会的一个偏激分子。休看着他走过来瞥了一眼账簿。休憋着笑，然后好样的瓦兰斯·涅斯托尔继续了下去。

"我们来看看他是怎么说你的——粗鲁无礼的恶棍。"他快速地翻着页，休越过克罗夫特的肩膀看着档案。

时间刚好够他读到："克罗夫特·约翰。一个完美的恶棍，完全只为自己打算，需要注意观察。"评论对象的脸因愤怒而抽搐着，他转过身去面向休。

"谁写的?"他咆哮着。

"一定是彼得森先生。"休平静地回答道。"我看你从他那儿拿了五千，所以他也许就觉得自己高人一等了。也许他还觉得自己是个出色的人物性格审判者呢。"他边低声说着，边转而跟迪奇林先生打招呼，他来的还真是时候。跟他一起的还有一个苍白瘦弱的男人——比青年人要稍微年长一些——而休完全不知道他的来头。

"老天!"克罗夫特脸色铁青，"下午我要跟彼得森大吵一架。看看这个，迪奇林。"想了一下，他又翻了几页，"我们来看看那个傲慢无礼的恶棍是怎么说你的。"

"喝酒!"迪奇林砰地一拳捶在了桌上。"他这是什么意思?你说，秘书先生——这什么意思?"

"它们代表了彼得森先生深思熟虑之后对你们全体的看法。"休愉快地说道，"也许剩下的这位先生……"

他转向那个苍白的青年，青年带着满脸惊讶上前。他看起来还不是很清楚到底是什么惹毛了其他人，但涅斯托尔已经翻到了他的名字。

"特伦斯，维克托（Terrance，Victor），出色的演说家，似乎真的相信他所说的会使工人受益，因此很有价值，但无疑是疯子。"

"难道他是有意侮辱我们的吗?"克罗夫特问道，他的声音还在由于激动而颤抖着。

"但我不明白。"维克托·特伦斯迷茫地说道,"彼得森先生不相信我们的演说吗?"他缓缓转向休,休耸了耸肩。

"他随时都有可能过来。"休回答道。而他正说着,门开了,卡尔·彼得森走了进来。

"下午好,先生们。"彼得森开口道,而后,他看见了休。他目瞪口呆地望着军人,他的脸变得煞白,这还是休认识他以来的第一次。而后他的双眼落在了打开的账簿上,带着可怕的咒骂,他扑了上去。瞥了站在一旁看着的人们一眼,他知道了他想知道的,又一声咒骂,他的手伸进了口袋里。

"把手拿出来,卡尔·彼得森!"德拉蒙德的声音响彻整个屋子,罪魁祸首则愠怒着抬眼,发现自己正对视着手枪的枪口。

"现在,在桌边坐下来——你们全部。会议差不多要开始了。"

"喂!"克罗夫特咆哮道,"我要起诉你……"

"请务必要。约翰·克罗夫特先生,'完美的恶棍'。"休平静地回答道,"但那是之后的事情了。而就在现在——坐下。"

"我就不坐。"对方咆哮着,跳到军人面前。而彼得森,闷闷不乐地坐在桌边,正尝试着对这突如其来令人头晕目眩的事实理清头绪,由于某种离奇的事故,一切都失败了。甚至连一个半昏的议会成员摔在了他旁边的地板上也没有打搅到他。

"我说了,坐下。"德拉蒙德亲切地说道,"但如果你更乐意躺下,对我来说都一样。还有其他人要过来吗,彼得森?"

"没了,该死的。快了结吧!"

"好!把你的枪扔到地上。"德拉蒙德将武器捡了起来放进了自己的口袋里，而后他摁响了铃。"我还期待着，"他低声道，"有一个更大的聚会，但不可能事事如意，对吧，'极度愚蠢'先生？"

但瓦兰斯·涅斯托尔实在是太害怕，都已经无法愤恨这侮辱了，他所能做的就只有呆呆地望着军人，同时用颤抖的手拉一拉衣领。彼得森明白，即使只是模模糊糊地明白发生了什么。而对于除他之外的人来说，这一切来得太出人意料了，就连那二十个突然进来的戴面具的男人也无法扰乱这个会议，他们分别站在各自椅子后面排成了一排。会议看起来只是像之前那样进行着。

"先生们，我不会留你们太久的。"休温文尔雅地开口道，"你们的整体外观和暖和的天气合在一起让我都困了。但在我把你们移交给如此有耐心地站在你们身后的这些正直的小伙子们之前，我还想说一两句。让我直截了当地说说这劳工与资本的主题吧，虽然我非常不了解它。所以你们要听到的不会是关于这个主题的学术演讲。但通过对正躺在桌上的那本账簿的透彻研究，以及对它的作者行动相当深入的了解，我跟我的朋友们陷入了要欺负你们的麻烦之中。

我们知道，我们这个国家里有很多地方出了毛病，但如果能够有足够的时间和正确的方法的话，我很乐观地相信，它们能被改正。但那并不合你们的想法。你们中的每一个人——也许单单除了你，特伦斯先生，而你是个疯子——跟人一起玩着革命却是为了自己的目的：由此发财——获得权力……

让我们从彼得森开始吧——你们的头儿。你说过他向你要了多少钱，波茨先生，作为革命的价钱？"

伴着遏制住的叫喊声，彼得森跳了起来，原来美国大富翁摘下了面具，上前来了。

"二十五万英镑，你个败类，这就是你问我要的数目。"大富翁站在那儿，直面折磨过自己的人，那人一声呻吟跌坐回了椅子里。"而当我拒绝时，你对我用刑。看看我的拇指。"

看到那血肉模糊的拇指，坐在桌边的人们发出惊骇的尖叫声，而后他们又看了看造就了那拇指的男人。在他们看来，这已经太过分了。

"然后还有数目相同的一笔笔钱，"德拉蒙德继续道，"来自荷金，美国棉业巨头——血统上说是半个德国人；斯丹内门，德国煤矿业巨头；冯·格拉茨，德国钢铁巨头。有什么不对的吗，彼得森？"那只是随便一试，却没想到正中红心，彼得森点了点头。

"所以一百万英镑便是这个救世主所为之效力的。"德拉蒙德冷笑道，"这个国家的血肉生命就只值一百万……但，至少，他有玩得大的能耐，而你们其余的这些人渣，还有其他那些被如此精妙地编入那本账簿的美人们，便由他使唤着胡闹。也许你们在工作着的同时还错以为自己在戏弄着他。你们这群人都心术不正，脑子里想的就只有自己肮脏的皮囊。听我说！"德拉蒙德的声音深沉而又威风凛凛地回响着，四个男人不得已地看向这个孔武有力的军人，他的脸上正清晰地闪耀着真诚的光芒。"革命和直接行动是不会让我们这个岛屿走上正轨的。虽然我非常清楚这是你们最不希望看到的，但你们用你们的头脑，为了你们卑鄙的目的，欺骗工人们让他们相信你们。如此夸夸其谈的你们将他们带上了歧途。他们相信着你们会将他们带去乌托邦，而事实上，你们正将他们领向地狱。而这些你们都是知道的。发展演化才是我们唯一的出路，而不是革命；但你们，还有像你们一样的其他人，坚守着革命来为自己谋得更多好处……"

他手垂在了身侧，咧嘴笑了起来。"对我来说真是个大突破。"他说道，"我声音都哑了。现在我要把你们四个移交给小伙子们了。外面有个很棒但有些泥泞的池塘，我确信你们会想要找找蝾螈什么的。如果你们想要找我动武或是充电，我的名字是德拉蒙德——半月街的德拉蒙德上尉。但我警告你们，今晚那账簿便会递交给伦敦警察厅。小伙子们，带他们出去，给他们好看……"

"而现在，卡尔·彼得森。"在最后一位新世界的斗争哲出去之后，他开口说道，"轮到我们算个小账了，是吧?"

犯罪大师起身面对着他。显然，他已经完全恢复了过来，他点雪茄的手如磐石般坚定。

"我祝贺你，德拉蒙德上尉。"他温文尔雅地说道，"我承认，我完全不知道昨晚你是怎么脱身的，也不知道你是怎么把你自己的人安排进这屋子的，甚至更不清楚你是怎么发现荷金和另两个人的。"

休笑了一声，"卡尔，下次如果你还想要把自己打扮成盖伊伯爵，记住一件事。要有效地隐瞒身份，除了脸和体型，还有必要改变其他东西。你还得改一改你的怪癖还有下意识的小动作。不过——我不会告诉你，你是哪儿露了马脚的。你能在监狱里好好思索一番吧。"

"所以你的意思是要把我交给警方，是吧?"彼得森缓缓道。

"我看不出还有什么其他的方法。"德拉蒙德回答道，"这将会变成个轰动一时的案件，将会为教化大众做出很大贡献。"

门突然一开，两个男人都看了过去。然后德拉蒙德鞠了一躬，只为掩饰笑容。

"正是时候，厄玛小姐。"德拉蒙德说道，"清算日。"

女子快速越过他面向彼得森。"发生了什么？"她气喘吁吁道，"花园里全是我没见过的人。还有两个年轻人满头满脸的杂草，浑身还滴着水正沿着车道跑。"

彼得森冷冷一笑，说道："遇到了个小阻碍，我亲爱的。我犯了个大错误，现在已经证明是致命错误了。我低估了德拉蒙德上尉的能力，到死我都会一直后悔，没在他探访这屋子的那晚杀了他的。"

女子怯怯地转头面向德拉蒙德，而后又转回了彼得森。

"亨利在哪儿？"她问道。

"这又是我毫无头绪的一个地方了。"彼得森回答道，"也许德拉蒙德上尉也能启发我们一下？"

"是的。"德拉蒙德说道，"我可以。亨利出了个意外。昨晚我把他从公爵夫人家送回来之后"女子一声尖叫，而彼得森用手扶稳她，"我们吵了一架——吵得挺凶的。而有很长一段时间，卡尔，我都觉得如果是你跟我吵了一架，后果可能会要好一些。事实上，我甚至现在都不确定从长远上看那是不是会更安全……"

"但他在哪儿？"女子嘴唇发干，说道。

"他在你该去的地方，卡尔。"休严肃地说道，"你迟早会去的地方。"

他摁下了墙上壁龛里的饰钉，大保险箱的门缓缓旋开来。女子一声惊恐的尖叫，半昏着躺在了地板上，就连彼得森的雪茄也从他无力的唇间掉了下来落在了地上。因为，用两根绳子绑着双手吊在天花板上的，正是亨利·拉金顿的尸体。而他们就眼睁睁地看着它下跌了一些，其中一只脚沮丧地撞到了一个美丽古老的金花瓶……

"老天!"彼得森低声道,"你杀了他?"

"哦,不!"德拉蒙德回答道,"他无意间掉进了为我准备的浴缸里,然后又带着极大痛苦跑上了楼梯,那个有趣的机关弄断了他的脖子。"

"关上门。"女子尖叫道,"我受不了了。"

她双手盖在了脸上,颤抖着,门缓缓地旋了回去。

"对了,"德拉蒙德若有所思道,"那该是个很有趣的审判。关于这里的小乐子还有你们那些讨人喜欢的习惯,我真是有太多能告诉法官的了。"

他夹着那本大账簿穿过了房间,叫着站在外面走廊里的人们。当由格林先生倾情奉献出的警探们走进中央房间时,休瞥了卡尔·彼得森和他的女儿最后一眼。犯罪大师双唇间的雪茄从未如此均匀平稳地发着光;女子厄玛从她龟甲镶金的盒子里挑出香烟来的动作从未如此漠不关心。

"再见,我丑陋的小子!"当两个警探走近她时,她带着迷人的微笑,如此叫道。

"再见。"休鞠了一躬,有片刻他的眼中闪现出了些许遗憾。

"不是再见,厄玛。"卡尔·彼得森拿开了他的雪茄,冷静地望着德拉蒙德。"只是 au revoir,只是 au revoir。"

尾 声

"我简直不敢相信，休。"在拉长的影子中，菲利斯向着她的丈夫又靠近了些，而他，则毫不在意他们正处于大庭广众之下，一只手环住了她的腰。

"不敢相信什么，亲爱的？"他懒懒问道。

"啊，那个可怕的噩梦已经完全过去了。拉金顿死了，另两个人进了监狱，我们结婚了。"

"他们事实上还没进去呢，老兄。"休说道，"而莫名其妙地……"他话说了一半，若有所思地看着从他们身旁漫步而过的一个男人。怎么看他都是个普通游客，正晚间散步于这久负盛名的海滨胜地的沿海道上，深深地被眼前这对蜜月夫妇所吸引着。可是……他真是吗？休轻声笑了出来，他可真是得了疑心病啊。

"你不觉得他们会被送进监狱吗？"女孩叫道。

"令人满意的是他们被送进监狱了，但是否真的进了又另当别论了。不知怎么的我就是看不出来彼得森会接受拣麻絮之类的劳动改造。这不是他的风格。"

他们沉默了一会儿，不再谈论彼得森以及他女儿这种琐事，而是全神贯注于与此毫无关系的事情中。

"你很高兴我答复了你的广告吗?"菲利斯终于问道。

"这问题简直太无聊了都不值得回答。"她的丈夫严肃地说道。

"但你不会因为一切结束了而遗憾吗?"她追问道。

"还没结束呢，孩子，才刚刚开始。"他温柔地向她笑着，"你与我的人生……不是很美妙吗?"

又一次，那男人从他们身边漫步而过。但这次他在路上扔了一张纸片，就落在休的脚边。而军人，几乎都没有停下来细想，而是迅速将它踩在了脚下。女孩没有看到那个动作，而另一方面，正如所有女生在听到甜言蜜语的一样，她正想着其他的事情。休懒懒地看着那个漫步者消失在了沿海大道上更为拥挤的地段，脸上显露出了个表情，他的妻子并没有看到，这样倒更能让她平心静气。

"不。"他凭空来了一句，"我看那先生不会拣麻絮的。我们去吃东西吧，晚餐之后，我跟你赛跑到海角顶上。"

她开心地一叹，站了起来。就是如此美妙!他们一块儿漫步回到了酒店。他口袋里装着那张纸条，有谁会用这种方式给他传话呢?只有一个人——一个现在正等着接受审判的人。

在大厅，他留下来索取信件，一个男人向他点了点头。

"听到消息了吗?"男人询问道。

"没。"休说道，"发生了什么?"

"彼得森跟那女孩逃了。没了踪影。"而后男人好奇地看着德拉蒙德，"顺道问一句，你跟那游戏有关，是吧？"

"有点关系。"休笑道，"就那么一点点。"

"警察一定会再抓住他们的。"对方继续道，"现今，没人能藏住。"

休从口袋里掏出了那张纸，他又一次笑了。

"只是 au revoir，只是 au revoir。"

他看着彼得森字迹工整的那些字，笑容泛开了。毫无疑问生活仍旧美好，毫无疑问……

"准备好吃晚餐了吗，亲爱的？"他迅速转身，看着妻子甜美的脸庞。

"当然，小孩。"他咧嘴笑道，"毫无疑问，我刚享用过了这酒店所能做的最好的开胃菜。"

"哼，你真贪吃。我的呢？"妻子装出一副生气的样子责怪道。

"单身的后遗症，老兄。暂时都忘记你了。我要再来一份。服务生——两杯马丁尼酒。"

休往临近的烟灰缸里扔下了碎纸屑。

"那是封情书吗？"她装出一副吃醋的样子问道。

"才不是呢，小宝贝。"他回笑着，"才不是呢。"穿过玻璃杯，他们的视线交融了。"为希望干杯，孩子。为希望干杯。"